Michael Morpurgo

Le mystère de Lucy Lost

Traduit de l'anglais
par Diane Ménard

GALLIMARD JEUNESSE

À Philip et Jude

Titre original : *Listen to the Moon*

Édition originale publiée par HarperCollins Children's Books, 2014,
une filiale de HarperCollinsPublishers Ltd.

Pour commencer

Nous venons tous de quelque part. Moi, d'une certaine façon, je ne viens de nulle part. Laissez-moi m'expliquer. Ma grand-mère a simplement surgi de la mer, il y a longtemps, comme une sirène, sauf qu'elle a deux jambes et pas de queue de poisson. Elle devait avoir une douzaine d'années à l'époque, mais personne n'en était sûr, car aucun signe n'indiquait qui elle était, ni l'endroit d'où elle venait. Elle était à moitié morte de faim, égarée par la fièvre, et ne pouvait prononcer qu'un seul mot : « Lucy ».

Voici donc son histoire, telle que je l'ai entendu raconter plus tard par ceux qui l'ont le mieux connue, par mon grand-père, par d'autres amis et relations et, surtout, par elle-même. Au cours des années, j'ai essayé de rassembler toutes les pièces du puzzle et de les mettre en ordre, en ne me servant que des témoignages de ceux qui avaient tout vu de leurs propres yeux, de ceux qui étaient là.

Je voudrais remercier le musée des îles Scilly pour

son aide, pour m'avoir donné accès à des registres scolaires et à d'autres sources. Merci à la famille du défunt docteur Crow de St Mary's, en particulier, qui m'a permis de citer son journal. Ma famille et beaucoup d'autres personnes, trop nombreuses pour les mentionner ici, aux îles Scilly, à New York, et ailleurs, m'ont patiemment aidé dans mes recherches, me permettant d'assembler toutes les pièces nécessaires à la compréhension de ce qui s'est passé.

On peut dire que cette histoire m'a hanté toute ma vie, de manière presque obsessionnelle. Je n'ai quasiment jamais cessé d'y travailler au cours de mon existence, même si c'était par intermittence. Je ne pouvais tout simplement pas me l'ôter de la tête, ce qui n'est pas très étonnant, en définitive. C'est l'histoire de ma grand-mère, qui m'a été racontée, comme vous allez le découvrir, en grande partie avec ses propres mots, telle qu'elle me l'a dictée. Dans un sens, c'est donc mon histoire à moi aussi, l'histoire de ma propre famille.

C'est grand-mère qui nous a faits tels que nous sommes – avec un petit coup de pouce de grand-père, ne l'oublions pas. Je suis qui je suis, grâce à elle, grâce à lui. J'ai fait ce que j'ai fait, j'ai été qui j'ai été, j'ai vécu là où j'ai vécu, écrit ce que j'ai écrit, à cause d'eux. J'ai donc raconté cette histoire pour eux, et parce qu'elle est l'histoire la plus improbable et la plus incroyable que j'aie jamais entendue.

1

Îles Scilly, mai 1915

Soyez de bons poissons, de gentils poissons

C'étaient des maquereaux qu'ils étaient allés pêcher, ce jour-là, parce que c'était vendredi. Mary aimait cuisiner du maquereau le vendredi soir, mais Alfie, et son père, Jim, savaient tous deux qu'elle n'en ferait pas, et qu'ils n'en auraient pas, s'ils ne lui apportaient pas de quoi préparer un bon vrai repas pour tous les quatre. Alfie et son père avaient un appétit prodigieux, qui soulevait autant les protestations de Mary qu'elle aimait le satisfaire.

– Je suis sûre que vous avez le ver solitaire, disait-elle avec admiration, en les regardant engloutir leurs maquereaux – ravie de pouvoir en mettre trois dans chaque assiette, quand la pêche avait été bonne.

Il fallait nourrir oncle Billy, aussi. Il habitait tout seul dans le hangar à bateau de Green Bay ; il préférait ça. C'était juste au bout du champ de Veronica Farm, où ils vivaient, à un jet de pierre de chez eux. Mary lui apportait son dîner tous les soirs, mais à la différence d'Alfie, oncle Billy se plaignait souvent quand il y avait de nouveau du maquereau.

– Je préfère le crabe, disait-il.

Lorsque Mary lui apportait du crabe, cependant, il grognait :

– Où est le maquereau ?

Il pouvait être contrariant, oncle Billy. Et de bien des façons. Il était différent des autres gens, différent de tout le monde. Mais, comme le répétait Mary, c'est ce qui en faisait un être à part, et le rendait si attachant.

Le poisson était difficile à trouver, ce matin-là. Pour garder le moral dans le bateau, Jim et Alfie parlaient du dîner, y pensaient, se demandaient comment Mary allait cuisiner leurs maquereaux le soir : trempés dans l'œuf, roulés dans l'avoine, salés, poivrés. Elle les faisait toujours frire dans le beurre. L'odeur se répandrait dans toute la ferme. Ils s'assiéraient à la table déjà dressée de la cuisine, et attendraient, l'eau à la bouche, savourant le bruit et l'odeur du poisson grésillant dans la poêle.

– Sûr que quand elle s'apercevra de ce qu'on a fait, toi et moi, Alfie, dit Jim, en peinant sur les rames, elle risque de nous mettre une semaine au pain et à l'eau. Elle sera pas contente, fils, pas contente du tout. Elle va me tordre le cou, et le tien aussi !

– On devrait se rapprocher de St Helen's, père, dit Alfie, en pensant aux maquereaux, plus qu'à la punition de sa mère. Il y a presque toujours des poissons, là-bas, tout près de la plage. On en a pris une douzaine, la dernière fois qu'on y était, non ?

– J'aime pas aller par là, dit Jim. J'ai jamais aimé. Mais tu as raison, on devrait peut-être y faire un tour. Si seulement le vent se levait, on pourrait mettre la voile. J'en peux plus de ramer sans arrêt. Allons, Alfie. À ton tour.

Ils changèrent de place.

Tandis qu'Alfie prenait les rames, il se surprit à penser encore au dîner, au bruit et à l'odeur des maquereaux en train de frire, puis à la difficulté de se rappeler les odeurs et de les décrire. Il était bien plus facile de se souvenir de ce qu'on entendait et de ce qu'on voyait. Une fois les maquereaux dans leur assiette, devant eux, ils devaient toujours attendre d'avoir dit le bénédicité. Son père et lui avaient tendance à le réciter trop vite au goût de sa mère. Mary, elle, prenait son temps. Pour elle, le bénédicité était une prière pleine de sens, différente à chaque repas, et non pas un simple rituel qu'on se dépêchait d'expédier. Elle aurait voulu une vraie pause, respectueuse, après l'« Amen », mais Alfie et son père se jetaient aussitôt sur leur maquereau, comme des fous de Bassan. Il y aurait aussi du thé fort et sucré, du pain sortant du four, et du pouding au pain et au beurre, s'ils avaient de la chance. C'était toujours le meilleur repas de la semaine.

C'était déjà la fin de l'après-midi, et Jim se rendait bien compte qu'ils n'avaient pas pris grand-chose, après presque toute une journée de pêche. Maintenant qu'il ne ramait plus, le vent le glaçait jusqu'aux os. Il remonta son col. Il faisait froid pour un mois de mai, plus qu'en mars, pensa-t-il. Il regarda son fils qui se penchait en cadence sur les rames, et envia sa force, sa souplesse. En même temps, il se sentit fier, comme père. Il avait été aussi jeune, autrefois, aussi fort que lui.

Il examina ses mains devenues calleuses, couvertes de cicatrices, gercées, profondément marquées par des années de pêche, par des années passées à cultiver des pommes de terre et des fleurs. Il appâta de nouveau sa ligne, ses doigts travaillant instinctivement, automatiquement. Il était soulagé de ne pas les sentir. Ils étaient engourdis par le froid et le sel marin, engourdis par le vent. D'anciennes crevasses s'étaient rouvertes sur les jointures de ses doigts et l'auraient fait affreusement souffrir sans cet engourdissement. C'était agréable d'être engourdi, pensa-t-il, et aussi bien comme ça. Il se demandait pourquoi il avait mal aux oreilles, pourquoi elles n'étaient pas devenues insensibles, elles aussi. Il aurait bien voulu qu'elles le soient.

Jim sourit en lui-même en se rappelant comment la journée avait commencé, au petit déjeuner. L'idée était venue d'Alfie, au départ. Il ne voulait pas aller à l'école. Il voulait aller à la pêche. Il avait beau avoir essayé souvent auparavant, sans jamais obtenir gain de cause ou presque, il ne pouvait pas s'empêcher de faire de nouvelles tentatives.

– Dis à mère que tu as besoin de moi, lui avait-il demandé, dis-lui que tu ne peux pas y arriver sans moi. Elle t'écoutera. Je ne te gênerai pas, père. C'est promis.

Jim savait qu'il ne le gênerait pas. Le garçon savait bien naviguer, il ramait vigoureusement, connaissait la mer, pêchait, toujours convaincu qu'il prendrait quelque chose, avec cette volonté, cet enthousiasme sans réserve, cette confiance qui sont propres à la jeunesse. Les poissons semblaient bien l'aimer, eux aussi. Jim avait remarqué qu'il s'en sortait souvent mieux quand Alfie était dans le bateau. La pêche avait été si décevante ces derniers temps dans les eaux autour de Scilly que, ces jours-ci, Jim y allait plus en espérant qu'en prévoyant rapporter des poissons. Les prises avaient été peu abondantes pour tous les pêcheurs, dernièrement, pas seulement pour lui. De toute façon, Alfie lui tiendrait compagnie en mer, ce serait une compagnie agréable. Jim avait donc accepté d'essayer de persuader Mary de laisser Alfie manquer l'école pour un jour, et de venir pêcher avec lui.

Mais tous ses efforts pour plaider la cause d'Alfie auprès de Mary s'étaient révélés complètement vains, comme Jim l'avait prévu. Mary était inflexible : Alfie devait aller à l'école, il avait déjà manqué trop souvent, il cherchait toujours le moyen de ne pas y aller.

Tous les prétextes étaient bons : aider aux travaux de la ferme, ou pêcher avec son père. Ça suffisait, maintenant ! Lorsque Mary s'emballait et parlait sur ce ton, Jim savait que ce n'était pas la peine de discuter, qu'elle resterait inébranlable. Il n'avait insisté que pour prouver à son fils qu'il voulait vraiment l'emmener en bateau avec lui, et pour lui montrer sa solidarité. Lorsque Alfie avait vu que la discussion tournait mal, il s'était mêlé à la conversation, essayant de trouver tous les arguments susceptibles de faire changer sa mère d'avis.

– Qu'est-ce qu'un jour d'école en moins peut bien changer, mère, un seul jour ?

« On prend toujours plus de poisson quand nous sommes deux.

« En plus, dans un bateau de pêche en pleine mer, il vaut mieux être deux. C'est moins dangereux. Je t'ai déjà entendue le dire.

« Et puis je déteste ce Beastly Beagley – ce Bestial Beagley –, comme on l'appelle à l'école. Tout le monde sait qu'il n'est pas fichu d'enseigner quoi que ce soit.

« Laisse-moi ne pas y aller, mère, et après la pêche avec père, je reviendrai nettoyer le poulailler pour toi, j'irai chercher une charretée d'algues comme engrais pour le champ du bas, je ferai tout ce que tu voudras.

– Ce que je veux, Alfie, c'est que tu ailles à l'école, avait répliqué Mary fermement.

Inutile d'insister. Elle ne céderait pas. Il n'y avait

plus rien à dire, plus rien à faire. Alfie était donc parti pour l'école à contrecœur, en traînant les pieds, les paroles de Mary résonnant encore à ses oreilles :

– Il y a d'autres choses dans la vie que les bateaux et la pêche, Alfie ! Jamais entendu parler d'un poisson qui apprenne à lire ou à écrire à personne ! Et si tu veux mon avis, quand tu écris, tu fais pas d'étincelles, toi non plus !

Après son départ, elle s'était tournée vers Jim.

– J'ai besoin de six beaux maquereaux pour ce soir, Jimbo, n'oublie pas ! Et couvre-toi bien ! C'est peut-être le printemps, mais y avait un petit vent froid dehors, quand je suis sortie nourrir les poules. Ton fils avait encore oublié de le faire.

– C'est toujours mon fils quand il oublie quelque chose, avait remarqué Jim, en enfilant sa veste et en mettant ses bottes.

– Et d'où tu crois qu'il a pris ça ? avait-elle répondu en boutonnant la veste de son mari.

Elle avait déposé un petit baiser sur sa joue, et lui avait tapoté l'épaule, comme elle le faisait toujours, comme il aimait toujours qu'elle le fasse.

– À propos, Jimbo, j'ai promis un crabe à oncle Billy pour demain – tu sais comme il aime les crabes. Un beau crabe, tu vois. Pas trop gros. Pas trop petit. Il aime pas les crabes durs et caoutchouteux. Tu sais comme il est spécial. N'oublie pas, surtout !

– J'oublierai pas, avait marmonné Jim entre ses dents en sortant. Rien n'est assez bien pour ton frère

Billy, hein ? Tu le gâtes trop, ce vieux pirate, tu le pourris. Voilà la vérité.

– Pas plus que je te gâte toi, Jim Wheatcroft ! avait-elle répliqué.

– Pourtant, vieux, dur et caoutchouteux, j'aurais pensé que ça conviendrait parfaitement bien à un vieux pirate comme Long John Silver !

Lorsqu'il s'agissait d'oncle Billy, ils échangeaient souvent ce genre de plaisanteries bon enfant. Ils s'obligeaient à voir les choses avec humour quand ils parlaient de lui. Ce qui était réellement arrivé à oncle Billy dans sa vie était trop pénible à aborder.

– Jim Wheatcroft ! avait-elle crié derrière lui. C'est de mon frère que tu parles, l'oublie pas ! Il est ni vieux ni caoutchouteux, il vit dans son monde, c'est tout ! Il est pas comme nous autres, et ça me va très bien.

– Comme tu voudras, Marymoo, comme tu voudras, avait-il répondu et, esquissant un large mouvement de sa casquette, il était descendu à travers champs vers Green Bay, entonnant la chanson de marin préférée d'oncle Billy, juste assez fort pour qu'elle l'entende : « Yop là ho ! Une bouteille de rhum ! Yop là ho ! Une bouteille de rhum ! »

– Jim Wheatcroft, je t'ai entendu !

Pour toute réponse, Jim l'avait de nouveau saluée d'un grand mouvement de sa casquette.

– Fais bien attention à toi, là-bas, Jimbo, compris ? lui avait-elle crié.

Tandis qu'il descendait vers son bateau, Jim

s'émerveillait de la patience infinie de Mary et de son dévouement constant pour son frère, mais en même temps, il était profondément contrarié, comme toujours, de voir à quel point oncle Billy semblait oublier tout ce que Mary avait fait, et faisait toujours pour lui, chaque jour de sa vie. Il l'entendait, à présent, en train de chanter sur son bateau, à Green Bay, sur « le bon *Hispaniola* », comme l'appelait oncle Billy.

Ce n'était pas un « bon » bateau du tout, au début, mais juste les restes, l'épave pourrissante d'un vieux lougre de Cornouailles, un petit bâtiment de pêche à trois mâts, abandonné depuis longtemps à Green Bay. Il y avait cinq ans, à présent, que Mary avait ramené oncle Billy de l'hôpital, et l'avait installé dans le hangar à bateau. Elle lui avait arrangé un logement en haut, là où l'on entreposait les voiles, et depuis, presque chaque jour, oncle Billy descendait à Green Bay, quel que soit le temps, pour restaurer le vieux lougre. C'était elle qui lui avait parlé de ce bateau à l'hôpital, et dès qu'elle avait ramené son frère dans l'île, elle l'avait encouragé à le reconstruire. Elle savait qu'il était doué pour ça, que c'était sa grande passion quand il était jeune. Elle était convaincue, comme elle l'avait dit à Jim, que Billy avait surtout besoin d'être occupé, d'utiliser ses mains, de redevenir l'artisan qu'il avait été autrefois.

Tout le monde, y compris Jim, avait pensé que c'était une tâche impossible, qu'exposé à tous les temps, le lougre s'était trop abîmé, qu'il était en trop mauvais état, et que de toute façon, Silly Billy – Billy l'Idiot –, comme on l'appelait partout dans l'île, serait incapable de le remettre à flot. Seule Mary avait insisté, affirmant qu'il y arriverait. Et assez rapidement, les gens s'étaient rendu compte qu'elle avait eu raison. Quand il s'agissait de construire des bateaux, Silly Billy – quoi qu'on pense de lui par ailleurs – connaissait son affaire. Jour après jour, année après année, le vieux lougre de Green Bay retrouvait sa jeunesse, ses formes harmonieuses et sa beauté.

Il était à l'ancre, à présent, tandis que Jim marchait vers son bateau de pêche, ce matin-là. Peint en vert, avec *Hispaniola* écrit en noir sur le côté, le voilier était resplendissant. Il n'était pas encore fini, mais la ligne pure et élégante de sa coque était déjà bien visible à tous ceux qui allaient à Green Bay. Et maintenant, avec son grand mât, qu'oncle Billy avait dressé tout juste quelques semaines plus tôt, il paraissait presque entier. Sans l'aide de personne – oncle Billy aimait être seul, travailler seul – il lui avait redonné vie. Oncle Billy était peut-être bizarre – c'était l'avis général –, il avait peut-être la tête un peu fêlée, comme on disait souvent de lui, mais avec le travail qu'il avait accompli sur ce vieux lougre au fil des ans, et que tout le monde pouvait voir, il avait gagné le respect de l'île entière. Il restait toujours Silly Billy, cependant, parce que les gens savaient où il était allé, d'où il était sorti, et tout cela à cause de sa façon d'être.

Tandis qu'il marchait sur le sable de Green Bay, Jim

avait aperçu oncle Billy sur le pont. Il hissait le pavillon noir et blanc à tête de mort, comme chaque matin depuis qu'il avait dressé le mât. Il portait le chapeau de pirate que Mary lui avait fait, comme celui de Long John Silver, le flibustier de *L'Île au trésor* de Stevenson, et il chantait. Oncle Billy avait des hauts et des bas, ses bons et ses mauvais jours. Ce matin-là, il avait mis son chapeau et chantait, signe que c'était un bon jour, ce qui, Jim le savait, faciliterait grandement la vie à Mary. Oncle Billy pouvait être un vieux grognon irascible, lorsqu'il était de mauvaise humeur. Et pour une raison mystérieuse, que Jim n'avait jamais comprise, quand il était comme ça, il était plus méchant avec Mary qu'avec n'importe qui d'autre. C'était pourtant elle qui l'avait sauvé, qui l'avait ramené chez lui, et qu'il aimait le plus au monde.

Jim était si occupé à admirer l'*Hispaniola*, si absorbé par ses pensées sur l'oncle Billy, qu'il ne s'était pas encore aperçu qu'Alfie était là, s'affairant sur le *Penguin*, leur bateau de pêche, pour le préparer à partir. Il l'avait détaché de la bouée, et ramait vers lui dans les eaux peu profondes.

– Où crois-tu aller comme ça, Alfie ? avait protesté Jim en jetant nerveusement un coup d'œil derrière son épaule. Si ta mère te voit…

– Je sais, père, elle me tordra le cou, avait répondu Alfie avec un sourire, et en haussant les épaules. J'ai raté le bateau pour l'école. C'est vraiment dommage ! Tu étais là, tu l'as vu partir sans moi. Pas vrai, père ?

Jim était ravi, et incapable de le cacher.

– Tu es un mauvais garçon, Alfie Wheatcroft, lui avait-il lancé en montant dans le bateau. Je me demande d'où tu tiens ça. On a intérêt à revenir avec beaucoup de gros poissons ! Sinon, on passera un sale moment, toi et moi !

En mer, environ une heure plus tard, ils pêchaient au large de Foreman's Island. Alfie avait dû ramer durement à contre-courant depuis Pentle Bay, et Jim vit qu'il avait besoin de se reposer. Il prit donc les rames et se dirigea vers ses casiers à homards. À eux deux, ils remontèrent trois crabes de bonne taille – un crabe pour oncle Billy, donc, et deux à vendre – ainsi qu'un beau calmar, qui ferait d'excellents appâts. Alfie se débrouilla aussi pour prendre deux lieus jaunes.

– Bons pour des croquettes de poisson, grommela Jim, et pas pour grand-chose d'autre. Ta mère n'aime pas le lieu. On peut pas rentrer à la maison avec rien que du lieu. Faut qu'on trouve du maquereau.

– St Helen's, dit Alfie, en reprenant les rames. Je suis sûr qu'ils nous attendent par dizaines, là-bas, père, tu verras.

C'était le calme plat, à présent, pas une vague sur la mer, et la marée les emmena rapidement vers St Helen's. Attentifs aux rochers, ils avançaient très prudemment, Alfie ramant doucement vers le rivage, vers la seule plage de sable de l'île. Jim jeta l'ancre. C'était là qu'ils avaient pris leurs maquereaux, quelques semaines auparavant, plus d'une douzaine, et de gros poissons, aussi, tous en quelques minutes. Ils auraient peut-être de nouveau de la chance.

Tous deux savaient qu'ils en auraient besoin. Les maquereaux étaient ainsi. On pouvait essayer de les pêcher toute la journée, et remonter chaque fois la ligne sans rien au bout. Mais ils pouvaient également venir là, ne demandant qu'à être pris, semblait-il, se jetant sur l'hameçon, et apparaissant tout frétillants, brillants et argentés au bout de la ligne. Jim se rappelait comme Mary était contente d'eux avant, quand ils rentraient à la maison avec leur belle cargaison de poissons, et qu'ils la lui montraient. Il se rappelait comme elle les serrait dans ses bras, en disant que des pêcheurs comme eux deux, il n'y en avait pas d'autres au monde.

Jim lança sa ligne dans la mer.

– Allons, les poissons, dit-il. Mordez un peu, mangez un petit morceau. Soyez de bons poissons, de gentils poissons, comme ça Marymoo nous embrassera encore, et ce soir nous aurons le meilleur dîner de notre vie. Allons, les poissons ! Qu'est-ce que vous attendez ? Je partirai pas tant que je vous aurai pas attrapés !

– Ils sont là-bas, dit Alfie en scrutant l'eau de l'autre côté du bateau. Je les vois. Je te parie que j'en prends un avant toi, père.

Un long moment s'était écoulé, lorsque Alfie l'entendit. Ils n'avaient rien pêché, ni même senti l'amorce d'une prise. Ils restaient silencieux, profondément concentrés. Alfie était assis, penché sur sa ligne, observant attentivement l'eau d'un bleu-vert limpide, en dessous, et les algues qui ondulaient, moqueuses, vers lui. C'est alors qu'il entendit comme un appel. Le bruit lui parut aussitôt étrange, comme s'il n'était pas à sa place, n'était pas normal. Alfie leva les yeux de sa ligne. On aurait dit un faible cri, un gémissement venant de l'île, à une centaine de mètres d'eux, d'un endroit proche du rivage. Un bébé phoque, peut-être. Mais c'était plus humain que ça.

2

L'île des âmes perdues

– Tu as entendu ça, père ? demanda-t-il.

– Des mouettes, Alfie, c'est tout, répondit Jim.

Il y avait en effet une jeune mouette sur la plage, qui courait derrière sa mère, le cou tendu, poussant de petits piaulements, réclamant à manger. Mais Alfie comprit assez rapidement que ce n'était pas le son qu'il avait entendu. Il connaissait les mouettes mieux que n'importe quel autre oiseau, et il n'avait jamais entendu une jeune mouette crier comme ça. Le cri qu'il avait perçu était différent, il ne ressemblait absolument pas à celui d'un oiseau, ni même à celui d'un bébé phoque. Certes, les mouettes étaient réputées pour être de bonnes imitatrices, peut-être pas aussi remarquables que les corbeaux, mais habiles quand même. Alfie, perplexe, n'était plus du tout concentré sur sa pêche. Les deux mouettes, la mère et son petit, s'envolèrent de la plage, l'oisillon réclamant toujours à manger. La plage resta déserte derrière eux, mais non silencieuse. Le même son, de nouveau, retentit.

– C'est pas les mouettes, père. Impossible. C'est autre chose. Écoute !

La plainte venait de quelque part au-delà du rivage, vers l'intérieur de l'île, dans la direction de l'ancien hospice, la maison des Pestiférés, ou du grand rocher, peut-être, qui se dressait au milieu de l'île. Alfie était quasiment sûr, à présent, qu'aucune mouette, malgré tous ses talents d'imitatrice, ne pourrait crier ainsi. C'est alors qu'il comprit. Un enfant ! Un enfant crie comme ça ! D'ailleurs, les mouettes ne toussent pas, et Alfie entendait clairement, désormais, un bruit de toux.

– Il y a quelqu'un là-bas, père ! murmura-t-il. Sur l'île.

– J'entends, répondit Jim. J'entends bien, mais ça paraît presque impossible. Je vois personne, rien que des mouettes. Il y en a des centaines et elles nous surveillent. Comme je te l'ai déjà dit, Alfie, j'aime pas cet endroit, je l'ai jamais aimé. (Il se tut pour écouter encore.) J'entends plus rien, maintenant. C'est nos oreilles qui nous jouent des tours, voilà ce que c'est. Ça peut être que ça. Il peut y avoir personne là-bas, de toute façon. J'ai pas vu de bateau à l'ancre dans le coin quand on est arrivés, et on peut accoster à St Helen's que par cette plage. C'est une île inhabitée, déserte. Y a personne dessus depuis des années, depuis des siècles.

Tandis que Jim scrutait l'île à la recherche d'un signe de vie – des empreintes sur le sable, la fumée révélatrice d'un feu, peut-être –, toutes les histoires qu'on racontait sur St Helen's lui revenaient à l'esprit. Il repensait aux rares fois où il avait accosté là. Il avait parcouru l'île de long en large. Elle ne faisait pas plus de huit cents mètres d'un bout à l'autre, quelques centaines de mètres de large. C'était une terre de fougères, de ronces, de bruyère, au rivage couvert de galets et de gros cailloux gris, avec cette langue de sable en pente raide, et le grand rocher dont il se souvenait très bien, dressé derrière la maison des Pestiférés. La maison des Pestiférés elle-même était tombée en ruine, le toit et les fenêtres étaient béants, les murs à demi écroulés. Mais la cheminée avait résisté.

Jim y était d'abord venu quand il était petit, avec son père, afin de ramasser du bois flotté pour le feu, qu'il empilait sur la plage avant de le rapporter à la maison, ou de chercher des coquillages, surtout des cauris, les monnaies d'Afrique, comme on les appelait. Un jour, il avait escaladé le rocher avec son père, puis avait osé monter de nouveau tout seul jusqu'en haut, mais son père l'avait réprimandé, lui interdisant de recommencer sans lui.

Jim n'avait jamais aimé cet endroit, même quand il était enfant, il ne s'y était jamais senti à l'aise. Déjà à l'époque, St Helen's lui était apparu comme un endroit abandonné, un endroit hanté par des âmes perdues, des fantômes. Cette île avait quelque chose de sombre et de triste qui l'avait frappé bien avant d'entendre ce qu'on racontait sur elle. Au cours des années, il avait appris peu à peu sa sombre histoire : plusieurs siècles auparavant, elle avait été une île sainte, où avaient vécu des moines en quête d'une vie solitaire et contemplative. Les ruines de leur chapelle étaient toujours là. Et il y avait, il le savait, un puits sacré juste derrière la maison des Pestiférés – c'était en grande partie sa mère qui lui avait parlé de ça. Un jour, il l'avait cherché avec elle, entre les fougères et les ronces, mais ils ne l'avaient pas trouvé.

Cependant, c'était surtout l'histoire de la maison des Pestiférés elle-même – la raison pour laquelle elle avait été construite, et comment elle avait été utilisée – qui l'avait toujours troublé, au point qu'il n'en avait jamais parlé à Alfie. « *Certaines histoires sont trop terribles*, se dit-il, *pour qu'on les transmette*. » Autrefois, à l'époque des grands navires à voiles, St Helen's avait été un endroit où l'on mettait les gens en quarantaine. Pour empêcher qu'une épidémie se répande, tous les marins ou passagers à bord qui étaient tombés malades de la fièvre jaune, de la typhoïde, ou d'autres maladies infectieuses, étaient envoyés à St Helen's, pour se rétablir s'ils le pouvaient, mais, plus probablement, pour vivre misérablement leurs derniers jours dans la maison des Pestiférés. Les malades et les mourants étaient simplement laissés là, en isolement, abandonnés de tous, et avec bien peu de chances de survivre. Chaque fois qu'il y pensait, Jim était horrifié. Depuis qu'on lui avait raconté ce qu'était cet hospice, il avait considéré que St Helen's était un endroit honteux, une île de souffrance et de mort qu'il valait mieux éviter.

Très clairement, à présent – il ne pouvait plus y avoir de doute là-dessus –, Jim entendait un enfant gémir. Alfie en était sûr, lui aussi. Ils ne prononcèrent pas un mot, ni l'un ni l'autre. Mais la même pensée silencieuse s'était emparée d'eux. Comme tout le monde, ils connaissaient les légendes selon lesquelles des fantômes vivaient à St Helen's. Les îles Scilly étaient pleines d'histoires de fantômes. Il y avait ceux de Samson Island, celui du roi Arthur là-bas sur les Eastern Isles, et partout, sur toutes les îles, il y avait des histoires de spectres de marins naufragés, de pirates, de matelots noyés. « Rien que des histoires, se dirent-ils, rien que des histoires. »

Un bruit de toux interrompit les gémissements. Ce n'était pas un fantôme. Il y avait quelqu'un, là-bas sur l'île, un enfant, un enfant qui se plaignait, qui geignait, et qui toussait, aussi. C'était un appel au secours qu'ils ne pouvaient ignorer. Lorsqu'ils remontèrent leurs lignes en toute hâte, Alfie s'aperçut que trois maquereaux se balançaient au bout des hameçons. Il ne les avait même pas sentis. Mais le poisson n'avait plus d'importance. Jim leva l'ancre, et Alfie rama de toutes ses forces vers la plage. Quelques vigoureux coups de rame, et ils arrivèrent près du rivage. Ils sautèrent dans l'eau peu profonde, puis hissèrent le bateau sur le sable.

Une fois sur la plage, ils tendirent de nouveau l'oreille pour entendre la plainte de l'enfant. Sans savoir pourquoi, ils se rendirent compte qu'ils parlaient à voix basse. Ils n'entendaient plus que la mer qui clapotait doucement derrière eux, et le cri flûté de deux huîtriers qui volaient bas et vite, leurs ailes frôlant la mer.

– Je n'entends rien, et toi ? demanda Jim. Je ne vois rien, non plus.

Il commençait à se demander s'il n'avait pas tout imaginé, si son ouïe ne l'avait pas trompé. Mais la vérité, et Jim le savait aussi, était qu'il n'avait aucune envie de s'aventurer plus loin. Il n'avait plus qu'une hâte, à présent : remettre le bateau à l'eau, et ramer jusqu'à la maison. Alfie, de son côté, remontait déjà vers les dunes en courant. Jim pensa le rappeler, mais il ne voulait pas crier. Il ne pouvait pas laisser son fils y aller seul. Il enleva sa veste, et l'étendit sur les poissons, au fond du bateau, pour les cacher aux yeux perçants des mouettes en maraude, puis, à contrecœur, il suivit son fils vers les dunes, vers la maison des Pestiférés.

Arrivé en haut des dunes, Alfie frissonna en levant les yeux vers les ruines, et ce n'était pas seulement à cause du froid. Des mouettes, par centaines, sentinelles silencieuses de l'île, l'observaient depuis les rochers, depuis les murs de l'hospice, depuis la cheminée, et depuis le ciel au-dessus de lui. Au bout d'un moment, Jim le rejoignit, essoufflé.

Alfie cria :

– Il y a quelqu'un par ici ?

Pas de réponse.

– Qui est là ?

Toujours rien. Deux mouettes plongèrent vers eux en criaillant, puis se retournèrent et repartirent au loin l'une derrière l'autre. Celles qui restaient leur lançaient des regards noirs. Le message était clair : « Vous n'êtes pas les bienvenus. Quittez notre île ! »

– Il n'y a personne, ici, Alfie, murmura Jim. Rentrons à la maison.

– Mais on a entendu quelqu'un, père, répondit Alfie. J'en suis sûr.

Ce fut Jim qui appela, cette fois. À chaque minute qui passait, il se sentait plus inquiet. Son instinct lui disait de s'en aller, de rejoindre rapidement le bateau, et de fuir aussitôt cet endroit. Mais en même temps, il avait besoin de se persuader qu'il n'y avait pas d'enfant sur l'île, qu'Alfie se trompait, qu'ils avaient dû imaginer tout ça. Ils appelaient chacun leur tour, à présent, se faisant écho l'un à l'autre.

Plus près d'eux, et bien reconnaissable, ils entendirent le même gémissement qu'avant, mais atténué, étouffé. Il ne pouvait plus y avoir de doute : c'était la voix d'un enfant, d'un enfant terrifié, et elle venait de l'intérieur de la maison des Pestiférés.

La première pensée de Jim fut que c'était sans doute un enfant du coin qui était allé pêcher, et avait eu un accident, qui avait perdu une rame, peut-être, ou était tombé à l'eau. Il n'y avait pas si longtemps, après tout, il avait repêché un gamin tombé d'un bateau dans le chenal de Tresco. Le garçon avait trébuché, était passé par-dessus bord, et avait été entraîné au loin par le courant. Celui qu'ils entendaient à présent avait dû être rejeté par la mer à St Helen's – il ne voyait pas d'autre explication. Mais si un enfant avait disparu, ils en auraient forcément entendu parler. L'alerte aurait été donnée dans toutes les îles. Tout le monde l'aurait cherché. Il ne comprenait pas ce qui avait pu se passer.

Alfie le précédait déjà sur le chemin qui menait à la maison des Pestiférés, appelant celui ou celle qui était là le plus doucement possible, de sa voix la plus rassurante.

– Bonjour. C'est simplement moi. Alfie, Alfie Wheatcroft. Je suis avec mon père. Ça va ? Tout va bien ?

Il n'y eut pas de réponse. Ils s'arrêtèrent sur le seuil, ne sachant plus très bien que dire ni que faire.

– Nous sommes de Bryher, commença Jim à son tour. Tu nous connais, non ? Je suis le père d'Alfie. Qu'est-ce que tu fais là ? Tu es tombé d'un bateau, hein ? Ça arrive. Ça arrive. Tu dois être à moitié gelé. On va te sortir de là en moins de deux, et te ramener à la maison. Une tasse de thé fumante, du pouding, un bain chaud, voilà ce qu'il faut pour te réchauffer les os, pas vrai ?

Tandis qu'Alfie avançait d'un pas hésitant dans l'hospice en ruine, le gémissement s'arrêta. Aucune trace de qui que ce soit, à l'intérieur, rien que des fougères et des ronces. Tout au fond de la bâtisse, sous la cheminée, il vit le foyer recouvert d'un épais tapis de fougères sèches, comme si quelqu'un s'était fait un lit.

Brusquement, un oiseau s'envola d'une niche creusée dans un mur, une explosion de battements d'ailes qui fit palpiter le cœur d'Alfie. Il se fraya un passage à travers les épaisses broussailles qui avaient envahi les décombres depuis longtemps, les ronces déchirant sa chemise et son pantalon à mesure qu'il avançait. Jim resta sur le seuil.

– Il n'y a personne, ici, murmura-t-il. Tu vois bien.

Mais Alfie se dirigeait déjà vers le coin de la cheminée, faisant signe à son père de se taire.

– Ne t'inquiète pas, surtout, disait-il, en marchant doucement, lentement. On va te sortir de là et te ramener tout de suite chez toi. Nous avons notre bateau. On ne te fera pas de mal, promis. Tout se passera bien, parole d'honneur ! Tu peux sortir de là, maintenant.

Il avait aperçu un visage, un visage blanc comme la craie, qui regardait à travers la bruyère, un enfant, une fille, les joues creuses, des cheveux raides et bruns qui retombaient sur ses épaules. Blottie dans un coin, son poing dans la bouche, elle le regardait fixement, les yeux agrandis par la peur. Elle était enveloppée dans une couverture grise. Ses joues étaient maculées de larmes, et elle tremblait sans pouvoir s'arrêter.

Alfie s'accroupit là où il se trouvait, gardant ses

distances – il ne voulait pas l'effrayer. Il ne la reconnut pas. Si elle était venue de l'archipel, il l'aurait certainement identifiée – il connaissait tous les enfants de Scilly, tout le monde les connaissait et savait dans quelle île chacun d'eux vivait.

– Bonjour, dit-il. Comment tu t'appelles ?

Elle eut un mouvement de recul. La respiration haletante, elle frissonnait sous sa couverture, et se mit de nouveau à tousser.

– Moi, c'est Alfie. Il ne faut pas avoir peur, tu sais.

Elle fixait Jim, respirant péniblement.

– Et voilà père. Il ne te fera pas plus de mal que moi. Tu dois avoir faim, non ? Il y a longtemps que tu es là ? Tu tousses affreusement. D'où tu viens ? Comment tu es arrivée ici ?

Elle ne répondit pas, et resta simplement recroquevillée là, figée par la peur, ses yeux passant rapidement de Jim à Alfie, d'Alfie à Jim. Le garçon tendit lentement la main vers elle, et toucha sa couverture.

– Elle est complètement trempée, dit-il.

Elle avait les pieds nus, couverts de sable et de boue, et sa robe, ou le peu qu'il pouvait en voir, était en haillons. Des coquilles vides de patelles jonchaient le sol autour d'elle, ainsi que quelques coquilles d'œuf cassées, des œufs de mouette.

– Nous avons des maquereaux pour le dîner, à la maison, poursuivit-il. Mère les fait à merveille, roulés dans l'œuf et dans l'avoine, et après, il y a du pouding, aussi. Tu aimeras ça. Notre bateau est là-bas, sur la plage. Tu veux venir avec nous ?

Il avança peu à peu, lui tendant la main.

– Tu peux marcher ?

Elle bondit alors devant lui comme un faon effrayé, et tituba dans les bruyères vers l'encadrement de la porte. Elle dut faire un faux pas, car elle disparut soudain dans les broussailles. Jim la retrouva quelques instants plus tard, le visage contre terre, inconsciente. Il la retourna. Son front saignait abondamment. Il se pencha sur elle. Ses jambes étaient couvertes de coupures et d'égratignures. Une cheville était enflée et meurtrie. Elle ne respirait pas. Alfie était là, agenouillé à ses côtés.

– Est-ce qu'elle est morte, père ? demanda-t-il dans un souffle. Est-ce qu'elle est morte ?

Jim toucha le cou de la fille. Il ne sentit pas de pulsation. La panique montant dans sa poitrine, il se rappela le jour où Alfie était tombé sur des rochers quand il était petit, où il avait couru tout du long jusqu'à chez lui, son fils dans les bras, presque sûr qu'il était mort. Il se rappela alors comme Mary était restée calme, comme elle avait pris les choses en main : elle avait allongé Alfie sur la table de la cuisine, mis son oreille contre la bouche du petit garçon, et senti son souffle sur sa peau. Il fit donc la même chose : colla son oreille contre la bouche de la fille, sentit son souffle tiède, et sut qu'il y avait encore de la vie en elle. Il devait la ramener le plus vite possible chez eux. Ensuite, Mary saurait ce qu'il fallait faire.

– Cours au bateau, Alfie ! dit-il. Vite ! Je vais la porter jusque-là.

Il la prit dans ses bras, s'élança hors de la maison des Pestiférés, courut le long du chemin vers les dunes. Elle était légère, molle, et trempée. Il sentait qu'elle n'avait plus que les os sur la peau. Le temps d'arriver, Alfie avait déjà mis le bateau à la mer. Il était debout dans l'eau, et le retenait.

– Monte, fils, lui dit Jim. Occupe-toi d'elle. Moi, je vais ramer.

Ils l'enveloppèrent dans la veste de Jim, et l'allongèrent, la tête sur les genoux d'Alfie.

– Tiens-la contre toi, ajouta Jim. Il faut la réchauffer du mieux qu'on peut.

Il poussa le bateau vers le large, sauta à bord, et prit les rames presque en un seul et même mouvement.

Jim rama comme un homme en transe dans la houle de la pleine mer, après le phare de Round Island, puis, enfin, dans les eaux calmes du chenal de Tresco. Il jetait continuellement des coups d'œil à la fille allongée là dans les bras d'Alfie, la tête en sang, les yeux fermés. Jim ne voyait aucun signe de vie en elle. Elle dormait comme si elle n'allait jamais se réveiller.

Alfie lui parlait tout le temps, sans s'arrêter un instant. La tenant serrée contre lui, tandis que le bateau rugissait et tanguait sur les vagues, il l'appelait sans cesse, espérant qu'elle se réveillerait, qu'elle ouvrirait les yeux. Il lui disait qu'ils allaient bientôt arriver, maintenant, que tout irait bien pour elle. Parfois, Jim se joignait à lui, quand il retrouvait assez de souffle pour le faire, la suppliant, l'implorant de vivre, et se fâchant même contre elle.

– Réveille-toi, ma fille ! Réveille-toi, nom de Dieu ! T'avise pas de t'en aller et de mourir ici avec nous, tu m'entends ! T'avise pas de faire ça !

3

Exactement comme une sirène

Pendant tout ce temps, tandis que Jim ramait comme un damné, tendant chacun de ses muscles à chaque coup d'aviron, la fille restait étendue là, dans le bateau, inanimée, pâle comme la mort, sa tête reposant doucement sur les genoux d'Alfie. Jim ne voulait pas demander trop souvent à Alfie comment elle allait, si elle était toujours vivante, car il voyait comme son fils était déjà angoissé et bouleversé. Il aurait voulu pouvoir s'arrêter de ramer, ne fût-ce qu'un moment, pour aller voir lui-même si elle respirait encore, mais il savait qu'il devait continuer d'avancer pour ramener la fille chez eux, à Bryher, la ramener à Mary le plus vite possible. Mary saurait ce qu'il fallait faire, se disait-il. Mary la sauverait.

Jamais le trajet dans le chenal de Tresco n'avait paru si long à Alfie. Il était quasiment sûr, à présent, que la fille était morte, au point qu'il n'osait presque plus la regarder. Au bord des larmes, il préférait ne pas parler. Il essayait sans cesse de croiser le regard de son père, puis détournait immédiatement les yeux. Il ne pouvait pas lui dire comme elle était froide dans ses bras, comme elle était immobile, il ne pouvait pas lui dire qu'elle n'était plus là.

Le vent, le courant, et l'épuisement ralentissaient Jim. En entrant dans Green Bay, il appela à l'aide, avec le peu de souffle qu'il lui restait. Des dizaines d'habitants de l'île coururent alors le long de la plage, dont Mary et un troupeau d'enfants surexcités, qui revenaient de l'école. Seule Peg, la jument de labour de l'île, semblait indifférente à leur arrivée, occupée comme elle l'était à brouter sur les dunes.

Lorsque Jim fut tout près du rivage, ils entrèrent tous dans l'eau pour aller à sa rencontre et tirer le bateau jusqu'à terre. Avant même que Jim ait le temps de remonter les rames, Mary avait pris la fille des bras d'Alfie, et la ramenait sur la plage. Alfie aida son père à débarquer. Jim paraissait mal assuré sur ses jambes, et son fils dut le soutenir quelques instants. Jim sortit de l'eau en titubant, et tomba à quatre pattes sur le sable mouillé. Épuisé, il haletait, peinant à reprendre son souffle. La tête lui tournait, ses épaules brûlaient. Il n'y avait pas un endroit de son corps qui ne le fasse souffrir.

Plus loin sur la plage, Mary avait étendu la fillette sur le sable sec, et était penchée sur elle. Elle les appelait.

– Qui est-ce, Jimbo ?

Elle lui demandait :

– Qui est-ce ? Où est-ce que tu l'as trouvée ?

Pour toute réponse, Jim secouait la tête. Il ne pouvait prononcer un mot. Un attroupement se formait, à présent, chacun poussant et tirant pour voir de plus près, et posant un tas de questions. Mary leur fit signe à tous de reculer.

– Laissez-la respirer, pour l'amour du ciel ! La petite a besoin d'air. Elle est à moitié morte, vous ne voyez pas ? Que quelqu'un aille chercher le docteur Crow à St Mary's ! Et vite ! On va la ramener à la maison et la réchauffer près du poêle. (Elle toucha le visage de l'enfant avec le dos de sa main, puis effleura son cou.) Elle tremble des pieds à la tête. Elle a de la fièvre. On va prendre la carriole. Allez chercher Peg, qu'on l'attelle ! Il faut se dépêcher.

Jim et Alfie se frayèrent un passage dans la foule. Juste à ce moment-là, la fille ouvrit les yeux. Elle regarda, abasourdie, tous les visages qui l'observaient fixement. Elle essaya de s'asseoir, de dire quelque chose. Mary se pencha plus près d'elle.

– Qu'est-ce qu'il y a, mon petit ? Qu'est-ce qu'il y a ?

Ce ne fut qu'un murmure, qui ne parvint qu'à très peu de gens. Mais Mary l'entendit, et Alfie aussi.

– Lucy, dit la fillette.

Puis, comme Mary l'étendait de nouveau sur le sable, elle ferma les yeux et perdit connaissance encore une fois. Ils se hâtèrent de l'emmener chez eux, à Veronica Farm, dans la carriole. Alfie tenait les rênes, et Mary était derrière, la fille dans ses bras. On aurait dit que la moitié de l'île les suivait. Mary avait beau répéter sans arrêt aux gens qu'ils ne pouvaient rien faire, qu'ils devraient tous rentrer chez eux, personne ne l'écoutait.

– Tu pourrais pas presser un peu cette jument, Alfie ? demanda-t-elle.

– Elle n'ira pas plus vite, mère, dit-il. Tu connais Peg.

– Et je te connais, toi aussi, Alfie Wheatcroft, répliqua-t-elle sur un certain ton. Tu as passé une bonne journée à l'école ?

Ne sachant que répondre, Alfie ne répondit pas. Ils restèrent silencieux pendant un moment.

– Père m'a dit que c'était toi qui l'avais trouvée, reprit Mary.

– Probable, répondit Alfie.

– Eh bien, tout compte fait, c'était plutôt une bonne chose que tu sois là-bas, je dois le reconnaître. On n'en parle plus, d'accord ? Et maintenant, fais trotter cette jument, que ça lui plaise ou pas !

– Oui, mère, murmura Alfie, à la fois soulagé et penaud.

Une heure environ après qu'ils furent tous arrivés à la ferme, Jim, Alfie, et les autres hommes étaient toujours rassemblés dans le jardin, où ils attendaient des nouvelles, tandis que le plus grand nombre de femmes possible s'entassait dans la cuisine de la ferme, au grand dam de Mary, qui ne prenait pas la peine de cacher son irritation. Elles avaient toutes de bons conseils, qu'elles donnaient haut et fort, et que Mary s'efforçait d'ignorer. Elle ne s'occupait que de la fillette, lui trouvait des vêtements secs, la frictionnait, puis l'installait le plus confortablement possible devant le poêle. Dehors, dans le jardin, Jim s'était suffisamment remis, à présent. Alfie à ses côtés, il répondait aux questions des curieux, expliquant comment son fils et lui avaient découvert l'enfant à St Helen's. Tout le monde voulait en savoir plus, mais il n'y avait pas grand-chose à dire, et une fois que ce fut dit, il n'y avait rien à ajouter. Il ne pouvait que répéter les mêmes choses. Pourtant, les questions continuaient de pleuvoir.

Le docteur Crow arriva enfin de l'île de St Mary's, jeta un coup d'œil à la foule rassemblée devant la maison, et prit aussitôt le contrôle de la situation. Il s'arrêta devant la porte de la ferme, sa pipe à la main, comme d'habitude, puis déclara :

– Ce n'est pas un cirque, ici, et je ne suis pas un clown. Je suis médecin, je suis venu voir un patient. Maintenant, rentrez chez vous, tous autant que vous êtes, ou ça va mal tourner.

Négligé, débraillé, comme toujours, avec un reste de chou traînant dans sa barbe depuis le déjeuner – on ne le surnommait pas docteur Croquemitaine pour rien –, le docteur Crow était profondément aimé et respecté dans toutes les îles de l'archipel. Qui n'avait pas eu une bonne raison de lui être reconnaissant à un moment ou à un autre ? Depuis des années, il donnait de bons conseils aux habitants, il leur apportait tout le réconfort possible. Il suffisait qu'il entre dans une maison pour qu'on se sente rassuré. Mais il était également un peu craint. Personne ne discutait les décisions du docteur Crow. La plupart des hommes s'éloignèrent sans un murmure, ou presque. Quant aux femmes qui se pressaient dans la cuisine, elles marmonnèrent peut-être quelque chose, mais elles finirent toutes par partir, elles aussi.

– Tiens, le môme, prends ma pipe, dit le docteur à Alfie en entrant. Mais ne t'avise pas d'en tirer une bouffée, tu m'entends ? Bon, où est le patient ?

Lucy était assise dans le fauteuil de Jim près du poêle, enveloppée dans des couvertures. Les yeux écarquillés d'angoisse, elle tremblait violemment.

– Elle s'appelle Lucy, docteur, lui apprit Mary. C'est tout ce qu'on sait d'elle, c'est tout ce qu'elle a dit, juste son nom. J'arrive pas à la réchauffer, docteur. Tout essayé. Je peux pas l'empêcher de frissonner comme ça.

Le médecin s'accroupit aussitôt, souleva les pieds de la fille et les appuya directement contre le poêle.

– D'après mon expérience, madame Wheatcroft, on se réchauffe d'abord par les pieds. On va arranger tout ça. Vilaine cheville, qu'elle a là. Foulée, d'après ce que je vois.

– J'ai essayé de lui donner un peu de lait et de miel, dit Mary, mais elle n'a rien voulu prendre.

– Vous avez bien fait d'essayer, mais elle a surtout besoin d'eau, je pense, de beaucoup d'eau, répondit le docteur, en sortant le stéthoscope de sa serviette.

Il écarta les couvertures autour du cou de la fille pour l'examiner. Elle les remonta aussitôt jusqu'à son menton, et eut un soudain accès de toux qui la secoua de haut en bas.

– Du calme, ma fille, dit le docteur. Lucy, c'est ça ? Personne ne te fera de mal.

Il posa la main sur son front, plus doucement cette fois. Il prit son poignet et lui tâta le pouls.

– Oui, elle brûle de fièvre, c'est sûr, et ce n'est pas bon. Je ne serais pas étonné que certaines des coupures qu'elle a sur les jambes soient infectées. Elles sont là depuis un certain temps, apparemment. (Il se tourna vers Jim.) C'est vous qui l'avez trouvée, monsieur Wheatcroft, d'après ce qu'on m'a dit. À St Helen's, n'est-ce pas ? Horrible endroit.

– Alfie et moi, docteur, précisa Jim.

– Qu'est-ce qu'elle faisait là ? reprit le médecin. Elle était seule quand vous l'avez trouvée ? C'est bien ça ?

– Je crois, répondit Jim. On a vu personne d'autre. Mais, en vérité, on a pas eu beaucoup le temps d'aller voir. On y a même pas pensé, sur le moment. C'est après que je me suis dit qu'elle était peut-être pas seule. J'ai envoyé le cousin Dave là-bas, en lui demandant de faire le tour de l'île et de bien regarder partout, juste pour être sûr. Il va bientôt revenir, ça devrait plus être long.

– Vous étiez allé pêcher, monsieur Wheatcroft ?

– Des maquereaux, répondit Jim.

– Elle a une bonne taille, pour un maquereau, remarqua le docteur en souriant un bref instant. Si vous voulez mon avis, c'est la plus belle pièce de l'année ! Mais on peut dire que vous l'avez trouvée juste à temps. Elle est bien souffrante, cette pauvre enfant, madame Wheatcroft, elle est déshydratée, elle a de la fièvre. J'ai l'impression qu'elle n'a pratiquement rien mangé depuis des jours, des semaines, peut-être. Elle est à moitié morte de faim.

Il palpa le cou de la fillette des deux mains, puis il lui souleva le menton, et examina sa gorge. Il se pencha en avant, lui tapa doucement dans le dos, puis posa l'extrémité du stéthoscope sur sa poitrine et l'écouta un moment respirer.

– Beaucoup de congestion dans les poumons, et je n'aime pas ça, déclara-t-il. Faible comme un chaton. Et puis, elle a cette toux en bas de la poitrine, là où elle ne devrait pas être. C'est la pneumonie qui m'inquiète le plus. Gardez-la au chaud, comme vous le faites en ce moment, madame Wheatcroft. Nettoyez régulièrement ses coupures et ses égratignures. Du bouillon de légumes chaud, du bouillon de bœuf bouillant, un peu de pain, peut-être. Mais attention, pas trop, au début. Un peu de nourriture, mais souvent, c'est ce qu'il y a de mieux. Du thé sucré, ça fait toujours du bien aussi, si elle le prend. Et, comme je l'ai dit, beaucoup d'eau. Il faut qu'elle boive. Il faut faire baisser cette fièvre, et vite. Je n'aime pas ces frissons qu'elle a. Pas du tout. Si on se débarrasse de ses tremblements, la toux aussi devrait disparaître assez rapidement.

Il se pencha vers elle.

– Il faut être une bonne fille, maintenant, Lucy, tu dois boire et manger le plus possible. Tu as un nom de famille, mon enfant ?

Lucy le regarda fixement, en silence, le regard vide.

– Pas grand-chose à dire, hein ? reprit-il. D'où viens-tu, Lucy ? On vient toujours de quelque part.

– Elle ne semble pas parler beaucoup, docteur, elle a juste prononcé son nom, intervint Mary.

– Sortie de la mer, à ce qu'il paraît, poursuivit le médecin en lui soulevant les paupières l'une après l'autre. Comme une sirène, hein ? Rien que ça !

Il releva le bout de la couverture, découvrant les genoux de Lucy. Il lui croisa les jambes, puis donna de petits coups sur ses genoux, le gauche, puis le droit. Il parut satisfait.

– Ne vous inquiétez pas, madame Wheatcroft, une fois qu'elle ira mieux, elle parlera bien assez tôt, et nous en saurons davantage. Elle est en état de choc, à mon avis. Mais je peux vous assurer une chose : vu ses jambes, il ne s'agit pas d'une sirène. Elles sont peut-être égratignées, mais elle en a bien deux ! (Tout le monde sourit.) Voilà qui est mieux. Il faut de la gaieté autour d'elle, vous savez. Ça l'aidera à guérir. La bonne humeur, ça aide toujours. Mais venons-en à cette question : qui va s'occuper d'elle ? Et qu'est-ce qui va se passer quand elle se rétablira ? D'après le peu que nous en savons, ce n'est pas comme si elle avait une famille.

Mary n'hésita pas un instant.

– C'est nous qui nous en occuperons, bien sûr, décida-t-elle. N'est-ce pas, Jim ? Tu es d'accord, Alfie ?

Alfie ne répondit pas. Il écoutait à peine. Il ne pouvait pas quitter cette étrange petite créature des yeux. Il était si soulagé qu'elle soit vivante ! Il se demandait qui elle était, comment elle était arrivée à St Helen's, et comment elle avait pu survivre là-bas toute seule.

– Elle doit bien avoir une famille, dit Jim. Tous les enfants ont un père ou une mère quelque part. Elle doit leur manquer.

– Mais qui est-elle ? demanda Alfie.

– Elle s'appelle Lucy, répondit Mary, et c'est tout ce que nous avons besoin de savoir pour le moment. Pour moi, c'est Dieu qui nous l'a amenée, qui l'a sortie de l'océan, et qui vous a envoyés, ton père et toi, la chercher à St Helen's. Nous veillerons donc sur elle aussi longtemps qu'elle aura besoin de nous. Elle sera l'une des nôtres, aussi longtemps qu'il le faudra, jusqu'à ce que sa mère ou son père vienne la chercher pour la ramener chez elle. En attendant, c'est ici qu'elle est chez elle. Tu vas avoir une sœur pendant un moment, Alfie, et ton père et moi, nous aurons une fille. On en a toujours voulu une, pas vrai, Jimbo ? On n'avait pas réussi jusqu'à maintenant, hein ? On va la soigner jusqu'à ce qu'elle guérisse, docteur, on va l'aider à se remplumer et à reprendre des couleurs sur les joues. (Elle écarta doucement les cheveux du front de la fille.) Ensuite, on verra. Tu seras bien chez nous, mon petit. T'as rien à craindre.

Le docteur ne s'attarda pas longtemps, et annonça qu'il reviendrait une semaine plus tard environ pour voir comment allait Lucy. Il insista très fermement auprès de Mary pour qu'elle l'envoie chercher aussitôt au cas où la fièvre monterait encore. Avant de s'en aller, il demanda à Alfie de lui rendre sa pipe.

– Horrible habitude, dit-il. Ne fume jamais, tu m'entends ? Mauvais pour la santé. Détestable habitude. Sinon, tu devras sans arrêt appeler le docteur, et je ne pense pas que tu aies très envie de ça, hein ?

Il était parti depuis une heure à peine, lorsqu'un nouveau visiteur arriva. Dave Bishop, le cousin Dave, qu'on appelait souvent Big Dave, car c'était un robuste gaillard, se tenait sur le seuil, et frappait à la porte à grands coups.

– Oncle Jim ! Tu es là, oncle Jim ?

Il n'attendit pas la réponse. Il déboula dans la pièce, son corps massif occupant tout l'espace, sa voix excitée retentissant dans toute la maison. Il portait délicatement dans ses deux bras un ballot de chiffons informe.

– Je suis allé là-bas, oncle Jim, à St Helen's, comme

tu m'avais demandé, dit-il. Y a personne d'autre sur l'île, d'après ce que j'ai vu, en tout cas. J'ai fait tout le tour. Plein d'huîtriers, de mouettes, et un phoque ou deux sur les rochers. J'ai vu personne d'autre. Mais j'ai trouvé ça.

C'était une couverture, une couverture grise, trempée. Il la déplia.

– Y avait ça, aussi, oncle Jim. C'était par terre, dans un coin de la maison des Pestiférés, c'était. On dirait un ours en peluche, non ? Ça peut être qu'à elle, non ?

Mary le lui prit des mains. Comme la couverture, il était maculé de boue et imbibé d'eau, avec un ruban d'un rose sale autour du cou, et un œil en moins. Il souriait, remarqua Alfie.

Soudain, Lucy se redressa et tendit la main vers lui.

– Il est à toi, Lucy, mon petit ? lui demanda Mary.

La fillette le lui arracha des mains, le serrant farouchement contre elle, comme si elle ne voulait plus jamais le lâcher.

– C'est bien à elle, dit Jim. Aucun doute là-dessus.

– Y a autre chose, aussi, ajouta le cousin Dave. Sur la couverture, là, y a un drôle de truc, comme si c'était écrit en étranger, un nom cousu dessus, peut-être, ou autre chose. (Il le leur montra.) Je sais pas lire, oncle Jim. Qu'est-ce que ça dit ?

Jim épela le nom à haute voix, puis essaya de le prononcer.

– « Wil… helm. » Wilhelm. C'est le nom de

l'empereur d'Allemagne, du Kaiser, non ? Oui, j'en suis sûr. Ça ressemble à William en anglais. Le Kaiser Bill, l'empereur Guillaume, c'est comme ça qu'on l'appelle, non ?

– Le Kaiser ? dit le cousin Dave. Alors, c'est de l'allemand ? Oui, forcément. Et si c'est de l'allemand, alors c'est que la fille vient de là-bas, non ? Ça tombe sous le sens. C'en est une. C'est une sale Boche. Elle pourrait aussi bien être la maudite fille du Kaiser !

– Dis pas de bêtises, cousin Dave ! répliqua Mary, en lui prenant la couverture. De toute façon, ça m'est égal qui elle est, elle peut bien venir de Tombouctou, je m'en fiche. Nous sommes tous les enfants de Dieu, peu importe d'où on vient, comment on s'appelle, quelle langue on parle. Ne l'oublie pas !

Elle marcha droit sur eux, et, le regardant dans les yeux, elle lui murmura tout doucement :

– Écoute-moi bien, cousin Dave. Je veux pas que tu dises un mot sur le nom qui est sur cette couverture. Tu m'entends ? Pas un mot. Tu sais comment c'est en ce moment, avec ces rumeurs sur des espions allemands, et tout ça. Rien qu'un tas d'idioties. Mais si ça se répand, les gens vont commencer à parler. Pas un mot ! On garde ça dans la famille, compris ? Promets-le, maintenant, donne-moi ta parole !

Le cousin Dave détourna les yeux, interrogeant du regard d'abord Jim, puis Alfie, dans l'espoir que l'un d'eux viendrait à son secours. Il était manifestement nerveux. Il semblait ne plus savoir où regarder, ni que dire. Mary prit fermement le visage de Dave entre ses mains, le forçant à la regarder.

– C'est promis ? reprit-elle. J'ai ta parole ?

Le cousin Dave mit un moment à répondre :

– D'accord, tante Mary. Je dirai rien là-dessus. Promis. Croix de bois croix de fer.

Mais Jim ne lui faisait pas confiance. Tout le monde savait qu'après un verre ou deux, David Bishop pouvait raconter n'importe quoi.

– Pas un mot ! Compris, cousin Dave ? intervint Jim, avec juste ce qu'il fallait de menace dans sa voix pour que le cousin Dave comprenne qu'il ne plaisantait pas. Tu es allé à St Helen's, et tu as trouvé l'ours en peluche, tu as trouvé la couverture, une simple couverture grise, tout ce qu'il y a d'ordinaire. Tu dis rien de plus, comme t'a demandé tante Mary. Et tu veux pas contrarier ta tante Mary, pas vrai ? Parce que si elle est contrariée, moi aussi je suis contrarié. Et je suis mauvais, quand je suis contrarié. Tu veux pas ça, hein ?

– Je pense pas, répondit le cousin Dave, l'air contrit.

Pendant ce temps, Alfie n'avait pas quitté Lucy des yeux.

– Je n'avais jamais vu d'Allemand avant, remarqua-t-il. C'est pas étonnant qu'elle ne dise rien. Elle ne sait pas parler anglais. Elle doit pas comprendre un mot de ce qu'on raconte. Si elle est allemande, elle ne peut pas.

Tandis qu'il parlait, Lucy leva les yeux vers lui, et croisa son regard un bref instant. Mais ce fut assez long pour qu'Alfie soit certain qu'elle avait compris quelque chose, peut-être pas tous les mots, mais quelque chose.

4

Juin 1915

Lucy Lost

La mystérieuse apparition de cette Lucy surgie de nulle part avait été le sujet de toutes les conversations de l'archipel depuis plusieurs semaines, éclipsant même les nouvelles de la guerre qui venaient de France et de Belgique. Celles-ci avaient pourtant été la principale source d'inquiétude et de préoccupation d'à peu près tous les habitants des îles depuis le début de la guerre, environ un an plus tôt – à l'exception d'oncle Billy, qui vivait sa vie dans un tout autre monde, et semblait oublier le monde réel autour de lui.

Toutes les nouvelles qu'ils lisaient dans les journaux, ou qu'ils apprenaient de marins de passage dans le port de St Mary's anéantissaient leurs espoirs d'une paix rapide, et confirmaient leurs pires craintes. Au début, les journaux avaient débordé de ferveur patriotique, d'optimisme enjoué, leurs gros titres se transformant en cris de ralliement à l'adresse de la nation. Mais ces derniers mois, à force de lire sans arrêt des informations sur de nouvelles pertes, sur « la résistance héroïque », et les batailles « livrées avec bravoure » en Belgique, ou les « retraites stratégiques » en France, ce battage s'était en grande partie dégonflé. Il était évident que les armées qui reculaient et perdaient des hommes par milliers ne gagnaient pas la guerre – contrairement à ce que certains journaux continuaient d'affirmer – et la plupart des gens le savaient, à présent. Aucun des gars ne rentrerait au pays à Noël, comme tout le monde l'avait espéré, c'était désormais sûr.

Les habitants de l'archipel s'efforçaient de faire bonne figure. Ils essayaient comme ils pouvaient de garder la flamme de l'espoir dans chaque foyer, mais plus rien ne pouvait cacher la vérité derrière les bulletins quotidiens publiés dans les journaux annonçant les pertes subies, derrière les listes affreusement longues de morts, de blessés et de portés disparus. En outre, les mois précédents, quatre marins noyés de la Royal Navy avaient été rejetés sur le rivage des îles Scilly, chacun d'eux rappelant tristement que la guerre en mer ne se déroulait pas bien non plus.

Les gens avaient une certaine habitude de la tragédie, sur ces îles. « Perdu en mer », ces mots revenaient souvent, car la disparition en mer avait toujours été une cause assez courante de mort, comme en témoignaient les nombreux monuments qu'on pouvait voir un peu partout dans les églises de l'archipel. Mais à l'annonce des premières pertes de guerre subies par les insulaires – la disparition de deux jeunes garçons que tout le monde connaissait, Martin Dowd et Henry Hibbert –, le chagrin fut tel qu'un drap mortuaire sembla recouvrir tous les habitants. Tous deux avaient fait partie de l'équipage du gig, le canot à rames rapide de St Mary's, et tous deux avaient été tués près de Mons le même jour. C'étaient des habitants des îles Scilly. Ils étaient de la famille. La guerre était vraiment entrée à la maison.

Cependant, c'est ce qui était arrivé peu après au jeune Jack Brody, qui avait été le plus difficile à supporter, en particulier par les gens de Bryher. Il était connu dans tout l'archipel pour être un garçon insolent, joyeux, un peu m'as-tu-vu, le boute-en-train de toutes les fêtes, tapageur et toujours prêt à s'amuser. Il s'était engagé à seize ans – avant l'âge requis –, premier volontaire de l'archipel, toujours bravache, prenant les choses à la légère, déclarant à qui voulait l'entendre qu'il viendrait à bout des Boches dès qu'il poserait le pied en France. Jack, qui avait un an ou deux de plus qu'Alfie, avait été son modèle depuis qu'il allait à l'école. Avec sa façon de se sortir de toutes les situations, d'être le champion de boxe de l'école, et, sans aucun doute, le meilleur footballeur, Jack représentait tout ce qu'Alfie admirait, tout ce qu'il voulait devenir.

Mais à présent, six mois seulement après être parti à la guerre, il était rentré au pays. De temps en temps, Alfie le voyait sur l'île, parfois dans son fauteuil roulant, poussé par sa mère le long d'un chemin, parfois s'appuyant sur des béquilles, deux ou trois médailles épinglées sur sa veste, sa jambe gauche en moins. Jack arrivait quand même à faire bonne figure. Dès qu'il voyait quelqu'un, il le saluait avec de grands gestes de la main. Miraculeusement, malgré son cerveau endommagé et son corps mutilé, au fond de lui, il semblait être resté le même. Lorsqu'il voyait Alfie, il l'appelait aussitôt, mais il ne savait plus qui était Alfie. Celui-ci redoutait de le rencontrer. Les mots de Jack s'emmêlaient, sa tête roulait d'un côté à l'autre de façon incontrôlable, sa bouche molle bavait, il avait un œil éteint, aveugle. Mais c'était sa jambe de pantalon repliée au niveau de l'aine qu'Alfie ne pouvait pas supporter.

Il s'en voulait terriblement, mais une fois ou deux, il s'était même caché derrière une haie d'escallonia en le voyant arriver, pour ne pas avoir à le rencontrer. Il ne pouvait pas toujours l'éviter, cependant, et il devait alors se forcer à aller lui dire bonjour, il devait affronter le fait qu'il lui manquait une jambe, voir la cicatrice livide qui lui barrait le front, là où l'avait frappé l'éclat d'obus qui était toujours profondément logé dans son cerveau, comme ne manquait pas de lui rappeler la mère de Jack chaque fois qu'ils se rencontraient.

– Comment ça va, Jack ? lui demandait-il.

Et Jack tentait de lui répondre, mais les mots sortaient aussi confus que son cerveau. Il continuait à essayer désespérément de communiquer. Humilié, frustré, furieux, il devait souvent se détourner pour cacher ses larmes, et il ne restait plus qu'à le quitter. Chaque fois qu'il le faisait, Alfie avait honte.

Ainsi, cet été-là, pour Alfie comme pour beaucoup d'autres, la découverte de Lucy Lost – Lucy Perdue –, comme on l'appelait maintenant dans tout l'archipel, avait été une diversion bienvenue. Elle détournait l'attention de ce pauvre Jack Brody, de la perte de Martin et Henry. L'ombre envahissante de la guerre elle-même reculait. Lucy Lost leur apportait à tous quelque chose d'autre, quelque chose de nouveau, dont ils pouvaient parler. Les spéculations allaient bon train. L'imagination se déchaînait. Les rumeurs étaient partout – plausibles ou pas, c'était sans importance. Les histoires, les théories, tout ce qui pouvait expliquer comment Lucy Lost avait pu apparaître, seule et abandonnée sur l'île de St Helen's, sans rien d'autre qu'une vieille couverture grise et un ours en peluche en lambeaux, n'ayant plus qu'un seul œil et un gentil sourire, abondaient.

Comment avait-elle pu arriver là ? Combien de temps était-elle restée sur l'île ? Et qui pouvait-elle bien être ? Chacun voulait en savoir davantage sur elle, et si possible l'entrevoir un bref instant. Les plus curieux étaient même allés jusqu'à St Helen's, pour fouiller la maison des Pestiférés et toute l'île, dans l'espoir d'y découvrir quelque indice révélateur. Ils n'avaient rien trouvé. Tout ce qu'on savait d'elle avec certitude, c'est qu'elle s'appelait Lucy, seul mot que cette étrange petite fille avait prononcé, et que Big Dave Bishop avait découvert un ours en peluche avec une couverture dans la maison des Pestiférés – les deux étant vraisemblablement à elle. Big Dave avait beaucoup parlé de sa découverte, mais il avait tenu parole et n'avait pas mentionné le nom brodé sur la couverture. Il y avait bien peu d'éléments. Mais ce que les habitants de l'archipel ne savaient pas sur Lucy Lost, ils ne se lassaient pas de l'inventer.

Les histoires devenaient de plus en plus extravagantes. On raconta que Lucy était sourde et muette, et qu'elle devait avoir la « tête un peu fêlée », comme oncle Billy. De même que pour certains il était Silly Billy – Billy l'Idiot –, elle était Loony Lucy – Lucy Louf. Certains pensaient que sa mère avait dû mourir en couches, que Lucy avait été délibérément abandonnée sur l'île déserte de St Helen's par un père cruel qui en avait eu assez de subvenir à ses besoins.

D'autres histoires encore couraient sur son compte, selons lesquelles elle aurait été la fille d'un des malheureux qui avaient été mis en quarantaine à la maison des Pestiférés, plusieurs siècles auparavant, elle aurait péri là autrefois et, depuis lors, elle hanterait l'île, telle une âme perdue, telle une enfant-fantôme. Ou peut-être, disait-on, Lucy Lost était-elle tombée par-dessus bord d'un navire naviguant dans l'Atlantique, et avait-elle été sauvée de la noyade par une baleine qui l'avait ramenée saine et sauve sur le rivage. Cela pouvait arriver, affirmaient plusieurs personnes. N'était-ce pas ainsi que Jonas lui-même avait été sauvé dans la Bible ? Et le révérend Morrison n'avait-il pas récemment fait un sermon sur Jonas dans l'église de Bryher, assurant à tous que les histoires de la Bible n'étaient pas simplement des histoires, mais qu'elles étaient la vérité, la parole de Dieu, la vérité de Dieu ?

Enfin, la théorie sans doute la plus fantaisiste de toutes, et certainement la plus répandue, était celle de la sirène – Alfie l'avait entendue suffisamment souvent dans la cour de l'école. Lucy Lost était vraiment une sirène, mais pas n'importe laquelle, la célèbre sirène de Zennor, qui avait nagé autrefois jusqu'aux îles Scilly depuis la côte de Cornouailles, qui était sortie de la mer pour s'installer sur le rivage de l'île de St Helen's, où elle coiffait langoureusement sa chevelure, comme le font les sirènes, et chantait des chansons douces aux marins et aux pêcheurs qui passaient, afin de les séduire et de les attirer vers les rochers. Mais elle s'était fait pousser des jambes – les sirènes le peuvent, disaient certains, comme les têtards. Les têtards n'ont-ils pas des pattes qui sortent de leur queue frétillante au printemps ? Bon, d'accord, ils ne chantent peut-être pas de chansons, ne coiffent peut-être pas leurs cheveux, mais ils se font bien pousser des jambes, non ? Toutes ces histoires étaient aussi invraisemblables que ridicules, risibles, et tout simplement impossibles. Mais peu importait. Elles étaient toutes fascinantes et divertissantes, ce qui explique probablement pourquoi, cet été-là, le mystère de Lucy Lost resta le sujet de conversation préféré des habitants de l'archipel pendant plusieurs semaines et plusieurs mois.

La plupart des gens se rendaient compte, bien sûr, quand ils y réfléchissaient vraiment, qu'il devait y avoir une explication plus rationnelle, plus sensée, au fait que Lucy Lost ait échoué à St Helen's, et que quelqu'un de si jeune ait pu y survivre. Tout le monde se doutait que si quelqu'un avait une idée de ce qui s'était réellement passé, ce ne pouvait être que Jim Wheatcroft ou Alfie, qui l'avaient trouvée les premiers, ou Mary Wheatcroft, qui veillait sur elle à Veronica Farm, sur l'île de Bryher. Ils devaient sûrement savoir. Peut-être savaient-ils déjà. Les Wheatcroft étaient sans aucun doute trop secrets, trop protecteurs avec elle, comme ils l'avaient toujours été avec Silly Billy, depuis que Mary l'avait ramené de l'hôpital. Les gens avaient compris qu'il valait mieux ne pas poser de questions sur Silly Billy – qui faisait partie de la famille, après tout – s'ils ne voulaient pas que Mary les rembarre aussi sec. Mais Lucy Lost, pensaient-ils, ne faisait pas partie de la famille Wheatcroft. Elle était simplement un mystère, et c'est pourquoi, dès que la famille Wheatcroft allait quelque part, elle avait toutes les chances d'être assaillie de questions et de devoir écouter les opinions de chacun.

Mary parvenait à se tenir à l'écart, dans l'ensemble, et à éviter cette forme d'intrusion dans leur vie, en restant le plus possible dans la ferme ou dans la cour. Mais elle devait laisser Lucy toute seule dans la maison et s'aventurer hors de la ferme au moins deux fois par jour pour aller voir oncle Billy, lui apporter à manger, nettoyer chez lui autant qu'elle le pouvait. Elle le trouvait dans le hangar à bateau, dans l'entrepôt des voiles, au-dessus, ou plus souvent, ces derniers jours, à Green Bay, sur l'*Hispaniola*, toujours absorbé dans son travail.

Cela faisait cinq ans ou plus, désormais, qu'elle lui apportait à manger, s'occupait de sa lessive et de son ménage, qu'elle veillait sur lui. Elle l'avait fait chaque jour sans exception, depuis qu'elle l'avait ramené de l'hôpital de Bodmin, de l'asile du comté, ou de la « maison des fous », comme on l'appelait. C'est en allant voir oncle Billy à Green Bay ou en en revenant qu'elle rencontrait le plus souvent un ou deux de ses voisins sur la plage. Certains, elle le savait, avaient traîné là exprès pour la surprendre, et finissaient toujours par la presser de questions sur Lucy Lost. Il ne lui avait pas échappé qu'avant l'arrivée de Lucy, elle n'avait quasiment jamais rencontré personne lors de ses allées et venues chez oncle Billy. Elle les repoussait tous.

– Elle va bien, disait-elle, de mieux en mieux. Bien.

Mais Lucy n'allait pas bien.

Sa toux n'était peut-être plus aussi rauque, aussi fréquente qu'avant, mais la nuit surtout, elle continuait à la terrasser. Parfois, ils l'entendaient gémir – Alfie disait que plus qu'à une plainte, cela ressemblait à un air qu'elle aurait fredonné. Mais gémissement ou fredonnement, c'était un son empli de tristesse. Mary, couchée, les yeux ouverts, l'écoutait, inquiète. Le manque de sommeil, nuit après nuit, l'épuisait peu à peu. Elle envoyait promener tous ceux qui se montraient à la porte pour lui rendre simplement « une petite visite », mais qui venaient manifestement dans l'espoir d'apercevoir Lucy. Son accueil glacial finit par décourager les fouineurs les plus insistants.

Jim dut affronter plus souvent la curiosité infinie que suscitait Lucy Lost. Qu'il le veuille ou pas, il devait réparer ses filets et ses casiers à crabes à Green Bay, où tous les pêcheurs de l'île se rassemblaient toujours pour le faire, lorsque le temps le permettait. Il devait s'occuper de ses pommes de terre et de ses fleurs dans les champs. Il devait aller chercher des algues sur la plage comme engrais, et ramasser du bois flotté pour le feu, l'hiver. Partout où il allait, quoi qu'il fût en train de faire, il y avait toujours des gens qui allaient et venaient, des amis, des relations, et à la moindre occasion, tous le pressaient de questions sur Lucy Lost.

Pour être franc, Jim devait reconnaître qu'au début, il avait été le premier à se réjouir de se retrouver sous le feu des projecteurs. Ils avaient découvert Lucy Lost, Alfie et lui. Ils l'avaient ramenée chez eux. Toute l'attention et l'admiration dont il avait été l'objet ne lui avaient pas déplu, au début. Mais au bout d'une semaine ou deux, il s'en était déjà lassé. Il y avait trop de questions, presque toujours les mêmes, et les mêmes quolibets, les mêmes plaisanteries criées à travers champs ou depuis les bateaux de pêche.

– Alors, Jim, tu as pris d'autres sirènes, aujourd'hui ?

Il essayait d'en rire, de garder sa bonne humeur, mais cela lui était de plus en plus difficile. Par ailleurs, il s'inquiétait sérieusement pour Mary. Elle paraissait épuisée, ces derniers jours, et semblait avoir perdu son entrain habituel. Il avait essayé de lui dire gentiment qu'elle s'en faisait sans doute trop pour Lucy Lost, qu'elle avait déjà suffisamment de travail avec oncle Billy, qu'ils devraient peut-être réfléchir au sujet de Lucy, et trouver quelqu'un pour s'occuper d'elle. Mais Mary n'avait pas voulu en entendre parler.

Alfie aussi, à mesure que le temps passait, traversait une période de plus en plus difficile à cause de Lucy Lost. Chaque jour, à l'école, non seulement il était pressé de questions, aussi bien par les professeurs que par les élèves, mais il devait subir toutes sortes de moqueries. « Quel âge elle a, Alfie ? À quoi elle ressemble ? » « Ta sirène, Alf, elle a des écailles sur elle à la place de la peau ? Et une tête de poisson ? Elle est toute verte, non ? »

Zebediah Bishop, le fils de cousin Dave, qui tenait

de son père, aimait les plaisanteries de gros garçon, et était la grande gueule de l'école, savait toujours comment s'y prendre pour mettre Alfie hors de lui.

– Elle est jolie ta sirène, Alfie, mon pote ? C'est ta petite amie, hein ? Tu l'as déjà embrassée ? Qu'est-ce que ça fait d'embrasser une sirène ? Un peu glissant, j'imagine !

Alfie s'efforçait de l'ignorer, mais c'était plus facile à dire qu'à faire.

Un matin qu'ils étaient en rang dans la cour de récréation de Tresco avant de rentrer en classe, Zeb recommença. Il se pinçait le nez et faisait des grimaces.

– Pouah, il y a quelque chose qui sent horriblement mauvais, par ici, comme du poisson. Ou une sirène, peut-être. Elles puent autant que le poisson, d'après ce qu'on raconte.

Alfie en eut assez. Il se jeta sur lui, et ils finirent par rouler par terre, battant des bras et des jambes, se donnant des coups de pied et de poing, jusqu'à ce que le directeur, M. Beagley, sorte dans la cour, les remette debout en les tirant par le col de leur chemise, et les entraîne à l'intérieur. Ils passèrent toute la récréation de l'après-midi en retenue, à écrire cent fois : « Les mots sont sages, les bagarres sont stupides. »

Ils n'étaient pas censés parler pendant les retenues. On avait droit à des coups de règle si on était surpris par Beastly Beagley – Bestial Beagley – en train de bavarder, mais Zeb se pencha vers Alfie et lui chuchota :

– Mon père dit que ta sirène a un petit ours en peluche. C'est pas mignon, ça ? Alfie a une petite amie qui a un ours en peluche, et qui est si bête qu'elle ne sait même pas parler. Elle ne sait même pas qui elle est, hein ? Dingo, folle, complètement cinglée, comme ton vieil oncle débile, comme Silly Billy. Il aurait dû rester dans la maison de fous où il était, ton oncle, comme dit ma mère. Et c'est là que ta petite amie devrait aller, elle aussi, sans oublier d'emporter son ours en peluche. Elle n'a pas toute sa tête, hein ? Et j'ai entendu autre chose aussi, un petit secret que mon père m'a confié, au sujet de sa couverture, celle que papa a trouvée sur l'île. Je sais tout, figure-toi. Elle est allemande, c'est une Boche, ta petite amie qui pue, pas vrai ?

Alfie se leva brusquement, attrapa Zeb et le cloua contre le mur, en lui criant à la figure, son nez touchant le sien :

– Ton père a promis qu'il n'en parlerait pas. Il l'a promis. Si tu racontes quoi que ce soit sur cette couverture, ça montrera que ton père est un sale menteur, et je…

Alfie ne finit pas sa phrase, car M. Beagley arriva en trombe, et les sépara. Il infligea à chacun six de ses meilleurs coups de règle, sur les articulations des doigts, cette fois. Rien au monde ne faisait plus mal que ça. Ni Alfie ni Zeb ne purent s'empêcher de pleurer. Ensuite, ils durent rester au coin pendant la dernière heure de cours. Alfie, maussade, fixait les nœuds du panneau de bois devant lui, essayant d'oublier la douleur lancinante de ses doigts, luttant pour retenir ses larmes. Les deux nœuds du bois sombre lui renvoyèrent son regard, tels deux yeux profonds, de couleur marron.

« *Comme les yeux de Lucy*, pensa-t-il, *des yeux qui regardent en vous, sans ciller, des yeux qui n'expriment rien. Des yeux vides.* »

5
Une simple idée

Obligé de rester là, au coin, Alfie se força à continuer de penser à Lucy – ne fût-ce que pour détourner son esprit de la douleur qu'il sentait dans ses doigts. Il constata qu'il était partagé, à son sujet. Il était content qu'elle soit là, chez eux. Il n'en avait pas été si sûr, au début, car sa mère s'était fait tellement de soucis pour Lucy qu'elle avait semblé avoir moins de temps à lui consacrer, à lui, comme à n'importe qui d'autre. Alfie l'avait déjà vue ainsi, au moment où elle avait entrepris de longues recherches pour retrouver oncle Billy, puis quand, avec l'aide du docteur Crow, elle s'était battue avec une détermination peu commune pour faire sortir son frère de l'asile de Bodmin, et le ramener sur leur île où elle pourrait veiller sur lui. Il avait compris à l'époque pourquoi elle devait le faire, de même qu'il comprenait à présent qu'il fallait garder Lucy Lost chez eux, que c'était bien ainsi. Il s'efforçait de se convaincre que ce manque d'attention de sa mère à son égard n'était pas bien grave.

Mais il en souffrait, et il savait que son père aussi, bien qu'ils n'en aient rien dit ni l'un ni l'autre. Il se rappelait cette phrase que Jim lui répétait chaque fois qu'il voulait lui remonter le moral : « Prends toujours les choses du bon côté, Alfie. » Ce n'était pas facile, mais tandis qu'il était là, au coin, se sentant malheureux, des élancements dans les doigts, il essaya de le faire.

Au moins, pensa-t-il, il avait de la compagnie chez lui, maintenant, une sorte de sœur, même si elle était étrange et silencieuse. Et il aimait bien monter dans sa chambre, au premier étage, pour la voir. Il lui faisait même la lecture, parfois, quand sa mère le lui demandait, alors qu'il n'avait jamais rien lu à personne auparavant. Il détestait lire à haute voix à l'école, car il avait peur de se tromper – mais avec Lucy Lost, il lisait simplement l'histoire et écoutait le son de sa propre voix. Il aimait bien aussi lui apporter du lait et du pouding à l'heure du thé, quand il revenait de l'école, il aimait rester à la maison pour s'occuper d'elle quand Mary allait voir oncle Billy à Green Bay. Mais il était de plus en plus troublé par son silence, par le regard vide qu'elle lui offrait. Il aurait tellement voulu qu'elle lui dise quelque chose, n'importe quoi ! Il avait essayé de la faire parler, de lui poser des questions. Mais elle restait couchée là, son regard absent fixé au plafond. Lui poser des questions était inutile, car elle ne répondait jamais. Lui parler était tout aussi inutile parce que, soit elle ne comprenait pas, soit elle n'écoutait pas. Elle ne réagissait, ni ne répondait d'aucune façon.

Malgré tout, sans comprendre pourquoi, il était impatient d'être avec elle. C'était un peu comme aller voir oncle Billy à Green Bay. Avec oncle Billy, Alfie bavardait joyeusement pendant des heures, obtenant pour toute réponse un grognement ou deux, et pourtant il sentait qu'oncle Billy était content qu'il soit là, même quand il était d'une humeur noire. Billy était très triste dans ces moments-là. Alfie voyait que Lucy était aussi triste que lui, qu'elle avait autant besoin d'une présence humaine qu'oncle Billy. Cela lui suffisait. Il aimait lui tenir compagnie, aussi silencieuse et étrange qu'elle fût. La vérité était que, même ainsi, Alfie aimait sa compagnie.

Les jointures de ses doigts lui faisaient toujours mal. Il essaya de ne pas y prêter attention, et de penser à oncle Billy. Alfie savait, comme tout le monde dans la famille, que le seul moyen de sortir oncle Billy de ses « périodes de grogne », comme on les appelait, était de lui parler, et de lui parler encore. Ça ne marchait pas toujours. Il fallait être patient. La période de grogne pouvait durer plusieurs jours, et quand il se sentait vraiment mal, il arrêtait même de travailler sur l'*Hispaniola*. Il restait assis là, dans son dépôt de voiles du hangar à bateau, le regard vide, sans rien dire, sans toucher à la nourriture qu'on lui apportait. Tôt ou tard, cependant, il sortait de son état d'abattement. Pendant des jours et des semaines, il redevenait alors le pirate Long John Silver, travaillait gaiement sur son bateau toute la journée, son chapeau de flibustier sur la tête, chantant et parlant tout seul.

Lorsque Alfie allait le voir dans ces moments-là, oncle Billy bavardait sans arrêt, tout en s'affairant sur l'*Hispaniola*. Il parlait de *L'Île au trésor*, et citait de longs passages du livre. Alfie, émerveillé, se demandait toujours comment il faisait. Billy connaissait le roman d'aventures par cœur de la première à la dernière page, et traitait les personnages comme des personnes réelles. De Jim Hawkins, il disait souvent : « C'est un bon gars, et il te ressemble beaucoup, jeune Alfie. » Il parlait de la même façon du fou Ben Gunn, ou du capitaine Flint, son perroquet, et bien entendu de « son bon navire, l'*Hispaniola* ».

Quand oncle Billy parlait de *L'Île au trésor*, Alfie savait que pour lui ce n'était pas simplement une histoire, mais des événements réels qu'il avait vécus, et qu'il revivait chaque fois qu'il en parlait. Il lui arrivait d'appeler Alfie « Jim, mon gars ». Alfie s'était alors rendu compte que ce n'était pas une simple erreur mais que, dans ces moments-là, pour oncle Billy, il était vraiment le personnage Jim Hawkins. De même qu'il se prenait lui-même pour Long John Silver, construisant son bateau, un nouvel *Hispaniola*, qui un jour, disait-il, quand il serait fini, naviguerait de nouveau vers l'île au Trésor. Ces jours-là, il s'affairait de l'aube au crépuscule sur son voilier, sciant, rabotant, clouant, chantant ses chansons de pirate à pleine voix : « Quinze marins sur le bahut du mort, yop là ho ! Une bouteille de rhum ! »

Alfie restait là, au coin, fredonnant tout bas le « yop là ho » d'oncle Billy, le plus doucement possible pour que M. Beagley ne l'entende pas. C'était un chant de défi autant qu'un chant de réconfort. Fredonner, bouger, lui attirerait sans aucun doute un coup sur la tête de la part de Beastly Beagley. Les yeux de Lucy, les deux nœuds dans le panneau de bois, le regardaient fixement. Parler, pensait-il, n'avait jamais eu aucun effet sur Lucy, alors que cela en avait parfois sur l'oncle Billy. Elle restait enfermée en elle-même, quoi qu'il dise, quel que soit le temps qu'il passe avec elle, et il avait l'impression qu'il y avait peu de chances qu'elle change. Alfie plia les jointures de ses doigts. Elles étaient toujours aussi raides et douloureuses. Il continuerait à parler à Lucy, à essayer. Puisque ça marchait parfois avec oncle Billy, ça pourrait marcher avec elle.

– Prends toujours les choses du bon côté, murmura-t-il, plus fort qu'il ne l'aurait voulu.

– Silence ! rugit M. Beagley.

Alfie se raidit pour résister au coup sur la tête. Il arriva, bien sûr, et lui fit mal, mais pas autant que ses doigts.

Il y eut des moments, durant les semaines qui suivirent, où Alfie eut l'impression qu'il parlait à Lucy uniquement parce qu'il fallait bien que quelqu'un dise quelque chose pour combler le silence. Il savait qu'il se parlait à lui-même, mais il lui donnait des nouvelles, toutes les nouvelles du jour. Il lui racontait ce qui s'était passé à l'école pendant la journée, à qui M. Beagley s'en était pris en particulier, qui avait eu droit aux coups de canne, aux coups de règle, qui avait été envoyé au coin. Parfois, il lui parlait du faucon pèlerin qui avait plané au-dessus de Watch Hill, ou du phoque endormi qui se prélassait sur les rochers de Rushy Bay. Il faisait tout ce qu'il pouvait pour lui présenter sa journée sous le meilleur jour, essayant de la rendre amusante aussi, quand c'était possible, même si elle avait été ordinaire et ennuyeuse. Et certaines l'étaient.

Alfie avait beau avoir l'habitude de ce genre d'exercice avec oncle Billy, c'était différent avec Lucy. Il n'avait aucune idée de la personne à laquelle il parlait. Il connaissait oncle Billy, il connaissait sa triste histoire, il savait tout de lui, et notamment qu'il était le frère jumeau de sa mère. Billy était né et avait été élevé avec elle sur l'île de Bryher, mais à quinze ans, après une dispute avec leur père, il était parti naviguer, sans même prévenir sa sœur. Pendant des années, la mère d'Alfie n'a pas su où il était allé, ni ce qui lui était arrivé.

Elle avait appris, une vingtaine d'années plus tard,

alors qu'il était devenu artisan dans la construction navale à Penzance, que sa femme était morte en couches, ainsi que son bébé, et que le chagrin, le sentiment de culpabilité l'avaient rendu fou. Elle avait découvert qu'après avoir erré quelque temps dans la lande sauvage de Cornouailles, il avait abouti dans l'asile du comté de Bodmin. Mary avait demandé partout de ses nouvelles, l'avait cherché pendant des années, avait finalement retrouvé sa trace à l'asile et, avec l'aide du docteur Crow, l'avait ramené à la maison. Il n'avait qu'un seul objet avec lui, avait-elle raconté à Alfie, un exemplaire de *L'Île au trésor*. Pendant toute la période qu'il avait passée à l'asile, il l'avait lu et relu. Lorsqu'il parlait à oncle Billy, Alfie avait toujours son histoire en tête. Tous deux se connaissaient et se faisaient confiance.

Mais il ne connaissait pas Lucy comme il connaissait son oncle Billy. Il s'adressait à un visage, à une personne surgie de nulle part. Il voulait apprendre à la connaître. Il avait hâte qu'elle retrouve la parole, pour qu'elle puisse lui parler d'elle, lui expliquer qui elle était et d'où elle était venue. C'est pourquoi il continuait, jour après jour, à lui raconter des histoires : sur les marsouins qui nageaient dans le chenal de Tresco, sur oncle Billy et l'avancée de ses travaux à bord de l'*Hispaniola*, sur les poissons que son père avait pris, sur un autre cargo coulé par un *U-Boot* – un sous-marin allemand – dans les atterrages occidentaux, et sur le fait qu'il n'y avait pas eu de survivants.

Mais quoi qu'il lui dise, de quelque façon qu'il le dise, même quand il s'animait, devenait inventif et expansif à mesure qu'il racontait, le visage de Lucy restait totalement inexpressif. Le plus frustrant, le plus déconcertant pour Alfie, c'était qu'il avait la certitude que de temps en temps elle écoutait, qu'elle comprenait quelque chose à ce qu'il lui racontait. Il avait également le sentiment – et cela l'encourageait à continuer – qu'elle aimait bien qu'il soit avec elle, qu'elle aimait écouter ses histoires. Pourtant, elle ne voulait ou ne pouvait simplement pas le montrer, elle ne voulait ou ne pouvait pas réagir.

Puis un jour, il y eut une percée, une avancée importante, et tout à fait inattendue. C'était en fin d'après-midi, après une autre bagarre avec Zeb à l'école. En rentrant chez lui, Alfie trouva le docteur Crow, qui discutait, l'air grave, avec ses parents autour de la table. Il sentit qu'il interrompait leur conversation en entrant. Lorsque sa mère lui demanda de monter du lait et un gâteau à Lucy, puis de rester un moment avec elle, il comprit qu'ils préféraient aborder certains sujets sans qu'il soit là. De toute façon, ça lui était égal. Il voulait voir Lucy. Il avait plein de choses à lui raconter.

Il la trouva assise sur son lit, en train de regarder par la fenêtre et de fredonner doucement. Ce n'était pas la première fois qu'il la surprenait en train de chantonner quand il entrait. C'était toujours le même air – il l'avait remarqué. Elle paraissait un peu plus vive que d'habitude, même si elle ne souriait pas, mais Alfie avait noté qu'elle s'était assise sur son lit en l'entendant arriver, qu'elle l'avait peut-être même attendu. Il vit qu'elle s'était aperçue qu'il avait une lèvre fendue, et il espéra soudain qu'elle pourrait lui demander ce qui lui était arrivé. Elle n'en fit rien, mais continua à regarder sa blessure. Mieux encore, elle tendit la main et la toucha.

Alfie entendait le médecin parler au rez-de-chaussée avec ses parents. Il avait envie d'écouter ce qu'ils disaient, mais les mots étaient un marmonnement confus, trop indistinct pour qu'il puisse vraiment entendre. En outre, il y avait des choses qu'il voulait raconter à Lucy. Lucy mangeait lentement son gâteau – elle mangeait toujours lentement –, le grignotait, tandis qu'Alfie lui faisait le récit point par point de sa bagarre avec Zebediah Bishop, de la punition qu'on lui avait infligée, qu'il lui montrait les articulations meurtries de ses doigts, lui racontait tout sur Beastly Beagley et sa règle, lui faisait voir comment celui-ci vous tordait le bras et frappait sur les jointures avec le bord de sa règle, si fort qu'ensuite vous ne pouviez plus du tout bouger les doigts. Il lui raconta comment Zeb l'avait de nouveau menacé de tout dire sur la couverture de Lucy, où l'on pouvait lire le mot « Wilhelm », mais qu'il n'oserait pas, parce que Alfie savait que Zeb et ses copains avaient volé l'argent de la quête à l'église, et qu'Alfie l'avait prévenu qu'il révélerait tout au révérend Morrison à la moindre allusion de Zeb au nom inscrit sur la couverture.

C'est à ce moment que Lucy réagit pour la première fois à ce qu'il lui disait. Elle leva un instant les yeux vers lui, puis souleva un coin de la couverture pour le lui montrer. Le mot se forma lentement, avec un gros effort et beaucoup de concentration.

– W... Wil... helm, murmura-t-elle.

Elle n'ajouta rien, mais elle avait parlé ! Lucy avait parlé ! C'était confus, mais c'était un mot articulé, reconnaissable, un mot, sans aucun doute possible.

Alfie sentit aussitôt le besoin de le dire à quelqu'un, à n'importe qui. Il descendit l'escalier en courant et fit irruption dans la cuisine.

– Lucy a parlé ! s'écria-t-il. Elle a dit quelque chose. Elle l'a dit ! J'en suis sûr.

– Vous voyez, docteur ? Vous avez entendu ça ? Elle va mieux ! s'exclama Mary, en prenant les mains d'Alfie. C'est merveilleux, merveilleux, Alfie. Qu'est-ce qu'elle a dit ?

Il avait « Wilhelm » sur le bout de la langue. Mais il se retint. « *Non*, pensa-t-il, *personne ne doit savoir. Pas même le docteur.* » Il avait failli le laisser échapper. Essayant de rassembler ses idées, il murmura :

– Je... je ne sais pas exactement. En tout cas, c'était un mot, juré, un vrai mot ! C'en était vraiment un !

Le médecin lui sourit, bourrant sa pipe avec son pouce.

– Peu importe le mot qu'elle a prononcé. Elle

essayait de parler, voilà ce qui compte. Tu as bien travaillé, Alfie vraiment bien. Mais malgré cette bonne nouvelle, mon garçon – cette très bonne nouvelle –, comme je l'expliquais à tes parents, je suis toujours très inquiet au sujet de l'avenir de Lucy. Je l'ai de nouveau examinée cet après-midi, et je dois avouer qu'il y a beaucoup de choses que je ne comprends pas. Je me serais attendu à ce qu'elle se rétablisse beaucoup plus vite. Sa santé et ses forces reviennent – sa cheville est dans un état aussi satisfaisant que l'autre, à présent – en grande partie grâce aux excellents soins de ta mère. Mais ce n'est pas seulement l'incapacité de Lucy à parler qui me préoccupe, c'est aussi sa réticence à se lever de son lit. Ce n'est pas simplement physique. Il y a quelque chose qui ne va pas chez elle, quelque chose dans sa tête.

– Dans sa tête ? demanda Alfie. Qu'est-ce que vous entendez par là ?

Le docteur soupira. Il alluma sa pipe et s'appuya contre le dossier de sa chaise.

– Écoutez, poursuivit-il, voilà comment je vois les choses. Il y a quelques semaines – huit ou neuf semaines, c'est bien ça, monsieur Wheatcroft ? –, vous avez trouvé cette pauvre enfant à moité morte de froid et de faim à St Helen's. Deux ou trois jours de plus toute seule là-bas, et je peux vous affirmer qu'elle n'aurait pas survécu. Vous l'avez trouvée juste à temps. Et vous avez fait des miracles avec elle, vous l'avez rattrapée au bord du gouffre. Elle mange bien, maintenant, sa terrible toux a quasiment disparu, elle reprend des forces à vue d'œil. Elle n'est plus en danger. Elle survivra, je n'ai aucun doute là-dessus – physiquement, en tout cas. En ce qui concerne son état psychique, en revanche, j'ai des inquiétudes. C'est bon signe qu'elle parle, Alfie, très bon signe. Mais en même temps, je m'inquiète pour sa santé mentale. Car je dois dire que, de ce côté-là, je n'ai constaté que très peu de progrès jusqu'à présent.

Il fit une pause, tirant longuement sur sa pipe, puis reprit :

– J'ai l'impression qu'elle est perdue, profondément perdue en elle-même, aussi perdue que si elle se trouvait toujours sur cette île. La pauvre enfant a été manifestement traumatisée, elle est en état de choc, vous comprenez. Que lui est-il arrivé, comment, pourquoi, nous n'en savons rien et elle ne peut pas nous l'apprendre. Elle entend – j'en ai eu la preuve. Mais pour une raison ou une autre, elle ne peut ou ne veut pas parler. Que se passe-t-il ? Deux mots en presque deux mois, ce n'est pas vraiment parler. Peut-être a-t-elle toujours été comme ça depuis sa naissance, nous l'ignorons tout simplement. L'esprit est aussi fragile que le corps, et, malheureusement, nos connaissances en la matière sont bien moins avancées. Ce dont je suis sûr, cependant, car je l'ai observé souvent chez les marins et les soldats blessés que j'ai soignés, c'est que le corps peut aider à soigner l'esprit. Le corps et l'esprit travaillent mieux ensemble. Le premier pas, j'en suis convaincu, est de la persuader de sortir de son lit. Il faut la faire bouger, pour qu'elle retrouve l'envie de vivre. C'est le seul moyen.

– Je vous l'ai dit, j'ai essayé. Elle veut pas bouger, docteur, constata Mary. J'ai tout essayé. Elle reste couchée là, c'est tout. Je sais pas ce que je peux faire d'autre.

– Croyez-moi, je comprends, madame Wheatcroft, je comprends très bien, reprit le médecin. Personne n'aurait pu faire plus que ce que vous avez fait. Mais voilà. Je crains que tôt ou tard, si elle ne progresse pas, elle ait besoin de soins plus… eh bien, appelons-les, spécialisés. Et ces soins, elle ne pourra les recevoir que dans un hôpital du continent.

Mary se leva d'un bond, les larmes aux yeux.

– Vous voulez dire dans une maison de fous, n'est-ce pas, docteur ? C'est de ça que vous parlez, hein ? Comme l'asile de Bodmin, où était Billy. Il faudrait me passer sur le corps ! J'y suis allée, moi. Nous y étions ensemble, docteur. Ou vous avez oublié ? C'est l'enfer sur terre, et vous le savez. Je permettrai pas que ça arrive encore une fois, sûrement pas ! J'ai vu ce qu'ils ont fait à Billy, là-bas. Pour l'amour du ciel, docteur, vous m'avez aidée à sortir Billy de là, vous savez comment les gens sont traités, dans ces asiles. Ils vivent pas, pauvres diables, ils se contentent d'exister. C'est une prison, docteur, pas un hôpital. On les enferme et on jette la clé. Il n'y a pas de soins, pas d'espoir. Non, tant que sa mère ou son père ne viendront pas la chercher, c'est à nous de nous occuper d'elle. Vous m'entendez, docteur ? Je la laisserai jamais aller dans un de ces horribles endroits. Nous l'aiderons à se rétablir dans sa tête et dans son corps, vous verrez. Et Dieu nous aidera. Lucy vient de parler à Alfie, non ? C'est pas bon signe, ça ?

– Si, bien sûr, mais je veux simplement que vous sachiez que cette possibilité existe, madame Wheatcroft, c'est tout, répondit le docteur Crow.

– Ça n'arrivera pas, docteur, murmura farouchement Mary entre ses larmes.

– Aucun de nous ne souhaite que ça arrive, répliqua le médecin. Ce que j'aimerais vous faire comprendre, c'est que si on veut avoir un espoir de guérir sa tête, il faut faire en sorte qu'elle se lève et qu'elle marche, d'une manière ou d'une autre. Elle doit être assez forte pour marcher, à présent. Il faut la pousser à mettre le nez dehors.

– J'ai essayé, docteur, lui répondit Mary, d'un ton désespéré. Vous croyez que j'ai pas essayé ?

Le médecin se tourna vers Alfie.

– Et toi, Alfie ? Tu es arrivé à la faire parler, tout à l'heure. Emmène-la se promener dans l'île, emmène-la en bateau, peut-être jusqu'à Samson pour lui montrer les cottages, ou à Rushy Bay voir les phoques. Il faut qu'elle retrouve l'envie de vivre, il faut qu'elle sorte d'elle-même. Vous, madame Wheatcroft, continuez exactement comme avant, parlez-lui, lisez-lui quelque chose, prenez soin d'elle, mais incitez-la à vous rejoindre plus souvent en bas, demandez-lui de vous aider à la cuisine, ou dehors, aux travaux de la ferme.

– Elle est si affaiblie, si fragile, dit Mary. Je peux pas la forcer, n'est-ce pas ? Comment je pourrais l'obliger à faire des choses si elle veut pas ?

– Marymoo, intervint Jim en lui prenant la main. Écoutons le docteur. Laisse Alfie essayer de l'emmener se promener. Il est plus de son âge. Peut-être qu'elle ira avec lui. Tu peux pas tout prendre sur tes épaules, Marymoo.

– Il faut qu'elle apprenne de nouveau à vivre, madame Wheatcroft, insista le docteur, en se levant. Même comme ça, nous ne pouvons pas être sûrs qu'elle ira bien. Mais c'est la meilleure chose qu'on puisse espérer pour elle. C'est le meilleur conseil que je puisse vous donner, c'est tout. Elle doit se lever, bouger, qu'elle le veuille ou pas.

Il s'arrêta à la porte au moment de partir.

– J'ai une idée, tout d'un coup, dit-il. Musique. Peut-être que la musique l'aiderait. Chez moi, à St Mary's, j'ai un de ces engins merveilleux, un phonographe, et quelques disques pour aller avec. Je les apporterai la prochaine fois que je viendrai. C'est assez facile à utiliser : il suffit de le remonter, de mettre l'aiguille sur le disque, et la musique surgit. Magique. Une invention extraordinaire. Tout le monde devrait en avoir un, et plus personne n'aurait besoin de médecin. Je n'aurais plus de travail, bien sûr, mais peu importe. C'est très bon pour la santé, la musique.

Toute la semaine, Alfie et sa mère s'efforcèrent de faire sortir Lucy de son lit, en la cajolant ou en la pressant gentiment de se lever. Mais en vain. Lorsque le docteur Crow vint la visiter, environ une semaine plus tard, il apporta son phonographe, comme il l'avait promis. Dès qu'il arriva, il le remonta, et mit un disque. Miraculeusement, le son du piano emplit la pièce, emplit toute la maison. Jim, Mary, Alfie et le docteur restèrent debout, là, à regarder simplement le disque tourner et tourner encore, à l'écouter, émerveillés, complètement fascinés par la musique.

– C'est Chopin, dit le docteur au bout d'un moment, en accompagnant la musique avec de grands mouvements de sa pipe.

La porte qui donnait sur l'escalier s'ouvrit derrière eux. Lucy se tenait là, nu-pieds. Elle s'était enveloppée dans sa couverture, et avait son ours en peluche à la main. Elle traversa doucement la pièce vers eux, vers le phonographe. Elle le regarda longtemps, fixement.

– Piano, murmura-t-elle, piano.

6

New York, mars 1915

Nous arrivons, papa

Je m'en souviens, je jouais le morceau préféré de papa au piano, lorsque Old Mac a apporté la lettre. Old Mac – le Vieux Mac – était l'oncle de mon père, et avait toujours vécu avec nous dans la maison, avec tante Ducka qui avait été ma nourrice et ma nounou. Elle veillait sur moi depuis toujours, m'avait appris à coudre, à faire du pain, et à dire mes prières le soir. Elle s'était occupée de maman aussi, avant moi, quand maman était petite. Je l'appelais Ducka – Canette –, sans doute parce que c'était elle qui me promenait dans ma poussette, le long du lac de Central Park, pour aller nourrir les canards chaque jour. Je l'appelais donc Ducka, et elle était rapidement devenue tante Ducka pour tout le monde. Old Mac m'avait appris à lancer des cerfs-volants dans le parc, à faire des ricochets avec les cailloux, et à m'occuper des chevaux et des selles. Tous deux se chargeaient absolument de tout : maison, écuries, jardin, ils s'acquittaient de toutes les tâches. La vie n'aurait pas pu continuer sans eux.

Je détestais mes exercices quotidiens de piano, surtout les gammes, mais maman savait comment me convaincre.

Le bâton :

– Tu n'auras pas le droit de monter à cheval tant que tu n'auras pas fini tes exercices.

La carotte :

– Si tu joues bien, Merry, tu pourras monter à cheval tout à l'heure.

Ou le chantage. Depuis que papa était parti à la guerre, c'était surtout lui dont elle se servait pour m'obliger à faire mes exercices de piano :

– Ton papa sera très déçu, Merry, si tu n'as pas appris à jouer tes morceaux quand il reviendra à la maison. Rappelle-toi, Merry, tu lui as promis de faire tes gammes tous les jours.

L'ennui, c'est qu'elle avait raison, je le lui avais promis. Il n'empêche que je n'aimais pas que maman me le rappelle, que je n'aimais pas non plus qu'elle reste assise derrière moi à me surveiller. C'est pourquoi je boudais, ce matin-là, pendant que je faisais mes gammes, en m'appliquant aussi peu que possible, et sans le moindre enthousiasme, pour qu'elle comprenne bien ce que je ressentais.

C'était toujours la même routine, avec maman. Elle restait assise dans le salon avec moi jusqu'à ce que j'aie fait trois fois mes gammes sans hésitation et sans faute. Ensuite seulement, elle me laissait jouer ce que je voulais. Je choisissais rarement les morceaux que mon professeur de musique, Mlle Phelps, m'avait donnés à étudier. D'abord, je ne l'aimais pas, elle avait l'air sévère et ne souriait jamais. Elle fronçait sans cesse les sourcils, avait des lèvres très minces, et plusieurs longs poils bruns qui sortaient de deux grains de beauté plantés sur son menton. Les morceaux qu'elle me donnait à travailler étaient soit trop difficiles pour moi, soit ne me plaisaient pas – l'un ou l'autre, ou généralement les deux –, c'est pourquoi, dès que j'eus fini de faire mes exercices, et avec suffisamment d'habileté pour satisfaire ma mère, je décidai de ne pas jouer du tout les morceaux que je devais travailler, mais la musique de Mozart que je préférais, l'*Andante grazioso* de la sonate n° 11.

Papa l'adorait. Et moi aussi. Je trouvais que c'était le plus bel air que j'avais jamais entendu, parce que je savais bien le jouer, et parce que papa l'aimait autant que moi. Lorsqu'il était encore là, il restait derrière moi, quelquefois, en chantonnant pendant que je jouais. Il l'appelait toujours « l'air de Merry », aussi pensais-je toujours à lui quand je le jouais. Ce matin-là, j'avais presque l'impression qu'il était avec nous dans la pièce, sa main posée sur mon épaule, même si je savais qu'il était bien loin, à la guerre.

Il me manquait tellement ! J'aurais voulu le voir arriver sur le chemin de son pas bondissant de girafe, lorsqu'il revenait du travail et que je sautais sur lui pour qu'il me rattrape et me serre dans ses bras, j'aurais voulu entendre sa voix grave dans la maison, m'asseoir sur ses genoux en écoutant le phonographe, jouer avec lui aux échecs près du feu, le soir, guetter le bruit de ses pas dans l'escalier quand il venait me dire bonsoir, et qu'il me lisait *Le Vilain Petit Canard* au lit. Il me suffisait de jouer notre air, son air, pour avoir l'impression qu'il était revenu à la maison et se trouvait de nouveau près de moi.

Tandis que je jouais, j'oubliais ma mauvaise humeur, j'oubliais la présence de maman. J'étais entièrement absorbée dans la musique et dans mes pensées sur papa. J'entendis vaguement Old Mac entrer et donner une lettre à maman, puis s'en aller quelques instants plus tard, et ne fis pas très attention à ma mère pendant qu'elle la lisait. Mais elle se leva alors brusquement de sa chaise, la main devant sa bouche, refoulant ses larmes. Je craignis aussitôt le pire.

– Qu'est-ce qu'il y a, maman ? m'écriai-je en me précipitant vers elle. Qu'est-ce qui se passe ?

– C'est une lettre de ton père, répondit-elle, en se reprenant un peu. Il va bien, il va bien. Il a été blessé. Il est à l'hôpital en Angleterre, quelque part à la campagne.

– Est-ce que c'est grave ? Est-ce qu'il va mourir, maman ? Il ne va pas mourir, dis !

– Il écrit qu'il ne faut pas s'inquiéter, qu'il va se remettre en un rien de temps.

Elle lisait vite, tournant les pages, mais sans parler.

– Qu'est-ce qu'il dit, maman ? Je peux la lire ? S'il te plaît ! lui demandai-je.

Mais maman m'écoutait à peine.

– Elle t'est adressée à toi aussi, répondit-elle, en me tendant enfin la lettre.

Je la lus, en ayant l'impression d'entendre sa voix à chaque mot.

Ma très chère Martha, ma très chère Merry,

Depuis que je vous ai écrit la dernière fois, je crains que les choses n'aient pas très bien tourné ni pour le régiment ni pour moi. Nous ne nous battions pas trop mal, parvenant à repousser les Allemands autour de Mons du mieux que nous le pouvions, même s'ils semblaient toujours être trop nombreux, et nous trop peu. Le pire, c'est qu'ils avaient de plus en plus d'hommes, de plus en plus de chevaux et de canons, aussi. De gros canons. Il n'y avait rien à faire. Nous avons dû battre en retraite. Aucune armée n'aime se retirer, mais nous l'avons fait en assez bon ordre, et je sais que les hommes sont toujours déterminés, qu'ils ont bon moral, malgré tous nos revers, et les terribles pertes que nous avons subies. Ils vont résister à présent et tenir bon, j'en suis sûr.

Malheureusement, je ne suis plus parmi eux. J'ai eu plus de chance que beaucoup, beaucoup trop, d'entre nous. Nous avons perdu tant de braves jeunes gens courageux, encore des adolescents pour une partie d'entre eux. Il y a quelques semaines, j'ai été blessé à l'épaule, un éclat d'obus m'a brisé l'os. On m'a sorti du champ de bataille, et au bout de quelques jours passés dans un hôpital de campagne, en France, on m'a renvoyé par bateau en Angleterre, dans une grande demeure, un peu comme celles qu'on voit à Long Island, mais encore plus grande. Cette maison a été transformée en hôpital militaire pour officiers canadiens. Elle n'est pas loin de Londres, et s'appelle Bearwood House. N'est-ce pas une coïncidence étrange et extraordinaire ? Je suis couché dans un hôpital anglais qui a le même nom que notre petite maison dans le Maine. Sous de nombreux aspects, cet endroit me rappelle nos vacances dans le Maine. Quand je regarde par la fenêtre, j'aperçois de grands arbres, et la nuit, je vois souvent la lune monter entre les nuages sombres. Je chante à la lune, et j'écoute la lune, comme promis. J'espère que tu le fais, toi aussi, Merry.

Nous avons un parc où nous nous asseyons quand il y a du soleil – ce qui n'arrive pas très souvent, je dois dire – et un lac où croisent fièrement des canards, qui semblent se prendre pour les seuls maîtres des lieux, tout comme ceux qui traversent notre lac à Central Park. Ainsi, que j'aie les yeux ouverts ou fermés, je peux imaginer que je suis rentré à la maison à New York ou dans le Maine. Il y a de nombreux officiers canadiens, ici, je suis donc entouré d'amis, et estime avoir beaucoup de chance.

Je me sens assez bien, à présent, et je suis correctement soigné, bien que je ne puisse pas du tout me servir de mon bras gauche. Heureusement que je n'ai pas été blessé au bras droit ! Au moins, je peux vous écrire. On me dit qu'avec le temps, quand la blessure sera refermée et mon os remis, je récupérerai complètement l'usage de mon bras. Avec un peu de chance, je serai donc renvoyé au front avec mes hommes dans un mois ou deux. Mais pour le moment, ça fait du bien d'être à l'écart pendant quelques semaines. C'est calme, ici, et paisible, si paisible ! Je me demande si quelque chose au monde peut êre aussi beau que la paix.

J'ai envie de vous revoir toutes les deux, et je pense souvent à vous, à vos chers visages, à Old Mac *et à tante* Ducka, *à notre maison à* New York, *aux arbres et aux canards du parc, aux rochers qu'on escaladait, à nos promenades à cheval sur* Bess *et* Joey, *et aux petits écureuils noirs – ils sont tout gris ici en* Angleterre *–, à notre petite maison dans le* Maine *et à la côte, aux moments où nous allions pêcher et faire de la voile ensemble, à toutes ces vieilles choses familières.* Nous *étions si heureux avant tout ça !* Mais *je dois être là où je suis, et vous le savez.*

Merry, *continue à faire tes exercices au piano, et ne joue pas seulement le morceau de* Mozart, *même si, comme tu le sais, c'est celui que je préfère.* Étrille Bess *et* Joey *chaque matin, et vérifie l'état de leurs sabots avant de monter.* Rappelle-toi *aussi de serrer la bride à* Joey, *tu sais comme il s'ébroue, rien que pour te narguer !* J'aime *t'imaginer en train de monter avec maman dans le parc – vous êtes si jolies quand vous êtes à cheval, toutes les deux.* J'ai *l'impression de vous voir en train de marcher le long du lac, puis de vous arrêter près de notre banc préféré. Tu te rappelles, Merry ? C'est là que je t'ai lu* Le Vilain Petit Canard *pour la première fois. Des canards s'étaient rassemblés à nos pieds, et ils écoutaient aussi, quand ils ne cancanaient pas.*

Très chère Martha, très chère Merry, ne vous inquiétez pas pour moi. Tout ira bien. Soyez sûres qu'avec le temps nous gagnerons la guerre, que je rentrerai à la maison, et que nous serons de nouveau réunis.

À vous deux pour toujours, avec tout mon amour, avec mon affection à Old Mac et à tante Ducka aussi. Vous m'êtes tous plus chers que vous ne pourrez jamais l'imaginer.

Papa.

– Oh, Merry, dit maman, de nouveau au bord des larmes. Pourquoi est-ce que je l'ai écouté ? Je lui ai dit quand il est parti pour l'Angleterre que nous devrions l'accompagner, rester près de lui. Mais non, il n'a pas voulu en entendre parler. Il est si obstiné, parfois, ton père ! « Vous devez rester à la maison, à New York, répétait-il, là où vous êtes en sécurité. Les combats ont lieu en mer aussi, vous savez, et il est beaucoup trop dangereux pour vous de traverser l'Atlantique. Il y a des sous-marins ennemis, des bateaux de guerre. Sans compter que Merry doit aller à l'école, et prendre ses leçons de piano. J'ai fait le tour de la question, il vaut mieux que vous restiez à New York, à l'abri. » Oh, pourquoi l'ai-je donc écouté, Merry ? Pourquoi ?

Je ne me souvenais que trop bien des discussions avant que papa s'en aille. Il y en avait eu tellement, tellement de supplications, d'implorations, tout d'abord pour qu'il ne parte pas, ensuite, s'il le fallait vraiment, pour qu'il nous emmène au moins avec lui. Mais il était décidé à partir, et tout aussi décidé à ce que nous restions à New York. Nous étions allées sur les quais, maman et moi, ce jour-là, pour assister à son départ. Je n'avais peut-être pas envie qu'il parte, mais au fond de mon cœur j'étais fière qu'il le fasse, si fière de le voir si imposant, si élégant dans son uniforme. Il paraissait plus grand, d'une certaine façon. Même sa moustache semblait mieux taillée. Je me rappelle comme il m'avait serrée contre lui sur les quais cette dernière fois, je me rappelle les mots qu'il avait murmurés à mon oreille :

– Et sois gentille avec maman, Merry. Ne fais pas la niquedouille avec elle.

J'adorais quand il me traitait de niquedouille ou de nunuche. C'était toujours les mots qu'il employait quand il voulait se moquer de moi, mais il les disait toujours avec le sourire. J'aimais que papa se moque de moi, j'aimais son sourire à ce moment-là.

– Chaque fois que je verrai la lune, Merry, avait-il ajouté, je penserai à toi et je chanterai notre air de Mozart. Fais la même chose, comme ça, chaque fois que nous la regarderons, où que nous soyons, nous écouterons la lune, et nous entendrons nos voix, nous penserons l'un à l'autre. Promets-le-moi.

Je le lui avais promis, puis je l'avais regardé s'éloigner, de son long pas bondissant.

J'ai si souvent levé les yeux vers la lune, par la suite, et fredonné notre air, j'ai si souvent écouté la lune et pensé à lui ! J'ai tenu ma promesse.

Ce jour-là, lorsque la lettre est arrivée, je me suis accroupie devant maman et j'ai pris ses mains dans les miennes.

– Cette vieille école stupide, ces vieilles leçons de piano stupides ! Tu avais entièrement raison, maman. Nous irons. Il y a des écoles en Angleterre aussi, non ? Et ils ont des professeurs de piano sûrement beaucoup moins poilus que Mlle Phelps. Allons-y, maman. Nous devons y aller. Nous ne pouvons pas laisser papa tout seul à l'hôpital. Ne dit-il pas qu'il aimerait tellement nous voir ? C'est sa façon à lui de nous demander de venir, je le sais.

– Tu crois, Merry ? Tu crois vraiment ? Et la maison ? Les chevaux ? Qui s'occupera de tout ça ?

– Ceux qui s'en sont toujours occupés, maman. Quand nous allons au bord de la mer, dans notre petit cottage, l'été, c'est bien Old Mac qui reste à New York pour veiller sur les chevaux et le jardin, non ? Il adore le jardin, comme il adore Joey et Bess, tu le sais. Et les chevaux le lui rendent bien. Pendant que nous sommes dans le Maine, qu'on s'amuse à pêcher, à faire de la voile, et à pique-niquer, qui veille à ce que la maison reste en bon état, si ce n'est tante Ducka ? Nous devons partir, maman. Papa voudrait que nous soyons là-bas. Il a besoin de nous.

– Tu as raison, Merry, dit maman, en me serrant fort dans ses bras. C'est décidé, alors. Nous irons en Angleterre voir ton père, et nous partirons le plus rapidement possible.

Nous nous assîmes l'une à côté de l'autre pour répondre à la lettre de papa, ce soir-là, chacune écrivant une phrase à son tour, comme nous le faisions souvent. C'est moi qui finis la lettre par cette phrase en lettres majuscules :

NOUS ARRIVONS, CHER PAPA !

Il nous fallut plusieurs semaines pour organiser notre traversée de l'Atlantique. À l'école, quand ils apprirent que j'allais bientôt partir pour l'Angleterre, mes amis et mes professeurs semblèrent plus contrariés, dans l'ensemble, qu'attristés. Les professeurs me mettaient en garde, me rappelant à quel point il était imprudent et risqué d'approcher de l'Europe en ce moment « avec cette terrible guerre qu'il y a là-bas ». Ils avaient réagi de la même façon, un an plus tôt, quand ils avaient appris que mon père s'était engagé, et était parti pour la France.

– Il n'a certainement pas besoin d'aller là-bas, disait mon professeur, Mlle Winters, que cela semblait déranger plus que n'importe qui. Après tout, Merry, je croyais qu'il était canadien, et non pas britannique. Il n'a pas de raison d'y aller. Cette guerre est un conflit entre les Britanniques et les Allemands. Qu'est-ce que le Canada a à voir là-dedans, je me le demande ? Franchement, je ne comprends pas.

J'avais essayé de lui expliquer la décision de mon père de s'engager, comme lui-même me l'avait expliquée : à savoir que tous ses vieux amis d'école, ses copains étudiants de Toronto, au Canada, partaient, que même s'il vivait et travaillait aux États-Unis depuis un certain temps, il était canadien jusqu'au bout des ongles, et fier de l'être. Il était étroitement lié à ses amis, m'avait-il dit, à ceux avec lesquels il avait grandi. S'ils allaient au combat, il devait y être, lui aussi. Il devait partir. Il n'avait pas le choix.

Mlle Winters avait toujours été véhémente quand elle défendait ses opinions, c'était quelque chose que j'avais toujours admiré chez elle, et elle le fut de nouveau, lorsque je lui appris que je quitterais bientôt l'école pour me rendre en Angleterre.

– Eh bien, il faut que je te dise ce que j'ai sur le cœur, Merry. Je pense que c'est tout simplement une grosse erreur, vraiment je le pense. Partir et nous abandonner tout d'un coup comme ça, quand tout se passe si bien en classe ! Tu commences à lire et à écrire très correctement, alors que ça n'a jamais été facile pour toi, je le sais. Partir ainsi, c'est une honte ! Comprends-moi bien, Merry, je sais pourquoi vous pensez devoir le faire, ta mère et toi, tout le monde le sait, et crois-moi, je suis profondément désolée que ton père ait été blessé. Mais il faut dire la vérité – et parfois il faut la dire telle qu'on la voit, telle qu'on la sent –, je ne pense pas que ton père aurait dû aller combattre là-bas. À quoi toutes ces guerres, tous ces massacres ont-ils jamais abouti ? Ce n'est pas une façon, pour des gens civilisés, de distinguer le bien du mal ni de résoudre les problèmes. Ça ne l'a jamais été, ça ne le sera jamais. Je peux t'assurer une chose, Merry, nous n'enverrons nos jeunes Américains ni en France ni ailleurs pour combattre dans cette guerre. En tout cas, c'est ce que je déciderais si c'était de mon ressort. Sûr et certain.

« Sûr et certain » était l'une des expressions favorites de Mlle Winters.

– Je veux que tu me promettes une chose, Merry, poursuivit-elle. Dès que ton papa sera guéri, tu reviendras ici à New York avec lui. Ta place est ici, et tu finiras l'école avec moi. Tu m'entends ?

Elle était au bord des larmes, à la fin. J'aimais beaucoup Mlle Winters. Toute ma vie j'avais eu des difficultés avec la lecture et l'écriture. Les autres professeurs que j'avais eus avaient fini par perdre patience avec moi, parce que je n'arrivais pas à lire correctement ce qui était écrit sur le tableau noir ou dans les livres d'école comme les autres, que je mettais un temps fou à former mes lettres et mes mots, et qu'en plus ils n'étaient pas bien écrits. Tout cela ne faisait qu'aggraver les choses. Les lettres et les mots se brouillaient dans ma tête, ils se chevauchaient, s'emmêlaient, et je paniquais. On me reprochait souvent de ne pas faire attention, d'être paresseuse et stupide.

Mlle Winters, elle, m'avait toujours expliqué les choses avec beaucoup de patience, elle m'avait aidée à surmonter mes difficultés, m'avait donné le temps de réfléchir, et de résoudre peu à peu les problèmes. Elle était toujours encourageante :

– Ta lecture et ton écriture ne sont peut-être pas ce qu'il y a de mieux, Merry, m'avait-elle dit un jour, mais tu joues merveilleusement bien du piano, et tu dessines comme une artiste, une véritable artiste.

Elle avait une façon de faire qui m'aidait à me sentir bien dans ma peau, à être contente de moi, surtout de mes dessins et de mes peintures. Et elle était le seul professeur de l'école qui disait vraiment ce qu'elle pensait, qui n'avait pas peur de montrer ses sentiments. Nous avions souvent entendu sa voix trembler et se briser d'émotion, surtout quand elle lisait des poèmes de Longfellow. Elle aimait tellement ces poèmes que c'est pour ça, je crois, que la plupart d'entre nous les aimaient aussi. Comparés à elle, mes autres professeurs étaient tous si rigides, si corrects, si coincés ! Ils prirent congé de moi d'une façon très formelle. Mlle Winters, en revanche, me serra fort et longtemps dans ses bras, me laissant partir à contrecœur.

– Que Dieu te bénisse, Merry, murmura-t-elle à mon oreille. Prends soin de toi, tu m'entends ?

De tous mes amis, je savais que la seule qui me manquerait vraiment serait Pippa, Pippa Mallory. C'était ma meilleure amie depuis le premier jour d'école, cinq ans auparavant, probablement au détriment de toute autre amitié proche. Elle était la seule à ne s'être jamais moquée de ma façon de lire ou d'écrire, à ne pas m'avoir donné l'impression, à un moment ou à un autre, d'être stupide. Nous avions presque toujours été ensemble, dans la même classe, assises l'une à côté de l'autre dès que nous le pouvions, rentrant ensemble après l'école. Nous sautillions entre les feuilles mortes, tapions des pieds dans la neige, donnions à manger aux canards du lac dans le parc, montions à cheval, ou allions faire du bateau. Elle venait très souvent avec nous dans le Maine, l'été. Le plus difficile pour moi, avant mon départ, c'était d'expliquer à Pippa que je partais, que je devais aller en Angleterre voir mon père à l'hôpital, que je ne reviendrais donc pas avant un bon moment, jusqu'à ce que la guerre soit finie. Elle ne me quitta plus d'une semelle, après avoir appris la nouvelle. Elle ne parlait jamais de mon départ. Elle fut la seule à ne pas essayer de me convaincre de ne pas partir, à sembler simplement comprendre que je devais le faire, et à l'accepter comme ça.

Le dernier jour, elle ne me dit même pas au revoir. Quand vint le moment, il lui fut impossible de prononcer un mot, et à moi aussi. Nous qui étions les deux meilleures amies du monde, habituées à nous raconter nos secrets les plus intimes, à nous révéler nos plus grands espoirs, à nous confier nos peurs les plus terribles, nous restions là, près de la grille de l'école, incapables de trouver les mots. Un long silence gêné s'installa entre nous. Finalement, elle me tendit une enveloppe, puis se retourna, et partit en courant.

J'ouvris la lettre, et lus :

Ma très chère Merry,
Reviens, s'il te plaît, reviens. Écris-moi. Je t'aime.
Ta meilleure amie pour la vie,

Pippa.

Je lui criai alors :

– Je reviendrai, Pippa ! C'est promis ! Je reviendrai !

Mais elle avait déjà disparu. Je ne pense pas qu'elle m'ait entendue.

7

New York, mai 1915

L'avenir le dira

Jamais je ne m'étais sentie aussi démoralisée qu'en rentrant à pied de l'école, ce dernier jour, pendant le long trajet jusqu'à la maison. Ce n'était pas que j'aimais particulièrement l'école. Pas du tout. J'y étais simplement habituée. C'était mon monde, une partie de moi, et j'avais peur, au fond, de ne jamais revenir, de ne plus jamais revoir Pippa, ni Mlle Winters. Je me rappelle que j'avais l'impression de me trouver à la croisée des chemins, et que j'allais passer du connu à l'inconnu. Je marchais, envahie par une tristesse douloureuse, mais je ne pleurais pas, ce qui me parut étrange, car j'avais la larme facile. J'étais sans doute trop triste pour pleurer. J'errais dans les rues, la circulation et la foule tout autour de moi, me sentant terriblement seule et à part. C'était comme si j'étais déjà loin, comme si je n'avais plus ma place ici.

Personne ne faisait attention à moi, j'étais invisible, une étrangère dans ma propre ville, déjà partie, déjà un fantôme.

À la maison, maman, Old Mac et tante Ducka étaient toujours occupés à préparer les bagages. On aurait dit qu'ils n'avaient fait que ça depuis des semaines. Mais à présent, plusieurs malles et valises étaient là, dans l'entrée. Nous partions vraiment. Nous prîmes notre dernier dîner ensemble – maman, Old Mac, tante Ducka et moi – comme toujours autour de la longue table en bois poli de la salle à manger, cirée religieusement chaque jour par tante Ducka. Au milieu de la table, deux faisans en argent et quatre chandeliers miroitaient à la lueur des bougies, tous bien astiqués par tante Ducka. Elle allumait chaque soir les bougies pour le dîner. Le couvert était mis à la place de papa, comme d'habitude. Maman voulait qu'il en soit ainsi, disait-elle, afin que tout soit prêt pour lui le jour où il reviendrait.

Nous ne disions pas grand-chose. Tante Ducka n'arrêtait pas de renifler, de se tamponner le nez et les yeux avec sa serviette, ce qui eut le don d'irriter maman, comme je m'en aperçus aussitôt. Old Mac toussotait de temps en temps, juste pour briser le silence, à mon avis. Contrairement à nous, il essayait de faire la conversation.

– Il paraît que c'est un beau paquebot, Martha, commença-t-il. Un des plus grands, et rapide aussi. Quelqu'un m'a raconté qu'il avait le Ruban bleu, celui qu'on donne au navire qui traverse l'Atlantique le plus vite. Quatre cheminées rouges, avec le haut noir. Je l'ai vu. Il est très beau, vraiment magnifique. Immense. Imposant. Il n'y en a pas deux comme ça. Et confortable aussi, luxueux, d'après ce qu'on raconte.

Maman était trop préoccupée pour écouter. Elle s'inquiétait de tout ce qu'on avait pu oublier d'emporter. Elle ne mangeait pas non plus.

– Ducka, es-tu sûre que tu as pris mon manteau gris orné de galons ? Je te l'ai dit, j'en aurai besoin en automne. Et ma robe de chambre en soie avec le paon, il faut que je l'aie avec moi. Et l'album de photographies ? Nous avons oublié l'album de photographies, je le sais !

– Il est dans la valise, Martha, répondit tante Ducka, je l'ai enveloppé et mis moi-même dedans. Je t'assure, Martha, que nous n'avons rien oublié. J'ai mis ta robe de chambre ornée d'un paon au-dessus du reste, avec tes pantoufles, pour que ce soit la première chose que tu voies quand tu l'ouvriras. Il ne faut pas t'inquiéter comme ça.

– Tu en es vraiment sûre, Ducka ? Tu es bien capable d'oublier des choses, ces jours-ci, tu sais.

– Tout à fait sûre, répondit tante Ducka.

Elle était habituée à l'anxiété de maman, à sa mauvaise humeur aussi, et se montrait d'une patience infinie avec elle. Mais je vis que tante Ducka ne supportait pas l'idée que nous allions partir le lendemain matin, et quelques instants plus tard, elle quitta la salle à manger en larmes.

– Qu'est-ce qui lui prend ? demanda maman, qui semblait ignorer totalement, comme souvent, les sentiments de tante Ducka.

Tante Ducka adorait maman, faisait et avait toujours tout fait pour elle, mais maman avait l'air de ne lui prêter que peu d'attention. Elle avait tendance à considérer que leur présence à tous les deux, oncle Mac et tante Ducka, lui était due. Elle n'était jamais désagréable avec eux, pas à ce point, et certainement pas intentionnellement, elle ne pouvait pas l'être. Maman n'était pas comme ça. Mais elle manquait d'égards pour eux, elle était même un peu désinvolte parfois, et je sentais que ça les blessait, quand elle était ainsi, surtout tante Ducka.

Je rejoignis tante Ducka, que je trouvai assise en bas de l'escalier, la tête entre les mains. Je m'assis à côté d'elle.

– Il ne faut pas t'inquiéter comme ça, lui dis-je. Nous reviendrons bientôt, tous ensemble, maman, moi, et papa aussi. Tu ne peux pas te débarrasser de nous aussi facilement.

Elle se mit alors à sangloter, et appuya sa tête sur mon épaule. Ce fut un moment étrange. Je pensai au nombre de fois où j'avais été triste, où j'avais pleuré, me sentant accablée, malheureuse, et où Ducka était venue s'asseoir sur ces mêmes marches, à côté de moi, et avait passé son bras autour de mes épaules, me serrant contre elle jusqu'à ce que je sèche mes larmes. Maintenant, c'est moi qui étais là, en train de faire la même chose pour elle.

– Tu seras sage, Merry, n'est-ce pas ? me demanda-t-elle en reniflant. Ne donne pas de soucis à ta maman. Et garde tes pieds au sec. J'ai entendu dire qu'il pleut presque tout le temps en Angleterre, là-bas à Londres. Ne va pas attraper un rhume sous la pluie, hein ?

– Non, Ducka, je te le promets.

Quelques jours plus tard, dans des circonstances que je n'aurais jamais pu prévoir ni imaginer dans le pire de mes cauchemars, je repenserais à ces derniers moments seule avec tante Ducka sur les marches de l'escalier, à la promesse que je trahissais, comme tant d'autres au cours des années, et au fait que, dans ce cas-là au moins, ce n'était pas ma faute. Il est parfois impossible de tenir ses promesses.

Lorsque nous revînmes dans la salle à manger, quelques minutes plus tard, je vis qu'Old Mac lisait un journal à haute voix. Il s'arrêta aussitôt en nous voyant arriver. Il évoquait manifestement quelque chose qu'il ne voulait pas que j'entende. Mais je saisis la fin de la phrase de maman :

– Tout ira bien, Mac, ce sont des rumeurs absurdes, des potins, c'est tout. Nous partons demain matin, c'est décidé, quoi que les journaux puissent dire. Il le faut. Nous devons le faire. Il n'y aura pas de problème.

– Qu'est-ce qu'il y a, maman ? demandai-je.

– Rien, ma chérie, répondit-elle, écartant le sujet

d'un geste de la main, rien d'inquiétant ni pour toi ni pour moi. Maintenant, Ducka, il faut que cette enfant aille se coucher. Nous devons nous lever tôt demain matin.

Je ne dormis pas beaucoup cette nuit-là. La lune apparut entre la cime des arbres derrière ma fenêtre. Je chantai mon air de Mozart, mon *Andante grazioso*, le fredonnant encore et encore. Je tendis l'oreille. Papa était là. Je l'entendais chanter, lui aussi.

Old Mac avait raison. Le paquebot n'était pas simplement grand, il était gigantesque, il faisait au moins deux fois la taille du navire dans lequel mon père avait embarqué, et il était dix fois plus beau, aussi. Il dominait le quai de toute sa hauteur. Les docks et les autres navires semblaient minuscules à côté de lui. C'était le plus grand navire, le plus majestueux que j'avais jamais vu. Même les grues semblaient s'incliner devant lui, subjuguées par sa présence.

Old Mac et tante Ducka nous trouvèrent des porteurs et nous escortèrent maman et moi sur la passerelle qui menait au bateau. À l'intérieur, le paquebot était aussi magnifique qu'il était immense, il ressemblait plus à l'un des palais de mon imagination qu'à un navire. Sur le pont, les gens, très agités, semblaient courir dans tous les sens, se dépêcher d'aller quelque part, mais sans savoir exactement où. Je me rappelle avoir pensé qu'on aurait dit des poussins surexcités. J'entendais des cris, des rires, des pleurs autour de moi, tout un mélange cacophonique de sentiments humains.

Les marins, les porteurs, les domestiques étaient tous en uniforme. Je n'avais jamais vu tant de gens saluer élégamment ou s'incliner de ma vie, chacun m'accueillant par un souriant « bienvenue à bord, mademoiselle ». Il y avait partout des lustres et des miroirs, des dorures, des escaliers couverts de tapis, des boiseries cirées et des rampes en cuivre étincelantes.

Si Old Mac et tante Ducka n'avaient pas été là pour nous aider, je pense que nous aurions été complètement désorientées, et que nous n'aurions jamais trouvé notre cabine. Nous perdions constamment de vue nos porteurs et nos bagages dans la cohue des passagers qui encombraient d'interminables couloirs. Les porteurs se précipitaient toujours en avant, et Old Mac devait sans cesse les rappeler pour qu'ils nous attendent. Tante Ducka me tenait fermement par la main, comme toujours quand nous traversions les rues de New York ; à présent, elle le faisait en partie pour que je ne m'égare pas, que je ne reste pas en arrière ou que je ne sois pas bousculée, mais aussi, j'en suis sûre, parce qu'elle savait que le temps de la séparation était proche, qu'elle ne voulait pas qu'il arrive, qu'elle ne voulait pas me laisser partir. C'est sans doute pourquoi, moi aussi, je serrais sa main avec autant de force.

Nous parvînmes quand même à suivre nos porteurs des yeux et à les rattraper enfin. Après qu'ils nous eurent introduits dans notre cabine, nous nous aperçûmes qu'il restait encore une heure ou deux avant le départ. Une fois à l'intérieur, la porte fermée, tout était plus calme et plus tranquille. Mais aucun de nous ne semblait plus savoir que dire. Même Old Mac ne trouvait plus ses mots. Tante Ducka et maman se mirent à sortir nos affaires des malles, des valises, puis à remplir l'armoire et la commode, tandis qu'Old Mac s'asseyait dans un fauteuil, toussotait, et lisait le journal en regardant bien trop souvent sa montre de gousset. J'aurais voulu en finir avec cette séparation, à cause des pleurs qui ne manqueraient pas, je le savais. Je les sentais monter en moi. J'aurais voulu que ce soit derrière moi, que tante Ducka et Old Mac soient déjà partis. Tante Ducka étalait la robe de chambre de maman ornée d'un paon au bout de son lit, et sortait ses pantoufles. C'est alors qu'elle ne put retenir ses larmes. J'allai m'asseoir à côté d'elle, et posai ma tête sur son épaule. Elle me tapota la main. Elle avait de bonnes mains ordinaires, des mains familières.

La cabine, beaucoup plus grande que je ne l'aurais imaginé, était aussi luxueuse que le reste du paquebot. Nous avions notre propre hublot, et sur mon lit, qui était juste en dessous, je pus m'agenouiller pour regarder à travers. Je vis le quai, encombré de passagers qui devaient encore embarquer, dont plusieurs soldats en uniforme – des soldats canadiens, me dit Old Mac. Et c'était vrai, certains avaient exactement le même uniforme que papa. Des familles montaient également à bord, avec des enfants, dont plusieurs semblaient avoir à peu près le même âge que moi, une douzaine d'années, ce qui me remonta le moral. Des centaines de passagers se pressaient contre les rambardes, saluaient, riaient, et pour un grand nombre d'entre eux, pleuraient aussi. J'entendais un orchestre jouer quelque part, rythmé par le bruit sourd de la grosse caisse. Je sentais les vibrations des moteurs. Ce ne serait plus long, maintenant. Tante Ducka, agenouillée à côté de moi sur le lit, regardait par le hublot. Elle passa son bras autour de mes épaules.

– J'aurais tellement voulu venir avec toi, Merry, dit-elle.

– Moi aussi, Ducka, répondis-je. Moi aussi, j'aurais voulu que tu viennes.

Je m'aperçus alors qu'Old Mac chuchotait vivement quelque chose à maman, derrière moi. Je me retournai pour voir. Ils se tenaient tout près l'un de l'autre, à côté de la porte de la cabine. Je tendis l'oreille, car je compris, à leur ton confidentiel, qu'ils ne voulaient pas que je les entende. Il lui montrait le même journal qu'il avait lu un peu plus tôt.

– C'est dans ce journal aussi, insistait-il. Je te le répète, je n'aime pas ça, Martha, c'est tout. Ils ne l'écriraient pas s'ils ne le pensaient pas. Pourquoi le feraient-ils ?

– Ça suffit, Mac, murmura maman. Merry va nous entendre. Je te l'ai déjà dit. Je n'écoute pas les ragots. Et ce sont des ragots, juste des rumeurs. Non, pire encore, c'est de la propagande. Oui, voilà ce que c'est, de la propagande allemande, des menaces allemandes. On ne peut pas croire tout ce qu'on lit dans les journaux. De toute façon, ça m'est égal, même si c'est vrai. Je dois aller en Angleterre, je dois être auprès de lui, il n'y a rien à ajouter, Mac. L'Angleterre est là où va ce paquebot, et nous y allons avec lui. Tu l'as reconnu toi-même, aucun autre navire ne pourra nous amener là-bas plus vite que celui-ci.

Une sirène du paquebot retentit alors, et quelques instants plus tard, quelqu'un frappa fort, avec insistance, à la porte.

– Votre attention, je vous prie ! Tous les visiteurs à terre ! À terre, maintenant, s'il vous plaît ! Si vous ne partez pas avec le navire. Tous les visiteurs à terre !

Nous nous regardâmes tous les quatre avant de nous enlacer étroitement. Je n'avais jamais vu Old Mac pleurer. Mais il pleurait. Nous en fîmes tous autant. Maman aussi. Tante Ducka la serra contre elle, l'embrassa, et pendant un instant seulement, je vis ma mère redevenir une petite fille dans ses bras, une enfant en quête de réconfort.

Quelques instants plus tard, nous étions sur le pont, maman et moi, penchées par-dessus le garde-fou, tandis que le navire se préparait à partir. Je saluai avec de grands gestes de la main, criant mes derniers au revoir à oncle Mac et à tante Ducka, encore et encore, jusqu'à ce que mon bras me fasse mal, jusqu'à ce que ma gorge soit irritée à force de crier. Soudain, je remarquai une certaine effervescence en bas, sur le quai, j'entendis des éclats de rire, et des encouragements de la foule, aussi bien à terre qu'autour de nous sur le pont. Je mis quelques minutes avant de comprendre la cause de ce remue-ménage. C'était une jeune famille, un père et une mère portant leurs deux enfants en larmes. Ils essayaient de se frayer un passage dans la cohue sur le quai, s'excusant sans arrêt, essoufflés, énervés, arrivant au tout dernier moment au pied de la passerelle, juste à l'instant où on allait la relever. Sous les acclamations bruyantes et les applaudissements, ils réussirent enfin à avancer et à monter sur la passerelle.

Un étrange changement d'humeur se produisit alors. Brusquement, il n'y eut plus de hourras, mais un murmure, puis un silence, qui traversèrent la foule comme un vent glacé, un vent mauvais. On aurait dit un frisson de peur général, qui se transformait en un silence anormal. Je ne compris pas ce qu'il se passait, jusqu'à ce que j'aperçoive ce que tant de gens semblaient avoir déjà remarqué. Au moment où la famille arrivait presque au bout de la passerelle et allait entrer dans le navire, aidée par les porteurs qui s'étaient chargés de ses bagages, un chat noir passa rapidement à côté d'eux. Au tout dernier instant, tandis qu'on relevait la passerelle, il bondit au-dessus du vide et atterrit sur le quai, avant de disparaître dans la foule. Il y eut alors des rires, mais des rires nerveux. La fanfare recommença à jouer, mais la bonne humeur avait disparu. Des mouettes décrivaient des cercles au-dessus du paquebot, poussant des cris aigus et perçants. Je levai les yeux vers maman. Elle voulut me sourire pour me rassurer, mais n'y parvint pas.

Lorsque la sirène du navire retentit, qu'il commença à s'éloigner lentement du quai, le pont vibrant sous nos pieds, je continuai d'agiter la main pour saluer oncle Mac et tante Ducka. Mais ils ne me répondaient plus. Tante Ducka ne pouvait plus supporter de nous regarder. Elle se détournait et enfouissait son visage au creux de l'épaule d'Old Mac, qui nous regardait, lui. Il ne nous quittait pas des yeux un instant. Comme s'il savait qu'il nous voyait pour la dernière fois, et je m'aperçus que j'avais le même sentiment en ce qui les concernait, tante Ducka et lui, New York et tous les gens que j'y avais connus. À mi-voix, je dis au revoir à Pippa, à Mlle Winters. Les appels et les gestes d'adieu du navire au quai et du quai au navire avaient repris à présent, mais sporadiquement, sans conviction. Nous restâmes là jusqu'à ce que nous soyons si loin qu'oncle Mac et tante Ducka se perdent dans la foule, et que nous ne puissions plus les distinguer.

Maman voulut que nous regagnions aussitôt notre cabine, mais j'insistai pour rester sur le pont.

– S'il te plaît, maman, jusqu'à ce qu'on passe près de la statue de la Liberté, c'est tout !

Elle accepta. Je n'en revins pas de voir à quel point la statue me sembla petite, lorsque notre immense navire passa près d'elle. Quelques passagers la saluèrent, comme si elle faisait partie de leur famille, et qu'ils la laissaient derrière eux. Je les imitai, et la saluai à mon tour. Mais pas maman. Elle s'était détournée, et regardait le journal plié qu'elle tenait à la main. Je vis qu'elle était inquiète.

– Oncle Mac et toi, commençai-je. Vous parliez de quelque chose, quelque chose qui est dans ce journal. C'est vrai, non ? À la maison aussi, et dans la cabine, tout à l'heure. De quoi s'agit-il, maman ?

– Je te l'ai dit, Merry, ce n'est rien, répondit-elle fermement, presque en colère. Absolument rien. Tout va bien, très bien, même. Allons, viens ! Descendons dans la cabine. Il fait froid, ici. Je frissonne.

Je me rendis alors compte que je frissonnais, moi aussi. Je jetai un dernier coup d'œil à la statue de la Liberté, aux gratte-ciel de New York qui se profilaient au loin, puis je fis demi-tour, et descendis.

Couchée dans notre cabine, cette nuit-là, je ne pensais ni à oncle Mac, ni à tante Ducka, ni à Pippa, ni même à papa, blessé dans son lit d'hôpital, comme j'aurais dû le faire, je le savais. Je ne pouvais songer qu'à ce chat noir courant le long de la passerelle, et bondissant au-dessus de l'eau jusqu'au quai. Un chat noir qui quittait ainsi le navire, cela devait avoir un sens, j'en étais sûre. Mais je n'arrivais pas à déterminer si c'était un signe de chance ou de malchance. « *L'avenir le dira*, pensai-je, *l'avenir le dira.* »

8

Îles Scilly, juillet 1915

Une lueur d'espoir

Ils avaient tous espéré que le docteur Crow avait eu une intuition juste, que la musique pourrait d'une manière ou d'une autre sortir Lucy de son profond abattement, lui permettre d'échapper à elle-même, qu'elle l'aiderait peut-être à débloquer sa mémoire, et sa voix, aussi. Seul Jim était très sceptique à ce sujet depuis le début – il n'était pas non plus fou de la musique qui ne se déversait que trop souvent dans la maison ces derniers jours. Mais il voyait que pour Mary, tout espoir était bon ; qu'elle se donnait tant de mal pour le rétablissement de Lucy ; que cette étrange enfant silencieuse, venue de nulle part, signifiait tout pour elle, à présent. Jim s'efforça donc de garder ses doutes pour lui, et supporta, quasiment sans se plaindre, la musique qui, jour après jour, emplissait la maison, et l'accueillait chaque fois qu'il rentrait chez lui.

Au bout d'un certain temps, cependant, même Jim dut convenir que la foi du docteur Crow dans les pouvoirs revigorants de la musique n'étaient pas entièrement déplacés. Lucy descendait parfois au rez-de-chaussée, très rarement, mais c'était un changement, un progrès. Ils ne l'entendaient jamais venir, aucun craquement dans l'escalier, aucun bruit de poignée de porte ne l'annonçaient. Elle était simplement là, présence soudaine et silencieuse dans la cuisine. Ils se retournaient et la voyaient, qui se tenait là, aussi immobile et silencieuse qu'un fantôme, se disait Alfie quelquefois – une apparition en bas de l'escalier, toujours enveloppée dans sa couverture, son ours en peluche à la main. Elle ne les regardait pas. Les yeux fixés sur le phonographe, elle écoutait attentivement, paraissant presque hypnotisée par le disque qui tournait et tournait encore. Comprenant que c'était la musique qui poussait enfin Lucy à se lever, Mary ou Alfie – même Jim parfois, si Mary le lui rappelait – remontaient le phonographe lorsqu'ils passaient à côté, ou qu'ils entendaient la musique ralentir, afin que l'appareil joue le plus régulièrement possible.

Lucy, cependant, continuait de passer la plus grande partie de la journée allongée sur son lit, appuyée contre ses oreillers, enfermée dans son silence, regardant par la fenêtre, ou plus souvent au plafond. De temps en temps, Mary découvrait qu'elle était sortie de son lit, généralement la nuit, et quand il n'y avait pas de musique. Ils l'entendaient fredonner dans sa chambre – ils étaient tous sûrs à présent qu'elle chantonnait et ne gémissait pas. Plusieurs fois, lorsque Mary avait jeté un coup d'œil dans la chambre de Lucy en montant se coucher, elle l'avait trouvée debout près de la fenêtre, en train de contempler la lune, fredonnant toujours le même air, doucement, tristement, pas seulement pour elle-même, avait pensé Mary, mais pour la lune. Elle semblait fascinée par la lune.

Avec le temps, ils se rendirent compte que Lucy faisait coïncider de plus en plus souvent le moment de ses apparitions dans la cuisine – désormais de plus en plus fréquentes – avec l'heure des repas. Elle écoutait la musique, debout près du phonographe, gardant toujours ses distances, mais les regardant manger. Chaque fois qu'elle descendait, Mary était aux petits soins pour elle, la serrait dans ses bras, lui prenait la main, l'encourageait comme elle pouvait à venir s'asseoir à table avec eux.

– Tu es de la famille, maintenant, Lucy ma chérie, disait-elle. Toi, oncle Billy, Alfie, Jim et moi, nous sommes tous ta famille, à présent.

Elle lui parlait d'oncle Billy, lui expliquant que lui aussi en faisait partie, et que dès que Lucy irait mieux, elle l'emmènerait au hangar à bateau, pour qu'elle le rencontre et qu'elle voie l'*Hispaniola*.

– Billy a fait des merveilles avec ce bateau, Lucy. C'est un voilier magnifique. Magnifique ! Tu verras.

Mais, malgré tous les efforts de Mary, Lucy ne

voulait pas s'asseoir avec eux. C'est Alfie qui eut l'idée de lui installer une chaise contre le mur, à côté du phonographe. Cela devint bientôt sa place. Elle s'asseyait et mangeait toujours là. Elle semblait avoir bien meilleur appétit avec eux, en bas dans la cuisine, qu'en haut, toute seule dans sa chambre. Elle se nourrissait correctement à présent, ne se contentant plus de grignoter comme avant. Au fil des semaines, elle descendit de plus en plus souvent, presque régulièrement, pour se joindre à eux à l'heure des repas.

Un soir, avant qu'elle descende, Alfie décida d'essayer quelque chose. Il déplaça la chaise de Lucy, et la rapprocha de la table. Lorsqu'elle s'en aperçut, elle hésita longtemps, les sourcils froncés. Ils pensèrent tous qu'elle allait faire demi-tour et remonter dans sa chambre, mais à leur grande joie et surprise, elle traversa lentement la cuisine, et vint s'asseoir à table avec eux.

Tandis qu'ils étaient assis à côté d'elle, ils comprirent qu'ils venaient d'assister à un moment d'une extrême importance. Ils ne dirent pas un mot, n'échangèrent pas un regard, mais ils sentirent un puissant espoir monter en eux. Ils eurent le sentiment qu'une page avait été tournée, que c'était vraiment la promesse d'une amélioration possible.

Le lendemain, Alfie montra à Lucy comment remonter la manivelle du phonographe toute seule, comment souffler sur la poussière qui se déposait sur l'aiguille, comment essuyer le disque avec un linge humide avant de le mettre, comment abaisser doucement l'aiguille sur le disque. En réalité, c'étaient tous les gestes que le docteur Crow leur avait appris quelques semaines plus tôt, et qui leur étaient devenus entièrement naturels. Alfie avait essayé de lui expliquer le fonctionnement de l'appareil une ou deux fois auparavant, mais elle ne s'y était guère intéressée. Or, brusquement, elle n'était pas seulement attentive à ce qu'il lui disait, mais clairement impatiente de s'en occuper elle-même. Et lorsqu'elle le fit, il apparut évident à Alfie qu'il n'avait pas eu besoin de lui apprendre à s'en servir. Elle semblait déjà parfaitement bien savoir comment s'y prendre. Elle manipula le phonographe avec la plus grande facilité, avec une aisance qui venait de sa familiarité avec l'appareil. Alfie eut la certitude qu'elle l'avait déjà fait avant.

À partir de ce jour, ce fut Lucy qui mit toujours les disques – personne d'autre n'avait plus besoin de s'en occuper. Elle se chargea entièrement du phonographe, se l'appropria, d'une certaine façon. Vêtue à présent des habits que Mary lui avait confectionnés, elle descendait chaque jour dans la cuisine, et y restait toute la journée, sans jamais s'éloigner du phonographe. Dès qu'un disque était fini, elle le remettait ou en choisissait un autre. Elle ne laissait jamais le ressort se détendre complètement non plus.

Elle ne communiquait peut-être pas davantage avec eux qu'avant, mais elle était là, vivant presque parmi eux. Parfois, elle aidait même Mary à faire du pain. Elle paraissait surtout aimer pétrir la pâte. Mais la plupart du temps, elle restait assise pendant des heures et des heures, enveloppée dans sa couverture, un pied replié sous elle, se balançant d'avant en arrière, son ours en peluche souriant à côté du phonographe. Parfois, Lucy fredonnait la musique d'un disque. Le fait de chantonner semblait lui apporter un grand réconfort, comme si toutes les mélodies étaient des berceuses pour elle, même quand elles étaient tristes. Elle semblait en connaître déjà plusieurs – ou bien elle les apprenait très rapidement. C'étaient ces airs qu'elle fredonnait et le pain qu'elle faisait qui donnaient à la famille Wheatcroft des raisons d'être optimiste sur sa guérison. Après tout, si elle pouvait chantonner, elle pourrait sûrement parler un jour, non pas seulement prononcer un mot ou deux, mais parler vraiment.

Bientôt, disait Alfie pour rassurer sa mère, Lucy retrouverait la mémoire, saurait de nouveau qui elle était, et leur apprendrait enfin comment elle était arrivée là. Quelle histoire elle aurait à raconter !

Le docteur Crow apportait un nouveau disque chaque fois qu'il venait les voir, mais Lucy ne les aimait pas tous. Elle refusait de mettre ceux qui étaient trop forts. C'étaient les morceaux de piano qu'elle préférait écouter, et en particulier un disque de Mozart. Elle mettait sans cesse l'*Andante grazioso* de la sonate n° 11 pour piano. Elle commençait et finissait toujours la journée par cette musique, et avait souvent les larmes aux yeux lorsqu'elle l'écoutait en fredonnant. Il était clair qu'elle l'adorait. Avec le temps, toute la famille l'adopta aussi, même si Jim continuait à trouver un peu pénible d'avoir constamment de la musique dans les oreilles. Pourtant, même lui se mit à adorer l'« air de Lucy », comme ils l'appelaient.

– Elle le chante bien, tu trouves pas ? dit-il à Mary un soir, après que Lucy et Alfie furent montés se coucher. Elle le chante comme un ange.

– C'est parce que Lucy vient du ciel, lui répondit Mary. J'ai jamais été si sûre de quelque chose, Jimbo : cette enfant est un don du ciel pour nous, exactement comme Alfie l'a été. Je te l'ai déjà dit. C'est pas seulement la chance qui a voulu que vous la trouviez à St Helen's, Alfie et toi, et que vous la rameniez à la maison. Il devait en être ainsi.

Pourtant, malgré tous les progrès de Lucy, tous leurs espoirs, Alfie et Jim voyaient bien que de temps en temps, Mary était complètement découragée. Les semaines et les mois avaient passé, et Lucy ne voulait ou ne pouvait toujours parler à aucun d'eux. Il était donc impossible de savoir si elle comprenait ce qu'on lui disait. Toutes les questions restaient sans réponse, et c'est à peine si une expression de son visage montrait qu'elle les avait perçues. Elle évitait presque toujours de croiser les regards, sauf, parfois, celui d'Alfie. Et même alors, s'il arrivait que leurs yeux se rencontrent, elle détournait aussitôt les siens.

Chaque fois que le docteur venait à Bryher, il

discutait en long et en large de l'état de Lucy avec Mary. Tous deux s'interrogeaient sans cesse sur la cause ou les causes du refus ou de l'incapacité de Lucy à communiquer, et sur ce qu'on pouvait y faire. Le docteur Crow, à la fois fasciné et troublé par cette enfant étrange, énigmatique, qui habitait chez les Wheatcroft, rendait méticuleusement compte de chacune de ses visites dans son journal.

Extrait du journal du docteur Crow, 28 juillet 1915

Je reviens ce soir de Bryher, où je suis allé voir quatre patients, dont Jack Brody et Lucy Lost. Je suis plutôt fatigué. Mme Cartwright m'a encore servi de la tourte au poisson. J'ai horreur de ça, mais je n'ose pas le lui dire. Ça fait onze ans, maintenant, qu'elle est chez moi comme gouvernante, et depuis onze ans je lui laisse entendre que je ne suis pas un grand amateur de tourte au poisson. Je peux toujours dire ce que je veux, cela n'a aucun effet. C'est une femme admirable, qui m'aide énormément dans la maison, qui veille sur moi et sur les patients avec le plus grand dévouement. Mais sa tourte au poisson… sa tourte au poisson est exécrable.

Lucy Lost, chez les Wheatcroft, est une énigme pour moi, qui me laisse très perplexe, mais qui m'intéresse au plus haut point. Physiquement, il est évident qu'elle va beaucoup mieux. La toux qui l'a tourmentée si longtemps, depuis qu'on l'a retrouvée à St Helen's, a presque entièrement disparu. Ses poumons sont dégagés, sa température normale. Sa cheville est quasiment guérie. Mais elle n'a repris que très peu de poids. À mon avis, elle est encore trop maigre et trop frêle. Heureusement, Mme Wheatcroft s'occupe merveilleusement bien d'elle, je n'ai aucun doute là-dessus.

Mary Wheatcroft est une femme qui sait ce qu'elle veut. J'ai vu quel combat elle a dû mener pour faire sortir son pauvre frère Billy de l'asile, et pour le ramener dans leur île, il y a quelques années. J'ai lutté à ses côtés, j'ai constaté le courage, la force de caractère dont elle a fait preuve à cette occasion. Une vraie tigresse ! Et depuis, elle s'est occupée de lui jour après jour, avec la plus grande constance. C'est une femme merveilleuse. À présent, comme si ça ne lui suffisait pas, elle a pris en charge Lucy Lost, avec la même détermination farouche. Elle materne cette enfant comme si c'était la sienne. Je dois même dire, mais pas à elle, bien sûr, qu'elle a tant d'affection pour Lucy qu'elle la couve trop. Tous les membres de la famille, d'ailleurs, semblent l'avoir accueillie chaleureusement. Aucun d'eux ne semble le moins du monde perturbé par l'étrange façon d'être de Lucy. Jim Wheatcroft m'a avoué que les disques qu'elle met sans arrêt sur mon phonographe lui donnent parfois envie de hurler. Et il me reproche souvent – comme il l'a fait aujourd'hui, en plaisantant, j'espère – d'avoir apporté ce qu'il appelle souvent « cette satanée machine » chez lui.

Mais ils savent, et je sais moi aussi, maintenant, que la musique qu'elle écoute a éveillé quelque chose en elle, *quelque souvenir lointain, faut-il souhaiter, et qu'elle lui a sans aucun doute redonné de l'intérêt pour la vie. Elle se retrouve dans la musique – j'en suis convaincu. Elle est manifestement beaucoup plus heureuse, même si, en réalité, elle continue à ne jamais sourire, ce qui, je le sais, attriste beaucoup* Mme *Wheatcroft. Je crains bien que ce soit parce que, au fond, cette pauvre enfant n'a pas vraiment de quoi sourire. En tout cas, elle semble à l'aise dans cette maison, désormais, avec sa nouvelle famille autour d'elle.*

Je vois qu'elle aime porter les vêtements que Mme *Wheatcroft lui a confectionnés. Elle aime pétrir le pain, et qu'on lui brosse les cheveux devant le feu. Elle ne parle toujours pas, bien sûr, mais elle fredonne des airs. Je crois qu'elle trouve un plaisir réel, profond, dans la musique. Je ne pense pas me faire des idées, mais parfois, j'ai l'impression de voir des lueurs de compréhension dans son regard quand elle écoute le phonographe, notamment quand elle met le dernier disque que je lui ai apporté, le morceau de* Mozart *au piano. J'en ai oublié le nom, mais c'est beau, divinement beau, et elle l'adore.*

Bien entendu, elle ne peut pas encore dire d'où elle vient, ni qui elle pourrait être. Les trois seuls mots qu'elle ait jamais prononcés sont : « Lucy », « piano » et « William ». Elle n'a jamais répété aucun d'eux, paraît-il. J'ai le sentiment qu'elle n'a même pas envie de parler, qu'elle n'essaie donc pas. Lorsque je l'observe, il me semble qu'il y a en elle une profonde tristesse qui inhibe à la fois sa parole et sa mémoire. La musique l'a soulagée un peu de cette tristesse, mais un peu seulement. (Quant à savoir pourquoi elle semble si obsédée par le piano en particulier, je l'ignore. Malheureusement, elle a désormais tous les disques de piano que je possède.)

J'ai remarqué qu'elle aime particulièrement être avec le jeune Alfie. Mme Wheatcroft m'a confirmé cette impression. Ce matin, m'a-t-elle raconté, avant qu'Alfie aille à l'école, Lucy l'a suivi dehors pour aller nourrir les poules. Tout en étant ravie, Mme Wheatcroft m'a avoué qu'elle était un peu vexée que Lucy soit sortie si volontiers avec Alfie – et sans qu'il le lui ait demandé –, alors qu'elle-même avait si souvent essayé en vain de la convaincre de l'accompagner dans la cour de la ferme, de passer voir oncle Billy dans son hangar à bateau, ou sur son Hispaniola, *d'aller pêcher des crevettes, ou de se promener dans l'île.*

(J'ai vu oncle Billy en revenant de chez eux. Il travaillait sur son cher bateau en chantant, et m'a fait de grands signes. Il est manifestement de bonne humeur. Ses vieux démons reviendront, bien sûr, comme toujours, mais ça fait un bon moment qu'il va bien – ou aussi bien qu'un maniacodépressif puisse jamais aller. Je suis sûr que cette amélioration est entièrement due aux attentions et aux soins diligents de Mme Wheatcroft.)

C'est ce matin, m'a-t-on dit, que Lucy Lost s'est aventurée dehors pour la toute première fois depuis qu'on l'a trouvée, et cela devrait être le signe d'un progrès significatif. J'ai insisté de nouveau devant Mme Wheatcroft sur l'importance qu'il y avait à encourager Lucy à sortir de plus en plus souvent, pour que cela devienne, si possible, une habitude. Je lui ai dit que la marche lui donnerait des forces, lui ouvrirait l'appétit, que la nature autour d'elle la rendrait plus heureuse, effet qu'elle a sur nous tous, j'en suis profondément convaincu. Mme Wheatcroft m'a répété qu'elle avait des réticences à l'obliger à faire quoi que ce soit, que Lucy se détournait d'elle dès qu'elle essayait. Mais elle m'a assuré qu'elle l'y encouragerait le plus possible. Davantage d'air frais, de marche, de distribution de grain aux poulets, voilà le meilleur traitement pour elle, lui ai-je dit.

Après être sorti de chez eux, j'ai rencontré Alfie sur le quai, qui revenait de l'école. J'en ai profité pour louer les efforts qu'il fait pour Lucy, et lui dire qu'il était important de continuer à l'inciter à sortir le plus souvent possible. Il m'a promis d'essayer. Il est bien, ce garçon. D'ailleurs, ils sont tous bien, dans cette famille. Mme Wheatcroft, en particulier, est une femme merveilleuse, forte et belle, aussi, mais redoutable, déterminée, qui ne mâche pas ses mots, et qui peut même se montrer virulente, parfois. D'une certaine façon, elle n'est pas très différente de Mme Cartwright. Il vaut mieux ne pas les contrarier, ni l'une ni l'autre, à mon avis. Quand je vois de telles femmes, je suis heureux d'être célibataire, et ça ne fait que me conforter dans mon intention de le rester.

Pourtant, là encore, je dois avouer que je ne peux m'empêcher d'envier Jim. Aussi redoutable que soit Mary, elle n'en est pas moins une belle femme, charmante, et j'imagine, par conséquent, la meilleure des compagnes. Un homme comme Jim Wheatcroft mérite une telle épouse. Je pense que personne n'est aussi estimé que lui sur ces îles, même si, parmi ses amis les pêcheurs, beaucoup me disent qu'il est nettement plus doué pour faire pousser des fleurs et des pommes de terre que pour attraper des poissons. Mais les pêcheurs ont tendance, je l'ai découvert, à être critiques à l'égard des prouesses des autres, et même parfois injustes.

Tandis que je prenais le bateau pour revenir à St Mary's, ce soir, sous les nuages d'orage qui s'amoncelaient dans le ciel, mes pensées se sont tournées vers ce pauvre Jack Brody, dont la jambe – ou ce qui en reste – ne guérit toujours pas, le fait souffrir jour et nuit, et continuera à le faire souffrir, je le crains, malgré tout ce que je peux faire. Il ne peut pas aligner deux mots qui aient un sens. Je vois dans ses yeux qu'il voudrait seulement sortir de cette situation, que chaque moment de chaque jour est une douleur atroce pour lui, qu'il a honte d'être ainsi, qu'il préférerait en finir s'il le pouvait. Il est à peine plus âgé qu'un adolescent. Son triste état me rappelle les milliers de jeunes soldats blessés, qui en sont réduits à vivre ce genre de vie partout dans le pays, et les milliers d'autres qui vont s'y ajouter avant la fin de cette terrible guerre.

Je suis resté à la proue du bateau et ai respiré à fond, espérant que l'air salé de la mer rendrait mon cœur plus léger. Mais cela ne m'a été d'aucun secours. Tandis que je regardais la mer houleuse et grise, je ne pouvais songer à rien d'autre qu'à nos braves navires loin derrière l'horizon, aux sous-marins allemands tapis sous la surface de l'eau, et aux terribles pertes qu'ils nous ont infligées. La pensée de tous ces pauvres garçons noyés, de leurs mères éplorées, et l'image de Jack Brody, condamné à la détresse et à la souffrance pour le reste de sa vie, m'ont attristé plus que je puis le dire. Lucy Lost, cependant, est une lueur d'espoir pour moi, comme pour beaucoup de personnes sur ces îles.

Lucy restait souvent dans la cuisine, ces derniers jours, regardant par la fenêtre, surtout lorsqu'elle attendait qu'Alfie rentre à la maison après l'école. Elle traînait près de la porte, ayant envie de sortir, semblait-il à Mary, mais sans oser le faire seule. Mary avait beau l'y encourager, Lucy ne s'aventurait jamais au-delà du perron, sauf quand elle était avec Alfie. Aller voir les poules avec lui, leur donner à manger, ramasser les œufs, c'était devenu le temps fort de chacune de ses journées.

La première chose qu'elle faisait le matin était d'écouter sa musique de Mozart sur le phonographe avant d'aller sortir les poules avec Alfie, et la dernière, le soir, était de les enfermer de nouveau dans le poulailler. Avant même qu'Alfie soit prêt, elle l'attendait à la porte de derrière, tandis qu'il mettait sa casquette.

– Tu viens, Lucy ? demandait-il, en remuant le seau de grain.

Il voyait qu'elle était très anxieuse chaque fois qu'elle mettait le nez dehors, mais qu'elle y tenait quand même. Elle le suivait, se déplaçant comme un faon effarouché, regardant nerveusement autour d'elle, restant tout près de lui, le prenant parfois par le coude, tandis qu'ils traversaient tout le jardin jusqu'au poulailler. Alfie essaya à plusieurs reprises de la convaincre de porter le seau de grain à sa place, ou d'ouvrir la porte du poulailler, mais elle reculait en le regardant, se mordait nerveusement le poing, serrait son ours en peluche dans sa main. Elle était toujours enveloppée dans sa couverture. Son ours en peluche et sa couverture ne la quittaient jamais.

Il fallut plusieurs jours à Alfie pour la convaincre de s'approcher de la porte du poulailler quand il l'ouvrait, de jeter une poignée de grain aux poules, d'aller leur chercher dc l'eau, ou de ramasser les œufs. Il vit que ce qui lui faisait le plus peur, c'était de leur jeter du grain. Les volailles se précipitaient toutes vers elle et gloussaient à ses pieds. Lucy se cramponnait alors à son bras, ou se cachait derrière lui. En revanche, elle aimait bien ramasser les œufs, tant que les poules étaient suffisamment loin d'elle et occupées à picorer. Chaque œuf qu'elle prenait lui paraissait être une merveille. Elle le tenait contre sa joue, sentant sa tiédeur. Ensuite, au petit déjeuner, Mary lui laissait choisir celui qu'elle mangerait, et bientôt Lucy le fit cuire elle-même dans l'eau bouillante, beurra son pain, coupa les mouillettes qu'elle trempait dans son œuf. Chaque fois qu'elle en mangeait un, c'était un plaisir pour elle, et ce n'était que le début. Elle continuait à ne pas sourire, à ne pas parler, mais Mary y accordait moins d'importance, à présent, car Lucy commençait à montrer un appétit presque aussi féroce que celui d'Alfie. Et au bout d'une semaine ou deux, la nervosité qu'elle avait ressentie jusque-là à l'idée de nourrir les poules disparut entièrement. Elle se chargeait désormais des volailles – du moment qu'Alfie venait avec elle.

Alfie, avec le temps, commençait à éprouver pour elle une affection qu'il n'avait jamais ressentie pour personne d'autre. Elle avait beau ne pas parler, il sentait qu'ils étaient en accord l'un avec l'autre, qu'ils étaient bien ensemble, qu'ils se faisaient confiance. Un soir, cette amitié silencieuse fut scellée de la façon la plus inattendue. Lucy, assise près de la fenêtre de la cuisine, regardait la nuit tomber dehors. Elle chantonnait tranquillement, accompagnant la musique qui s'échappait du phonographe, lorsque soudain elle se leva, alla vers lui, et le prit par la main. Mary et Jim furent aussi étonnés qu'Alfie. Elle insistait, le tirant pour qu'il se lève. Il sortit avec elle dans le jardin éclairé par la lune. Ils écoutèrent le doux clapotement des vagues mourant dans la baie. Ils virent la lueur de la lampe derrière la fenêtre de l'entrepôt des voiles où habitait oncle Billy. Il n'y avait pas un souffle de vent. Ils l'entendirent chanter.

– C'est oncle Billy, Lucy, expliqua Alfie. Je t'ai parlé de lui et de ses chansons, n'est-ce pas ? Mère a dit qu'il était grognon aujourd'hui, quand elle lui a apporté son déjeuner. Il a l'air d'aller mieux maintenant, il suffit de l'entendre. Il ne chante que quand il est heureux. Je t'emmènerai le voir un jour, d'accord ? Je lui ai parlé de toi. On ira seulement si tu en as envie, bien sûr.

Mais Lucy ne l'écoutait pas. Elle lui tapait impatiemment sur l'épaule, puis lui montrait la lune. Alfie regarda. Elle était pleine et semblait proche, plus proche qu'il ne l'avait jamais vue, si proche qu'il distinguait presque clairement les montagnes à sa surface. Alfie sentit la main de Lucy se glisser dans la sienne. Il comprit d'une certaine façon qu'il ne devait pas parler, qu'elle voulait qu'il la rejoigne dans son silence, et qu'il écoute simplement. C'était, pensa-t-il, comme s'ils partageaient un secret, un secret qu'ils ne partageaient qu'avec la lune, un secret qui ne pouvait être dit.

Ils restèrent un long moment ainsi, à écouter la mer. Puis elle se mit à fredonner ce même air qu'elle reprenait souvent, son air préféré. Alfie chantonna avec elle, car il sentit que c'était ce qu'elle désirait. Ensuite, ils restèrent là à écouter encore, à écouter la lune, à présent, sembla-t-il à Alfie, autant que le souffle de l'océan. Il ne comprenait pas ce qui s'était passé, il était simplement sûr que ces instants avaient été aussi précieux pour elle que pour lui, et qu'il ne les oublierait jamais.

Un matin brumeux, environ une semaine plus tard, alors que tous deux ouvraient le poulailler, juste avant qu'Alfie aille à l'école, elle aperçut la jument. Peg, sortant du brouillard, traversait tranquillement le champ en direction de la maison. Elle broutait en avançant, arrachait des touffes d'herbe, et balayait l'air de sa queue effrangée. Lorsque la jument se coucha et se mit à rouler et à rouler encore dans l'herbe avec un plaisir évident, s'ébrouant et pétant, Lucy leva les yeux vers Alfie, et sourit. C'était la première fois qu'il la voyait sourire.

– Alors, tu aimes les chevaux ? demanda-t-il. Je te le dis, il faut faire attention à Peg, Lucy. Elle peut être mauvaise, tu sais. Elle travaille bien, mais elle n'aime pas du tout les gens. Elle te mord les fesses dès qu'elle peut, et n'hésite pas non plus à te donner un bon coup de sabot. Et surtout, surtout, n'essaie jamais de la monter.

Lucy semblait fascinée par la jument, et n'écoutait visiblement pas un mot de ce qu'il disait.

– J'espère vraiment que tu comprends ce que je t'explique, Lucy. Il y a longtemps que je te parle, maintenant. Depuis combien de temps ? Trois mois ? Et je ne suis toujours pas sûr que tu comprennes un seul mot. Je pense que oui, mais je n'en suis pas certain. Tu n'as pas besoin de me parler, pas du tout, si tu ne veux pas. Mais fais-moi simplement signe que tu me comprends, d'accord ?

Lucy hocha alors la tête, sans se tourner vers lui. Elle ne pouvait détacher les yeux de la jument.

– C'est bon, alors, reprit Alfie, stupéfait. C'est moi

qui parlerai. Et toi, tu écouteras, et tu me feras signe que tu as compris, ça te va ? Tu parleras quand tu seras vraiment prête à le faire, d'accord ?

Elle hocha de nouveau la tête.

Alfie partit pour l'école d'un pas léger, la joie au cœur, ce jour-là. Lucy avait souri ! Lucy avait hoché la tête ! Lucy avait compris, très bien compris.

Elle resta dans le jardin longtemps après le départ d'Alfie, les yeux toujours fixés sur Peg. Jim sortit plus tard, et la trouva sur le chemin, tandis qu'il se dirigeait vers son bateau. Il appela Mary pour qu'elle la voie. Il lui chuchota doucement afin que Lucy ne l'entende pas :

– Marymoo, je crois que c'est la première fois qu'elle reste un moment dehors, toute seule, sans Alfie.

– Alors, pourquoi est-ce qu'elle nous parle pas, Jimbo ? demanda Mary. Elle a tellement de choses à dire, je le sais. Pourquoi elle les laisse pas sortir ? Il y a tellement de choses qu'elle pourrait nous raconter, tellement de choses qu'on sait pas d'elle.

– Et beaucoup d'autres qu'on sait, répondit Jim. On peut être sûrs qu'elle aime la musique, non ? Elle fredonne ses airs, et ce satané phonographe marche sans arrêt. C'est déjà quelque chose, bon sang ! Et regarde-la ! Elle aime les chevaux, aussi, même Peg, alors que personne n'aime Peg. Elle se remettra. Il faut lui donner du temps, Marymoo. Regarde les progrès qu'elle fait. Elle reste debout toute la journée, maintenant. Elle a même l'appétit d'un cheval, en ce moment, et elle adore aller donner à manger aux poules. Elle a un sacré béguin pour le jeune Alfie aussi, si tu veux mon avis. Il a fait des miracles avec elle, Marymoo, des miracles. Et toi aussi, toi aussi.

– Tu crois, Jim ? demanda Mary, en se tournant vers lui, des larmes dans la voix. Tu crois vraiment ?

– Tu as entendu ce qu'Alfie nous a raconté avant d'aller à l'école, reprit Jim. Elle lui a souri quand elle a vu Peg, non ? C'est son premier sourire ! Et il est absolument sûr qu'elle comprend beaucoup plus de choses que ce qu'on pensait. Bon Dieu, j'aurais jamais pensé que cette fille comprenait un mot de ce qu'on disait. Dieu sait qu'on s'attendait pas à ce qu'elle sourie un jour, hein ? Eh bien, elle l'a fait. Alors, courage, ma fille !

– Ça fait deux fois que tu prononces le nom de Dieu en vain, ce matin, Jim Wheatcroft, protesta Mary, redevenue brusquement elle-même, et tout à fait remise. Tu devrais te laver la bouche avec de l'eau savonneuse ! (Elle le poussa, par jeu.) Va pêcher, fais quelque chose d'utile pour une fois ! Et t'enfonce pas dans le brouillard. Il me dit rien qui vaille.

– Oh, arrête de t'inquiéter, Marymoo, il va se lever. C'est rien qu'une petite brume de mer, c'est tout.

9

Le jour blanc

Ce fut plus tard, ce matin-là – Jim pêchait dans le brouillard derrière Samson Island, et Alfie était toujours à l'école –, que Lucy disparut. Mary était sortie quelques minutes afin de déterrer des pommes de terre pour le dîner. Elle avait laissé Lucy assise près du phonographe, en train d'écouter sa musique comme d'habitude, mais en rentrant, elle s'était aperçue que Lucy n'était plus là et qu'il n'y avait plus de musique. Le disque continuait de tourner sur le gramophone, l'aiguille faisant un petit bruit sec et régulier, sinistre, dans le silence de la maison. Une peur affreuse l'envahit. Lucy n'aurait jamais laissé le phonographe tourner comme ça, si elle avait été à la maison. Mary monta l'escalier à toute vitesse jusqu'à la chambre de la fillette, l'appelant sans arrêt, tout en sachant déjà au fond d'elle-même qu'elle était partie. Quand elle redescendit dans la cuisine, son regard tomba sur la couverture de Lucy bien pliée sur le fauteuil de Jim à côté de la cheminée, son ours en peluche couché dessus, les bras écartés. Or, Lucy les emportait toujours avec elle, partout où elle allait, que ce soit à l'intérieur de la maison ou dehors. Mary ne l'avait jamais vue se séparer d'eux, ne fût-ce qu'un instant.

Folle d'inquiétude, elle sortit alors de la maison en courant et resta dans la cour à l'appeler, à crier son nom. Elle n'avait aucune idée de l'endroit où elle avait pu aller, et ne savait pas par où commencer à la chercher. L'île avait beau être assez petite, pas plus de trois kilomètres d'un bout à l'autre, Lucy pouvait se trouver n'importe où, et être complètement perdue, surtout dans ce brouillard. Après tout, elle ne s'était jamais aventurée beaucoup plus loin que le poulailler, au fond du jardin. Où qu'elle soit allée, elle ne saurait pas comment revenir. Il y avait les falaises abruptes de Hell Bay, de plusieurs centaines de mètres de haut. Si jamais elle s'approchait trop près du bord du chemin qui longeait la falaise… mieux valait ne pas y penser. Mary se rappela alors que l'eau était basse, que la marée commençait à monter. Si Lucy se promenait trop loin sur les bancs de sable, elle risquait d'être prise au piège de la marée montante. C'était arrivé, un an seulement auparavant, à la petite Daisy Fellows. Elle avait déjà de l'eau jusqu'au cou quand on l'avait trouvée, et elle ne savait pas nager. On était arrivé juste à temps pour la sauver. Il y avait aussi le chien fou du vieux Jenkins, que celui-ci n'attachait jamais.

Et le taureau était dans le champ avec les vaches, sous Watch Hill. Il avait de mauvais instincts, c'était connu dans le coin. Lucy pouvait être n'importe où. Il pouvait lui être arrivé n'importe quoi.

La panique montait en elle comme la lave d'un volcan. Elle ne pouvait pas la contrôler. Elle s'aperçut qu'elle n'appelait plus Lucy, mais qu'elle hurlait son nom. Et elle courait. Elle courut dans les collines, à Watch Hill et à Samson Hill, dans la ville, autour de l'église et du cimetière, le long de Popplestone Bay, puis vers Heathy Hill, et partout où elle allait, à tous les gens qu'elle rencontrait, elle demandait inlassablement si quelqu'un avait vu Lucy Lost. Mais personne ne l'avait vue. Une fois l'alerte donnée, presque tout le monde se mit à fouiller l'île pour retrouver la fillette, en dépit de l'épaisse nappe de brouillard qui recouvrait tout, à présent. Il n'y avait plus aucune visibilité. Mary ne voyait pas à plus de quelques mètres devant elle.

Lucy restait introuvable quand Alfie et les autres enfants revinrent de Tresco sur le bateau scolaire, plus tard, dans l'après-midi. Lorsqu'ils apprirent ce qui s'était passé, ils se joignirent aux autres pour la chercher. Quelqu'un dit à Alfie que sa mère était à l'église. Il la trouva, là, à genoux, qui priait en silence. Elle leva vers lui des yeux pleins de larmes.

– Dieu est bon, murmura-t-elle. Il la protégera. J'en suis sûre, n'est-ce pas, Alfie ?

Ils restèrent l'un près de l'autre dans le silence

sombre de l'église, jusqu'à ce qu'il n'y ait plus de larmes, jusqu'à ce qu'elle se calme et se reprenne.

– Allons, Mary, se dit-elle alors à haute voix. À quoi bon pleurer, gémir, et s'apitoyer sur soi-même. Ça n'aide personne. Dieu aide ceux qui s'aident eux-mêmes. Allons la chercher, Alfie !

Ils la cherchèrent ensemble, se rassurant et s'encourageant tour à tour comme ils le pouvaient, chacun cachant à l'autre ses pires craintes. Dans cette purée de pois, et sans la moindre trace de Lucy après de longues heures de fouilles, les gens commençaient à perdre espoir. Brouillard ou pas, tout le monde savait que plus le temps passait, moins il était probable de la retrouver saine et sauve. Elle n'était pas simplement perdue. Il avait dû lui arriver quelque chose. Ils crièrent son nom et l'appelèrent dans toute l'île, donnèrent des coups de sifflet et sonnèrent même la cloche de l'église, mais il n'y avait aucun signe d'elle, aucune réponse. Le brouillard semblait étouffer tous les sons, assourdir même le cri des mouettes et le chant flûté des huîtriers. Le jour tombait rapidement, à présent, le brouillard s'assombrissait autour d'eux.

Chacun se rendait compte qu'il ne servait plus à grand-chose de l'appeler, ni même de la chercher plus longtemps. Après tout, Lucy Lost ne pouvait pas parler pour répondre, n'est-ce pas ? Et de toute façon, ne l'avait-on pas cherchée partout encore et encore, le long des falaises, sur les plages, dans chaque champ, chaque haie, chaque jardin, dans les granges et les remises ? Lucy Lost semblait s'être évanouie aussi mystérieusement qu'elle était apparue. Elle était sortie de nulle part. Elle y était retournée.

Certains murmuraient même, à présent – et pas seulement des enfants –, que cette histoire selon laquelle Lucy Lost serait un fantôme était peut-être vraie, finalement. Elle était l'enfant-fantôme de St Helen's, une pauvre âme perdue, condamnée à errer seule jusqu'à la fin des temps. Les fantômes ne vont-ils et ne viennent-ils pas à leur guise ? Ne peuvent-ils pas être visibles ou invisibles, se matérialiser comme et quand ils le veulent ? Plus les recherches semblaient désespérées, plus cette idée, aussi absurde qu'elle parût à quelques-uns, gagnait du terrain. Certains y croyaient dur comme fer. Si Lucy Lost avait disparu, et s'il n'y avait aucun signe d'elle, aucun corps retrouvé, c'était que Lucy Lost avait toujours été un fantôme.

Même Alfie et Mary, qui connaissaient Lucy bien mieux que quiconque, bien sûr, et qui la connaissaient suffisamment pour savoir qu'elle était un être de chair et de sang, ne pouvaient s'empêcher de penser qu'il y avait peut-être quelque chose de vrai dans cette histoire. Ils perdaient le moral, eux aussi, à mesure que les heures passaient. Mais comme tous les autres, ils continuaient à chercher à travers le brouillard aveuglant, à fouiller la bruyère sur les collines couvertes de lande, là-haut à Watch Hill, à Samson Hill, vérifiant encore les cistes, et les anciens lieux de sépulture dans lesquels Lucy aurait pu monter se réfugier, puis les alentours des rochers de Hell Bay et de Droppy Nose Point. Même quand Mary et Alfie étaient sur le sentier côtier, près du bord de la falaise, alors que la mer ne se trouvait qu'à un jet de pierre d'eux, ils ne pouvaient pas voir l'eau, en dessous. Et c'est à peine s'ils pouvaient l'entendre. Le bruit de la mer était presque entièrement absorbé par le brouillard, comme tout le reste, comme Lucy Lost elle-même.

Mary et Alfie ne se disaient plus rien. Ce n'était pas la peine. Ça ne servait à rien. Ils partageaient les pires appréhensions. Alfie serrait fort la main de sa mère, aussi fort qu'elle serrait la sienne. Chaque fois qu'une vague silhouette se dessinait dans le brouillard, ils espéraient que ce serait Lucy, mais ce n'était pas elle. C'était quelqu'un d'autre, qui la cherchait, comme eux.

– Toujours rien ? leur demandait Mary avec espoir, tout en redoutant et en connaissant déjà la réponse.

– Rien, lui répondait-on chaque fois.

– Continuons à chercher et à prier, alors, disait Mary.

« Chercher et prier. » Elle paraissait aussi décidée que jamais à tous ceux qu'elle rencontrait, mais Alfie sentait bien que même elle perdait tout espoir.

Ils avaient fouillé une fois encore les dunes derrière Rushy Bay, et marchaient le long de la plage vers Green Bay lorsqu'ils entendirent la voix de Jim devant eux, dans le brouillard.

– C'est toi, Marymoo ? demanda-t-il. Oui, c'est bien toi. Et Alfie aussi, n'est-ce pas ? Qu'est-ce que vous faites dehors par ce temps ?

Ils le voyaient mieux, à présent. Sa silhouette se dessinait dans la brume, tandis qu'il se retournait et venait vers eux.

– Jamais vu un brouillard pareil. Mais on dirait que les poissons aiment ça, reprit-il.

Il souleva son seau rempli de poissons, et le secoua.

– Tu vas être contente de moi, Marymoo, une douzaine de beaux maquereaux, et un joli bar. J'ai un bon crabe pour oncle Billy, aussi. Pas mal, hein ? Et devine qui était là pour m'accueillir sur la plage quand je suis rentré ?

Sortant de la brume épaisse derrière lui, ils virent alors arriver Peg, qui marchait d'un pas lourd sur le sable. Elle n'était pas seule. Lucy était sur son dos.

– Vous auriez imaginé qu'elle savait monter, vous ? demanda Jim. Qu'est-ce qui vous prend ? Vous avez l'air d'avoir vu un fantôme ou quelque chose comme ça.

Mary ne pouvait prononcer un mot. Elle restait simplement là, sur la plage, couvrant son visage de ses mains, et sanglotant. Alfie donna les explications à sa place :

– Lucy a disparu toute la journée, père. Tout le monde l'a cherchée, tous les habitants de l'île. On pensait qu'elle était tombée d'une falaise, ou un truc comme ça. Où est-ce qu'elle était passée ?

Peg était allée droit sur lui, et frottait sa tête contre son épaule.

– Elle était chez oncle Billy, pas vrai, ma fille ? répondit Jim. Billy dit qu'il sort dans le brouillard, après être allé pêcher la crevette dans la baie comme il fait quand y a personne – il aime bien le brouillard, notre Billy –, quand soudain il voit Lucy montée sur Peg. Elle a pas l'air de savoir où elle est, ce qui est pas surprenant, et elle semble abattue. Alors il l'emmène chez lui, au hangar à bateau. Ils ont passé l'après-midi à manger des crevettes, il dit. Et à travailler sur les voiles pour l'*Hispaniola*. Elle se débrouille bien avec une aiguille, d'après lui. Ensuite, au bout d'un moment, il a pensé que le temps passait, et il savait plus très bien quoi faire d'elle, alors il a eu l'idée de les ramener à la maison, Peg et elle. C'est là que je les ai rencontrés, sur la plage, en rentrant de la pêche. Ils sortaient tout juste du brouillard. Ils m'ont fait une de ces peurs ! Oncle Billy est reparti chez lui, et elle, elle est là !

« Regarde-la, Marymoo, poursuivit-il. Elle est heureuse comme tout, non ? Pourquoi tu pleures, Mary ? (Il lui passa le bras autour des épaules.) Elle est de nouveau là, non ? On dirait qu'elle aime les chevaux autant que le piano, tu trouves pas ? Elle sait les monter, aussi. Regarde, elle a ni rênes, ni selle, rien. Elle guide Peg avec ses genoux. Elle sait s'y prendre, avec les chevaux, elle monte comme si elle avait fait ça toute sa vie. En plus, tu connais Peg ! Elle ne permet pas qu'on la monte. Elle permet à personne de la monter ! C'est un cheval tracteur, un cheval de trait, pas un cheval à chevaucher. J'ai essayé une ou deux fois y a longtemps, le jeune Alfie aussi, comme plein d'autres gamins, et nous avons tous fini le derrière dans une haie, un fossé ou les orties. Elle ne supporte pas qu'on monte sur son dos, pas vrai ? Eh bien, regarde-la maintenant ! Qui l'aurait pensé, Marymoo, hein ? Lucy qui monte Peg comme si c'était un jeu d'enfant !

Il souleva le toupet de Peg en riant.

– Tu vois ? Peg sourit ! On a jamais vu ça avant ! Et regarde ! Notre Lucy aussi ! Tu as un joli sourire, Lucy. Il éclaire tout ton visage. Tu devrais sourire plus souvent. Tu devrais peut-être monter à cheval plus souvent. Tiens, Alfie ! dit-il en tendant le seau de poissons à son fils. Tu es plus jeune que moi, tu peux porter le poisson. Viens, Marymoo ! poursuivit-il en lui prenant le bras. Rentrons ! J'ai mis un temps fou à revenir. J'ai eu du mal à trouver mon chemin dans le chenal. De la purée de pois, je voyais pas plus loin que le bout de mon nez. Heureusement que j'avais la carte de l'endroit dans la tête. Il faut bien, non, au bout de tant d'années ! J'ai besoin de manger, Marymoo, je meurs de faim. Je pourrais avaler un foutu cheval en entier – oh, pardon, Peg !

Quand la nouvelle se répandit qu'oncle Billy avait emmené Lucy chez lui et s'était occupé d'elle toute la journée, certains murmurèrent que Silly Billy aurait dû avertir Mary, ou quelqu'un, indiquer à n'importe qui où elle se trouvait et éviter bien des inquiétudes à toute l'île. Mais la plupart des gens furent simplement soulagés que Lucy Lost ait été retrouvée. C'était la seule chose qui comptait. Elle était saine et sauve.

L'histoire de la disparition de Lucy ce jour-là fut évidemment le sujet de conversation de l'île pendant un bout de temps. Bientôt, cependant, on ne parla plus seulement de Lucy Lost, on parla de la jument. Pendant toutes ces heures où elle était restée perdue dans le brouillard – et personne ne sut jamais combien de temps était passé avant qu'oncle Billy ne la retrouve –, une transformation extraordinaire semblait s'être produite en Peg. C'était presque comme si Lucy lui avait jeté un sort.

Tout le monde connaissait Peg, à Bryher, et savait comme elle pouvait être capricieuse, hargneuse et têtue. Une vieille jument poilue, toute noire avec des touffes de crin aux pieds et un nez busqué. C'était le cheval de labour de toute la commune, mais elle ne travaillait que si elle en avait envie, était bien nourrie et bien traitée. Elle préférait nettement qu'on la laisse brouter paisiblement aux quatre coins de l'île, allant à sa guise, apparaissant un peu partout, présence plutôt débonnaire, jusqu'à ce que quelque chose se mette en travers de son chemin, ou que quelqu'un la dérange.

Peg était le cheval de labour, et celui qu'on utilisait pour les récoltes aussi. C'était également le seul cheval de trait de l'île, qui remontait des chargements d'algues depuis les plages jusqu'aux champs de fleurs ou de pommes de terre, où elles servaient d'engrais. Il y avait un âne ou deux, à Bryher, qui portaient et transportaient la plus grande partie des lourdes charges, mais les habitants n'auraient pu se passer de Peg. Ils le savaient, et elle le savait. Elle n'appartenait à personne en particulier, et elle le savait aussi, ou semblait le savoir. Elle était sa propre maîtresse. Elle préservait farouchement son indépendance, et exigeait toujours d'être traitée avec le plus grand respect.

Elle montrait clairement qu'elle n'aimait pas les gens, qu'elle les tolérait simplement, tant qu'ils se conduisaient comme elle le voulait. Trop lui demander, l'obliger à travailler trop longtemps, et les ennuis commençaient. Essayer de la monter, la menacer avec un fouet ou un bâton, prendre quelque liberté que ce soit avec elle, et elle vous faisait aussitôt comprendre qui commandait. L'étriller quand elle ne le voulait pas, ou nettoyer ses sabots quand elle n'était pas d'humeur à le supporter, et elle pouvait devenir méchante. Elle était tout à fait capable de donner un bon coup de dent à n'importe qui, petit ou grand, et même de décocher une ruade en douce. Tout le monde, sur l'île, était conscient qu'il valait mieux la traiter avec certains égards.

Dans l'ensemble, cependant, elle était douce comme un agneau avec les plus jeunes, surtout s'ils venaient avec une carotte. Avec une carotte, les enfants les plus petits pouvaient aller la chercher pour la faire travailler, et la faire travailler dur. Ce n'était même pas la peine de lui dire où aller ni où s'arrêter. En revanche, si vous essayiez de la monter et de l'amener à la maison après une journée de travail, enfant ou pas, vous risquiez d'avoir de gros ennuis.

Personne ne montait Peg. Nombreux étaient ceux qui avaient essayé, par bravade, mais cela avait toujours mal fini, et la plupart du temps en larmes. Alors que personne n'avait jamais réussi à rester sur son dos, toute l'île savait à présent que Lucy, elle, y était arrivée. C'était incroyable. Lucy Lost était restée sur Peg pendant des heures, presque toute la journée, une journée qui semblait avoir rendu Peg méconnaissable.

Après cette première, et désormais fameuse promenade dans le brouillard avec Lucy, on voyait souvent Peg se diriger vers Veronica Farm, rester derrière la porte, dans le jardin, regarder même dans la maison par la fenêtre, en attendant que Lucy sorte et la monte. Presque tous les matins, on les voyait se promener dans l'île, manifestement aussi heureuses l'une que l'autre. On s'aperçut aussi que lorsqu'on cherchait Peg pour la faire travailler et la harnacher, elle n'était pas facile à trouver, ni à attraper, ni à aborder.

Elle tapait du pied, s'ébrouait, secouait sa crinière rebelle, laissant entendre à tous qu'elle serait bien mieux ailleurs avec quelqu'un d'autre. Et tout le monde savait de qui il s'agissait. Dès qu'elle avait fini d'aider à labourer, herser, faucher, ou fertiliser, dès qu'on l'avait débarrassée de son harnais, elle s'en allait tout droit vers Veronica Farm pour chercher Lucy. Qui plus est, alors qu'on n'avait jamais vu Peg trotter auparavant, elle partait au trot, à présent, en compagnie de Lucy. On les avait aperçues au petit galop le long de Rushy Bay, et une fois même, au galop. Peg au trot, Peg au petit galop, Peg au galop !

10

Il faut toujours garder espoir

Lorsque le docteur Crow se rendit à Bryher, quelques semaines plus tard pour visiter sa patiente, il découvrit que la jument avait presque entièrement supplanté son phonographe et ses disques dans le cœur de Lucy. Il ne fut aucunement déçu par cette évolution, au contraire.

Extrait du journal du docteur Crow, 27 août 1915

Rendons grâce à Dieu pour Lucy Lost et Peg. Jamais de ma vie je n'ai eu de journée plus contrastée que celle d'aujourd'hui. Elle avait mal commencé.

J'ai été réveillé à l'aube par des coups frappés à ma porte. C'était Mme Merton, qui m'apportait un message urgent de Bryher me demandant de venir immédiatement voir le jeune Jack Brody. Mme Merton n'est pas une personne que j'apprécie beaucoup, car elle se mêle toujours de tout, et est sans aucun doute la commère la plus malveillante de Scilly – nous en avons quelques-unes comme ça sur ces îles. Cependant, il faut dire que ce matin, elle avait de bonnes raisons de me réveiller. Selon les nouvelles venant de Bryher, le pauvre Jack délirait de nouveau, et était dans un état épouvantable. Il fallait faire vite, me dit-elle.

Je ne rechigne jamais à visiter Jack Brody. Personne, en effet, ne mérite plus que lui l'attention d'un médecin. En tant que médecin, cependant, je déteste devoir assister aux souffrances prolongées d'un patient. Il est brisé non seulement par ses blessures, mais par sa souffrance. Bien que l'amputation de sa jambe broyée ait été plutôt bien faite, la plaie s'est infectée une fois de plus. J'ai soigné Jack comme j'ai pu, en nettoyant et en pansant sa blessure, en montrant de nouveau à Mme Brody comment s'en occuper elle-même, et en lui expliquant l'importance d'avoir toujours les mains propres. Ce que je crains, c'est une septicémie. Une fois qu'elle est là, il n'y a plus grand-chose à faire. Avec de la chance, la blessure pourrait guérir peu à peu, mais je suis incapable de guérir la douleur dans ses yeux. J'ai essayé de l'aider à se sentir le mieux possible. En toute honnêteté, cependant, je dois avouer que je ne vois pas comment il pourrait jamais retrouver le moindre bien-être, avec cette souffrance permanente qu'il endure dans sa jambe, et dans sa tête aussi. Il supporte tout bravement, mais il fait peine à voir, surtout quand on le connaît comme je le connaissais avant. Tout Dieu bon et miséricordieux devrait le laisser partir rapidement. Ce serait la meilleure chose, la plus charitable. Mme Brody, qui est veuve depuis longtemps, est habituée à la souffrance, mais je pense que la souffrance de son fils est trop dure à supporter.

Tandis que je quittais cette bien triste maison, j'ai été appelé à me rendre dans une famille beaucoup plus heureuse, à peine quelques centaines de mètres plus loin. Cette fois, on peut dire que j'étais au bon endroit au bon moment. Cette visite – où j'ai aidé Mme Willoughby à accoucher de son deuxième enfant – est vraiment tombée à point nommé, et s'est passée très joyeusement. Si seulement toutes les naissances étaient aussi faciles ! Elle a appelé le petit garçon Handsome – Beau –, un prénom inhabituel, mais qui convient très bien, je trouve, à un aussi bel enfant. Il est grand, pèse presque quatre kilos et demi, et a la tête couverte de cheveux bruns. Je suis reparti le cœur léger, avec l'impression que, finalement, tout pourrait peut-être s'arranger dans ce monde troublé. La nature elle-même paraissait confirmer ce sentiment. Le soleil brillait dans un ciel bleu foncé, les vagues léchaient paresseusement le sable, les hirondelles rasaient le bord de l'eau.

Mais ensuite, alors que je longeais Green Bay, je suis tombé sur M. Jenkins, qui réparait ses filets dehors, à côté de son redoutable chien. C'est un vieux schnock bourru, et son chien ne vaut guère mieux. Il est préférable de les éviter tous les deux, si l'on peut. J'essayais donc de garder mes distances, quand il m'a fait signe, et j'ai dû m'approcher d'eux. Il m'a demandé si j'avais entendu les dernières nouvelles. Il paraît qu'un autre de nos navires, un cargo, a été torpillé dans les atterrages occidentaux. Aucun survivant n'a été retrouvé, d'après ce qu'il m'a dit. J'aurais mieux fait de ne pas aller lui parler.

J'ai aperçu oncle Billy, qui s'affairait sur son bateau, comme d'habitude. Il ne m'a pas vu. Il ne voit que très peu de gens, soit parce qu'il ne regarde pas, soit parce qu'il n'en a pas envie, soit pour ces deux raisons à la fois. Finalement, oncle Billy n'a peut-être pas tort. Il ne parle à personne, sauf à sa famille, et encore, très rarement. Il reste à l'écart, ne s'occupe que de ce qui lui est proche et cher. Il ne veut pas entendre parler des malheurs d'un monde plus vaste. Comme s'il comprenait, et peut-être le comprend-il vraiment, que pour lui, pour nous tous, c'est le seul moyen de trouver un certain équilibre, et une sorte de salut. Billy se trompe, parfois, mais là-dessus, je pense qu'il a raison, que nous devrions tous suivre son exemple si on ne veut pas que cette guerre et toute sa tristesse nous rendent fous.

J'enrage contre l'horreur de cette guerre. Je ne peux le dire à personne en ce moment, surtout depuis que le Lusitania *a coulé, de peur de sembler manquer de patriotisme, de ne pas soutenir nos soldats sur le front. J'aime l'Angleterre autant que n'importe qui d'autre ici, mais dois-je aimer la guerre pour aimer l'Angleterre ? Je sais que rien de bon ne peut en sortir, quel que soit le vainqueur. Je voudrais seulement que cessent la souffrance, la douleur, le chagrin. J'ai vu et soigné trop de marins, presque* des adolescents encore, ayant échoué à St Mary's, déjà noyés pour certains, terriblement brûlés pour d'autres, ou à moitié morts de froid. Tous, comme Jack Brody, sont le fils d'une mère, le bien-aimé d'une fille. Tous, il n'y a pas si longtemps, étaient des nouveau-nés, comme Handsome, avec la vie et le bonheur devant eux.

C'est donc le cœur lourd, désormais, que j'ai traversé l'île pour aller voir le jeune Philip Blessed, qui est couché depuis un bout de temps avec la coqueluche, et qui est l'un des trois enfants de Bryher touchés par cette maladie en ce moment. Les autres sont presque guéris, mais Philip a la poitrine fragile et met plus longtemps à se rétablir. Cependant, en arrivant, j'ai découvert que Philip était de nouveau sur pied, tout joyeux, et qu'il ne toussait presque plus. Mme Blessed était contente aussi, manifestement très soulagée que son fils aille mieux. J'ai vu qu'elle avait hâte de me faire asseoir, de me donner une tasse de thé, et de bavarder. (Le thé est une boisson si fade, et le médecin doit en boire si souvent quand il a des visites toute la journée !)

C'est Mme Blessed qui m'a raconté en premier l'histoire extraordinaire de Lucy Lost : comment, une quinzaine de jours auparavant, elle s'était perdue si longtemps dans le brouillard que tout le monde avait dû la chercher, comment, sans savoir du tout où elle se trouvait, elle avait erré, chevauchant Peg – « alors que ce cheval a le diable au corps, docteur » –, et, enfin, comment Silly Billy l'avait trouvée et ramenée chez lui. C'était, je dois l'avouer, une histoire plutôt embrouillée, de celles qu'on a du mal à croire au début. Mais, peu après avoir quitté la maison des Blessed, en passant devant l'église, j'ai effectivement vu Lucy Lost qui chevauchait Peg et descendait du haut de la plus grande colline de l'île. J'ai aussitôt remarqué que son comportement avait complètement changé. Elle avait perdu son air tendu, égaré, son regard morne. Ses joues avaient retrouvé des couleurs, et elle avait une nouvelle lumière dans les yeux. Elle m'a même salué d'un geste de la main, et m'a souri en me dépassant. J'espérais, bien sûr, qu'elle parlerait aussi, mais elle est restée silencieuse. Elle montait à cru et pieds nus, visiblement très à l'aise, ne faisant qu'un avec le cheval.

La jument aussi semblait contente, ce qui est plutôt étonnant quand on la connaît. Je les ai regardées, stupéfait, puis j'ai crié à Lucy que c'était justement elle que je venais voir. Elle n'a pas semblé m'entendre.

Mme Wheatcroft m'a accueilli chaleureusement, elle paraissait changée, beaucoup plus heureuse. Elle m'a raconté toute l'histoire à son tour – je n'ai pas voulu lui dire que je l'avais déjà entendue en grande partie chez Mme Blessed.

– Vous savez, docteur, c'est la première fois que Billy reçoit quelqu'un dans son hangar à bateau en cinq ans, « xcepté » Jim, Alfie et moi, bien sûr. Vous connaissez Billy, il peut être maussade et grincheux avec les inconnus. Je lui avais raconté comment Lucy était venue vivre chez nous, comment Jim l'avait trouvée, et tout, mais je lui avais jamais présentée. J'osais pas prendre le risque, au cas où il l'aurait brusquée. Et puis oncle Billy l'a trouvée *dans le brouillard, il l'a ramenée, s'est occupé d'elle, il l'a fait asseoir pour qu'elle rapièce un peu les voiles avec lui, c'est à ne pas croire, docteur !*

Nous nous sommes installés devant une tasse de thé (encore !) et un de ses délicieux poudings – sans aucun doute le meilleur de tout l'archipel. Même le thé est plus facile à boire avec le pouding de Mme Wheatcroft. (Si seulement les gâteaux de Mme Cartwright étaient aussi bons !) Elle m'a remercié pour tout ce que j'ai fait, et m'a dit à quel point mon phonographe et mes disques, puis le cheval, à présent, avaient fait merveille avec Lucy.

– Miraculeux, docteur. C'est vraiment ça : miraculeux ! Mes prières ont été entendues. Lucy reprend des forces et retrouve un peu de joie de vivre tous les jours. Je n'ai jamais vu quelqu'un changer comme ça.

Elle s'est alors penchée vers moi, a posé sa main sur mon bras, et a murmuré sur le ton de la confidence :

– Ne le dites à personne, docteur, mais je crois qu'Alfie est amoureux d'elle, et qu'elle l'est de lui. Quand elle est pas sur cette jument, ils se promènent tous les deux sur l'île. Elle veut toujours pas sortir en bateau, ni plonger du quai avec lui – Alfie dit qu'elle a peur de l'eau. Mais savez-vous qu'elle lui a même appris à monter à cheval ? Il avait déjà essayé, et chaque fois, la jument l'avait jeté à terre. Pourtant, il avait fait une mauvaise chute, la dernière fois, et avait juré ses grands dieux qu'on ne l'y reprendrait plus. Eh bien, elle a trouvé le moyen de le faire monter de nouveau. Et attention, sans mors, sans éperons, sans fouet ! Je les ai observés pendant qu'elle lui

apprenait. Elle se contente de souffler doucement sur le nez de la jument, elle lui flatte l'encolure, lui embrasse l'oreille. Mais elle dit jamais rien – elle parle toujours pas. Elle fredonne sans arrêt comme une abeille, d'après Alfie, mais elle parle pas, docteur, pas un mot, elle lui montre simplement ce qu'il doit faire. Alfie souffle un peu sur le nez de Peg, lui flatte un peu l'encolure, lui caresse les oreilles, et hop, il monte et s'en va. Ça marche à tous les coups.

Tandis qu'elle finissait de parler, Lucy est entrée dans la maison en courant, tout essoufflée, aussi contente que le plus heureux des enfants. Quand je lui ai parlé, elle a levé les yeux vers moi et m'a souri. Elle ne m'avait jamais regardé dans les yeux avant. Encouragé par ce regard et par tout ce que je venais de voir et d'entendre, je lui ai parlé, je lui ai demandé comment elle allait. Elle ne m'a pas répondu, a fait demi-tour, est allée droit vers le phonographe, et a mis un disque. J'avoue m'être senti profondément déçu par son silence permanent, ce qui est absurde, bien sûr. Sa transformation est déjà miraculeuse, comme l'a dit Mme Wheatcroft. Je n'aurais pas dû m'attendre à plus.

Mais ce n'est pas tout. Elle est venue s'asseoir à côté de nous, a bu du thé et a englouti son pouding. C'était une enfant complètement différente, silencieuse peut-être, mais qui n'était plus nerveuse ni sur la défensive. Et lorsqu'elle a entendu Alfie arriver sur le chemin en sifflotant, elle s'est levée et a gagné la porte en un éclair. À peine Alfie a-t-il eu le temps de boire son thé qu'elle l'entraînait déjà dehors. Je les ai vus par la fenêtre monter tous deux sur Peg, Alfie derrière Lucy, puis chevaucher à travers champs en riant aux éclats. Mme Wheatcroft pourrait bien avoir raison. On dirait vraiment qu'ils sont amoureux l'un de l'autre.

Qu'est-ce qui a donc permis à cette fille de se rétablir de façon aussi miraculeuse ? Je suis un homme de science. Mon traitement y a contribué, j'aime à le croire. J'espère que la musique l'a aidée aussi, mais je dois reconnaître que c'est le cheval qui a probablement été son meilleur médicament, ça et l'affection d'une bonne famille. Espérons qu'à eux tous ils arriveront à lui faire retrouver sa voix et sa mémoire, à la guérir complètement. Je tremble à l'idée qu'une enfant comme Lucy puisse toujours finir à l'asile de Bodmin, comme oncle Billy. Être différent dans ce monde ignorant est souvent pris pour de la folie. La différence fait peur aux gens, et Lucy Lost est sans aucun doute différente, très différente.

Certaines nouvelles, cependant, sont inquiétantes. Mme Wheatcroft m'a raconté aujourd'hui qu'elle a dû céder malgré elle aux pressions de M. Beagley pour que Lucy se rende à l'école de Tresco le trimestre prochain avec Alfie. Apparemment, M. Beagley a insisté, en disant qu'à son âge, Lucy devait aller à l'école, qu'il était de son devoir de veiller à ce qu'elle le fasse, comme tous les autres enfants de l'île, sans exception. Il semble qu'il l'ait menacée d'en référer aux autorités si Lucy ne se conformait pas à la loi.

À mon avis, c'est un fonctionnaire zélé, un petit

bonhomme imbu de lui-même, et bien trop attaché au pouvoir qu'il s'est habitué à exercer dans son école. Il y a quelque chose de tyrannique en lui que je n'aime pas du tout. Tout le monde sait qu'il fait marcher les élèves à la baguette, et il manque certainement de la sensibilité dont un bon professeur doit faire preuve. Il faut espérer qu'aussi bien les élèves que lui traiteront Lucy gentiment. L'école devient parfois un endroit impitoyable. Les enfants peuvent être très méchants, cruels même, avec un étranger qui ne vient pas de l'archipel. Et on ne peut pas être plus étranger que Lucy, qui ne parle pas, qui est une enfant complètement différente, qui ne semble pas savoir qui elle est, ni d'où elle vient.

Je n'ai pas fait part de mes inquiétudes à Mme Wheatcroft, car je ne veux pas l'alarmer inutilement, mais je ne suis pas sûr du tout que l'école soit ce qu'il faut à cette enfant en ce moment, surtout celle de M. Beagley. Elle va beaucoup mieux, c'est certain, mais elle est encore fragile mentalement. Je ne peux qu'espérer que son rétablissement ne sera pas miné par la vie scolaire. J'ai confiance en Alfie, je sais bien qu'il fera tout ce qu'il pourra pour veiller sur elle et la protéger, mais je crains qu'il ne puisse pas faire grand-chose.

Traversée calme jusqu'à St Mary's, ce soir. Lent coucher de soleil rouge sang. Je pose mon stylo, fatigué, inquiet pour Lucy Lost, pour Jack Brody, mais plein d'espoir aussi. Il le faut. L'espoir ! Il faut toujours garder espoir.

11

Îles Scilly, septembre 1915

L'école à reculons

Mary et Jim laissèrent à Alfie le soin d'annoncer à Lucy qu'elle devait aller à l'école. Alfie était le seul qu'elle semblait écouter et comprendre. Dès qu'ils essayaient de lui parler, ces derniers jours, elle se tournait vers lui pour qu'il la rassure, l'aide à comprendre les choses, à les interpréter. Si quelqu'un pouvait arriver à communiquer avec elle, c'était lui. Aussi, chaque fois qu'ils voulaient lui expliquer quelque chose, Mary et Jim finissaient-ils par demander à leur fils de le faire. Même ainsi, pour toute réponse, ils n'obtenaient qu'un hochement de tête, négatif ou positif. Mais au moins, à présent, il était clair pour eux tous qu'elle comprenait quelque chose à ce qu'Alfie tentait de lui dire.

Alfie choisit son moment pour lui parler de l'école. Tandis que Lucy, montée sur Peg, gravissait la colline de Watch Hill, il marchait à côté d'elle, cueillait des mûres au passage, et lui en donnait une de temps en temps.

– Tu as les lèvres toutes bleues, Lucy, lui dit-il au bout d'un moment.

Mais elle n'écoutait pas. Abritant ses yeux du soleil, elle regardait un oiseau qui planait au-dessus d'eux, tournait, puis plongeait dans les airs et descendait en piqué.

– C'est un faucon pèlerin, reprit Alfie. Ils nichent à White Island, sur le phare, tu sais, près de St Helen's, près de là où nous t'avons trouvée. C'est beau, non ? Ils peuvent plonger à plus de cent quarante à l'heure, tu savais ça ?

Il pensa que c'était le bon moment. Il tendit la main vers elle et lui toucha le coude.

– Lucy, j'ai quelque chose à te dire. Il faut que tu m'écoutes. La semaine prochaine, ce sera la rentrée des classes. Les vacances seront finies, malheureusement. Est-ce que tu veux venir avec moi ?

Elle secoua la tête. Mais elle écoutait.

– Le problème, Lucy, poursuivit Alfie, c'est que mère dit que tu dois y aller, sinon elle aura des ennuis. Elle ne veut pas qu'on t'emmène loin de nous, tu comprends ? Et les autorités pourraient le faire, Lucy, si tu ne vas pas à l'école, si elles pensent que mère ne s'occupe pas de toi comme il faut, qu'elle ne t'envoie pas à l'école, qu'elle ne veille pas sur toi comme elle devrait.

Elle baissa les yeux vers lui. Il vit qu'elle essayait de se concentrer, qu'elle s'efforçait de comprendre.

– Tu es déjà allée à l'école, n'est-ce pas ? J'imagine que oui. Ce sera à peu près la même chose ici, je pense. Toutes les écoles se ressemblent. La mienne n'est pas si mal, je t'assure. Excepté M. Beagley, je dois dire. Le Bestial Beagley. Il faut éviter de se trouver sur son chemin, c'est tout. Tu me vois partir en bateau le matin, et revenir l'après-midi. Eh bien, nous irons ensemble. Tout se passera bien, je te le promets.

Elle secoua de nouveau la tête, plus vigoureusement cette fois. Puis, d'un claquement de langue, elle fit partir Peg au trot, et s'éloigna sur la colline. Alfie lui cria :

– Ça ne sert à rien de t'enfuir, Lucy. Il faut y aller. Nous devons tous aller à l'école. C'est obligatoire. Je veillerai sur toi, juré ! Tout se passera bien, je te le promets !

Mais elle était trop loin pour saisir ses paroles, à présent. Alfie eut la nette impression qu'elle l'avait très bien compris, et qu'elle ne voulait pas en entendre davantage.

Ce soir-là, Lucy resta dans sa chambre et ne voulut pas descendre dîner. Mary finit par lui monter à manger, mais Lucy resta couchée là, recroquevillée sur son lit, le visage tourné vers le mur. Mary lui parla, lui caressa les cheveux, l'embrassa, mais Lucy ne se retourna même pas pour la regarder, encore moins pour manger. Alfie monta plus tard pour voir s'il pouvait faire mieux, mais sans succès. Lorsqu'il lui posa la main sur l'épaule, elle eut un mouvement de recul et enfouit la tête dans son oreiller, pleurant silencieusement. Il la laissa et redescendit dans la cuisine.

– Inutile d'insister, dit-il. Je l'ai gravement perturbée. Elle n'est pas prête, mère. Et nous ne pouvons pas la forcer à y aller. Je la comprends, je n'irais pas, moi non plus, si j'étais pas obligé.

– Si elle veut pas y aller, Marymoo, alors elle ira pas. C'est tout, intervint Jim. Elle sait ce qu'elle veut, celle-là. Un peu comme quelqu'un que je connais – telle mère telle fille, si tu vois ce que je veux dire. On peut rien faire de plus pour le moment. Elle changera d'avis. Il faut peut-être lui donner simplement le temps de s'habituer à l'idée.

– Et si M. Beagley lui donne pas le temps ? demanda Mary, en refoulant ses larmes. Tu le connais ! Tu veux qu'il fasse un rapport sur nous, c'est ça ? Il en est capable, crois-moi ! Il préférerait qu'on nous l'enlève et qu'elle soit enfermée dans un asile, comme oncle Billy, plutôt que la voir manquer un jour d'école. Le règlement, toujours le règlement, c'est la seule chose qui l'intéresse.

La porte donnant sur l'escalier s'ouvrit alors. Lucy se tenait là, les regardant, l'air impassible. Elle avait un papier plié à la main. Elle se dirigea vers Alfie, le lui donna, puis fit demi-tour et s'en alla.

– J'aurais pas pensé qu'elle savait écrire, dit Jim.

– Non, père, il n'y a rien d'écrit, c'est un dessin, répondit Alfie. Regarde !

Le dessin au crayon représentait un bateau, un bateau à rames rempli d'enfants, qui traversait le chenal jusqu'à Tresco. M. Jenkins ramait – on le reconnaissait à sa casquette à visière. Le quai du port de New Grimsby, et les maisons de Tresco étaient bien reconnaissables aussi. Il y avait une fille dans l'eau, qui faisait de grands gestes, une fille qui se noyait. Juste à côté de son dessin, Lucy avait tracé une croix, aux bords fortement dentelés.

– C'est le bateau scolaire, dit Alfie. Celui qui nous amène à l'école, vous ne voyez pas ? Elle essaie de nous dire qu'elle ne veut pas monter dedans. Je comprends, maintenant. Ce n'est pas l'école qui lui fait peur. C'est la mer, le bateau. Je vous l'avais dit, non ? Elle a une peur bleue de l'eau, elle ne veut jamais s'en approcher.

– Mais alors, comment on va lui faire traverser le chenal jusqu'à l'école ? demanda Jim. Elle peut quand même pas marcher sur l'eau, que diable, c'est pas Jésus ! Excuse, Marymoo, ma langue a fourché. Elle peut pas voler jusqu'à Tresco, non plus. Qu'est-ce qu'on va faire ?

– Il faut l'amener à prendre ce bateau d'une manière ou d'une autre, répondit Mary. (Elle se tourna vers son fils et lui saisit la main.) Tu es le seul qui puisse y arriver, Alfie. Il faut la convaincre. Il le faut, sinon ils viendront la chercher, et ils l'emmèneront. Ils sauteront sur l'occasion, je le sais. M. Beagley n'attend que ça. Et on la perdra pour de bon.

– Ne t'inquiète pas, mère. (Alfie essayait d'être

le plus rassurant possible, mais son ton n'était pas convaincant du tout, même pour lui-même.) Je trouverai bien le moyen de la faire monter dans ce bateau, tu verras.

Tout en parlant, cependant, Alfie se demandait comment il pourrait bien s'y prendre. À maintes reprises, il avait observé la répugnance de Lucy à s'approcher de la mer. Même quand elle était à cheval, elle préférait garder ses distances, et éviter le bord de l'eau. Il avait essayé plusieurs fois de la persuader doucement de monter dans le *Penguin* et de pêcher avec lui, mais elle avait toujours refusé, et de façon catégorique. Lorsqu'il allait plonger, nager, elle ne venait pas non plus avec lui. Elle ne mettait jamais le pied dans l'eau, même quand la mer était calme ou chaude.

Les derniers jours avant que l'école ne reprenne, Alfie tenta plusieurs fois de l'emmener pêcher en bateau. Mais il eut beau dire, il eut beau faire, elle n'approcha même pas du *Penguin*. Voyant que ça ne servait qu'à la démoraliser, il abandonna. Alfie passait ses nuits à se demander comment il pourrait l'inciter à prendre le bateau scolaire le premier matin d'école. À force de tourner et retourner le problème dans sa tête, il en vint à penser que ce n'était peut-être pas le bateau qui l'effrayait, mais la mer elle-même. Il décida donc de faire tout ce qu'il pouvait pour l'attirer dans l'eau.

Il l'emmena jouer au cerf-volant à Green Bay, et se mit à courir au bord de l'eau, en s'éclaboussant, en criant et en riant. Elle n'eut pas besoin de conseils. Elle fit voler son cerf-volant comme une experte. Elle s'amusa beaucoup, mais ne s'approcha jamais de la mer. Il n'eut pas plus de chance avec les ricochets. Alfie, de l'eau jusqu'aux genoux, lui montra comment choisir le bon caillou, et comment le lancer. Là aussi, elle se débrouillait très bien, était fort habile, mais elle restait toujours loin du bord de l'eau, ne se mouillant même pas les pieds. Il eut beau tout essayer, il ne parvint jamais à la faire approcher.

Alfie remarqua que le regard de Lucy était souvent attiré par les bateaux amarrés à Green Bay, surtout par l'*Hispaniola*, et en particulier quand oncle Billy y travaillait. Elle restait là, parfois, le contemplant longuement, comme si elle attendait qu'il vienne lui dire bonjour. Ce qu'il ne fit jamais. Alfie savait bien qu'il ne viendrait pas, qu'oncle Billy n'était pas comme ça. Mais il voyait que Lucy était déçue. Un jour qu'ils se trouvaient là, ils l'entendirent entonner son chant de marin :

– « Yop là ho ! »

– Oncle Billy est de bonne humeur aujourd'hui, lui dit-il. Il sera content qu'on lui fasse signe, même s'il ne nous répond pas. Il ne salue que très rarement. Mais on peut toujours essayer.

Alfie agita donc la main, bientôt imité par Lucy. Comme Alfie l'avait prévu, il ne leur répondit pas. Il ne montra même pas qu'il s'était rendu compte de leur présence.

– Il n'est pas hostile, tu sais. Il est simplement timide. Il aime rester dans son coin, il n'aime pas qu'on le dérange. Il ne m'a pas parlé pendant deux ans après que mère l'a ramené à la maison. Il s'entend bien avec moi, maintenant, il s'entend bien avec nous tous. Mais il ne dit pas grand-chose, même à mère. Tous les autres, sur l'île, sont comme des étrangers pour lui, et il ne s'y intéresse pas beaucoup. D'après mère, il n'aime pas la façon dont ils le regardent. Il sait comment on le surnomme, il entend ce qu'on dit de lui derrière son dos, tout ce qu'on raconte sur la maison de fous dont il est sorti. Certains pensent que mère n'aurait jamais dû le ramener parmi nous, mais c'est parce qu'ils ont peur de lui. Ils n'ont aucune raison de l'être. Oncle Billy est la personne la plus gentille que je connaisse. Il est bien allé te chercher dans le brouillard, non ? Il s'est occupé de toi. Il ne ferait pas de mal à une mouche. Il n'aime pas qu'on le regarde, c'est tout. C'est pour ça qu'il reste tout seul dans son hangar à bateau, sauf quand il travaille sur son voilier.

« Ne t'inquiète pas. Oncle Billy t'aime bien. Il ne chanterait pas, sinon. Peut-être même qu'il chante juste pour toi. Tu sais, comme dit mère, tu fais partie de la famille, maintenant. Mais ça n'empêche que si on va le voir maintenant, on risque de le contrarier. Et dans ce cas, il devient triste, si triste qu'il ne mange plus. Mère dit qu'il n'aime pas qu'on l'approche de trop près, qu'on vienne dans son hangar, ou à côté de son bateau, tant qu'il ne l'a pas proposé. Et mère le connaît mieux que n'importe qui, elle le comprend. Après tout, ils ont grandi ensemble. Ils sont jumeaux. Un garçon et une fille.

Tandis qu'il parlait, Alfie se rendait compte que Lucy écoutait chaque mot avec une attention inhabituelle. Plus il lui racontait de choses sur oncle Billy, plus elle semblait vouloir en entendre. Elle écoutait vraiment. Si elle était tellement intéressée, pensa Alfie, c'est qu'elle comprenait en grande partie ce qu'il lui expliquait. Il se mit même à espérer qu'elle lui pose une question. Elle parut vouloir le faire, par moments, mais resta muette.

Le tout dernier jour des vacances, Alfie crut enfin avoir trouvé le moyen d'entraîner Lucy dans l'eau. Il l'emmènerait à marée basse pêcher la crevette dans les flaques qui s'étalaient entre les rochers de Green Bay. Ils auraient des crevettes pour le dîner, lui dit-il, comme elle en avait mangé avec oncle Billy. Les yeux de Lucy brillèrent. Cette idée lui plaisait. Comme il s'y était attendu, au début, elle resta sur le rivage et le regarda s'enfoncer dans l'eau jusqu'aux genoux, aller d'un rocher à l'autre, et jeter son épuisette entre les algues. Il savait où les crevettes aimaient se cacher. En deux ou trois coups de filet, il en prit déjà une douzaine, et des grosses, qu'il vida dans son seau. Il les lui rapporta, l'air triomphant.

Lorsqu'il lui proposa son épuisette, elle la saisit.

– C'est facile. (Il la prit par la main.) Viens, Lucy, je vais te montrer.

Il sentit qu'elle s'agrippait à lui, tandis qu'il l'emmenait doucement vers la mer. Mais elle y allait. Elle y allait ! Elle avançait avec lui. Ils mirent les pieds dans l'eau. Elle leur arrivait aux chevilles, à présent, puis aux genoux, et Lucy marchait toujours.

C'est alors que, sortant de nulle part, une mouette fondit sur eux en lançant des cris rauques et perçants. Ils sentirent le souffle de ses ailes passer au-dessus de leur tête. Lucy cria, le lâcha, et courut vers la plage. Elle ne voulut pas revenir, après ça. Elle resta assise sur un rocher, les bras serrés autour de ses genoux, regardant Alfie de loin, et jetant de temps en temps un coup d'œil de l'autre côté de la baie, vers l'*Hispaniola*. Elle espérait voir oncle Billy, pensa Alfie, mais il ne se montra pas, ce matin-là. Alfie cria à Lucy de venir le rejoindre, revint plusieurs fois lui montrer ses prises, pour l'inciter à réessayer. Mais elle ne voulait plus bouger. C'était sans espoir, et Alfie le savait.

Le soir, il n'eut pas envie de raconter à sa mère que les choses s'étaient mal passées dans la journée, à Green Bay. Il en parla à son père, en revanche, profitant d'un moment de tranquillité. Jim lui répondit simplement, avec un haussement d'épaules :

– Tu as fait ce que tu pouvais, Alfie. Comme j'ai dit, on peut pas l'obliger. Si elle veut pas, elle veut pas. Elle a du cran cette fille-là, elle s'en laisse pas conter. Si elle refuse d'aller à l'école en bateau demain matin, eh bien, elle ira pas. C'est tout.

12

Ici, on ne rit pas !

Alfie s'attendait un peu à ce que Lucy reste au lit le lendemain matin, pour le premier jour d'école, et qu'elle ne descende pas au rez-de-chaussée mais, à sa grande surprise, il vit qu'elle s'était levée avant lui. Elle avait même donné à manger aux poules, et pour la première fois, sans lui. Vêtue des habits que Mary avait confectionnés exprès pour elle – encore une ruse pour lui donner envie d'aller à l'école –, Lucy s'assit à la table de la cuisine avec eux, but son lait, mangea ses œufs à la coque et ses mouillettes. Et quand Alfie se prépara à partir pour l'école, elle le suivit, telle une ombre familière et silencieuse, Peg traînant derrière eux, comme elle le faisait souvent.

Ils entendirent les voix criardes des enfants qui attendaient le bateau sur le quai. Lucy s'arrêta, et resta quelques instants sur place à les écouter. Elle semblait hésiter à faire un pas de plus. Alfie sentit qu'elle glissait sa main dans la sienne, et ils avancèrent ensemble, Lucy regardant fixement devant elle, le visage fermé. « Elle va venir, pensa Alfie, elle va monter dans le bateau. » Derrière eux, Peg marchait lourdement, soufflant et s'ébrouant. Lorsqu'ils arrivèrent au quai, le bateau était déjà là, les enfants s'y entassaient, tandis que M. Jenkins, le passeur, s'efforçait en vain de les calmer et de les faire taire. Personne ne lui prêtait la moindre attention, comme d'habitude.

Lucy hésita de nouveau. Puis elle parla.

– Non, dit-elle, retirant brusquement sa main. Non, répéta-t-elle.

Alfie n'arrivait pas à le croire.

– Tu as parlé ! s'écria-t-il. Là, maintenant, tu viens de parler !

Elle lui sourit, puis fit demi-tour et s'éloigna. Alfie eut envie de la rappeler, de la supplier de venir. Mais il savait que ce n'était plus la peine d'essayer, qu'elle ne changerait pas d'avis. Dès qu'il monta dans le bateau, il dut endurer des rires narquois au sujet de sa « sœur-sirène » qui « avait perdu la boule » et avait la tête fêlée, qui était « si bête qu'elle ne savait même pas parler ».

Certains d'entre eux, dont Zeb était le meneur, bien sûr, se mirent à se moquer bruyamment d'elle, tandis qu'elle s'éloignait le long du quai.

– Alors, la chochotte, on ne vient pas à l'école ? Trop bête pour y aller, hein ?

Alfie les ignora pendant un moment, mais se promit de régler ça avec Zeb plus tard, quand Beastly Beagley ne serait pas dans le coin. Le bateau partit, M. Jenkins leur criant toujours à tous de s'asseoir et de se tenir convenablement. Avant de perdre Lucy de vue, Alfie l'aperçut qui marchait à côté de Peg sur le chemin de Green Bay, la main posée sur l'encolure du cheval. Elle ne se retourna pas.

Ils mirent plus longtemps que d'habitude, ce matin-là, à traverser le chenal, à cause de la grande marée d'équinoxe. Il y avait très peu d'eau entre Bryher et Tresco. Tous les élèves de Bryher arrivèrent donc en retard à l'école, ce qui signifiait, et chacun le savait, que Beastly serait de très mauvaise humeur. Lorsque le bateau entra dans le port de New Grimsby, à Tresco, Alfie se souvint d'un rêve qu'il avait fait pendant les vacances : l'école s'écroulait, Beastly s'était transformé en corbeau et s'était envolé. C'était un rêve très vivant. Malheureusement, comme il le découvrit bientôt, l'école était toujours à sa place. Beastly était toujours à la sienne, lui aussi, en train de sonner la cloche dans la cour. Alfie se demanda s'il était resté là pendant toutes les vacances d'été, à sonner sa satanée cloche. Cette pensée le fit sourire, et Beastly s'en aperçut aussitôt.

– Qu'est-ce qui vous fait rire, Alfred Wheatcroft ? Ici, on ne rit pas, mon jeune ami, vous l'avez oublié ?

– Non, monsieur.

Lorsqu'ils furent tous en rang dans la cour,

M. Beagley fit l'appel de sa voix grinçante, le pouce passé dans la poche de son gilet, jetant un regard noir à chaque élève de sous ses sourcils broussailleux qui se contractaient nerveusement quand il lisait un nom. À côté de lui, Mlle Nightingale cochait les noms les uns après les autres au fur et à mesure que les élèves répondaient.

– Lucy, appela M. Beagley. Connue, d'après ce qu'on m'a dit, sous le nom de Lucy Lost.

Il y eut un silence, et deux ou trois enfants commencèrent à glousser, à ricaner.

– Lucy Lost, où êtes-vous ?

M. Beagley scruta les rangs d'élèves devant lui, fronçant les sourcils, l'air menaçant.

– Savez-vous où elle est, Alfred Wheatcroft ?

Alfie fit non de la tête.

– Eh bien, nous allons voir ça, n'est-ce pas ? Tous les absents sont de faux malades, et je les mange au petit déjeuner, pas vrai les enfants ?

– Si, monsieur, répondirent-ils docilement en chœur.

C'était la réponse obligée à toutes les railleries de Beastly Beagley. Alfie ne se joignit pas aux autres.

– Elle est p't-être en train de nager, m'sieur, puisque c'est une sirène. Elle n'a pas voulu venir en bateau, m'sieur. Elle est trop bête pour aller à l'école, de toute façon.

Les rires éclatèrent, bruyants et moqueurs.

– Silence ! rugit M. Beagley.

Le silence retomba aussitôt, mais un silence troublé par le bruit de quelqu'un qui reniflait et s'étranglait de rire, quelqu'un, pensa Alfie, qui allait avoir de gros ennuis, et à qui M. Beagley allait en faire voir de toutes les couleurs. Alfie regarda autour de lui pour voir qui osait faire ce bruit, et en subirait les conséquences. Mais personne ne reniflait, personne ne riait. Personne même ne souriait. C'est alors qu'il entendit, en même temps que tous les autres, sortant de derrière la haie, le martèlement rythmé de sabots.

Quelques instants plus tard, à la surprise générale, Peg apparut sur le chemin qui menait à la grille de l'école, remuant la tête et s'ébrouant. Elle était trempée, de même que Lucy Lost, qui la montait, pieds nus, sans selle, sans mors, sans rênes, avec une telle aisance qu'elle semblait faire partie du cheval lui-même.

13

Une enfant aux origines obscures et douteuses

Extrait du registre scolaire de M. Beagley, lundi 13 septembre 1915

Trente-cinq enfants ont répondu à l'appel en ce premier jour du trimestre d'automne. Pas d'absents.

Il faut signaler, et le pasteur en a d'ailleurs été déjà informé à maintes reprises, que les tuiles au-dessus de la fenêtre du côté est n'ont toujours pas été réparées, et que le carreau cassé de la fenêtre elle-même n'a pas été remplacé non plus, alors que je l'avais demandé plusieurs fois. J'ai expliqué très clairement que si ces réparations n'étaient pas effectuées avant l'arrivée des tempêtes hivernales, la pluie entrerait à l'intérieur, et rendrait le fond de la classe inutilisable. Des corbeaux ont de nouveau fait leur nid dans la cheminée et la bouchent complètement, comme je l'avais déjà indiqué à la fin du trimestre précédent. Là encore, rien n'a été fait. Par conséquent, je voudrais rappeler ici que je ne peux pas être et ne serai pas tenu responsable d'éventuelles perturbations empêchant le bon fonctionnement de cette école, et que dans ces conditions, si le vent ou la pluie entrent dans les classes, s'il est impossible d'allumer le poêle, je n'aurai d'autre choix que de fermer l'établissement.

Il y a une nouvelle élève, ce trimestre. On la connaît sous le nom de Lucy Lost, et elle doit avoir une douzaine d'années. Ses origines sont obscures et douteuses, vu qu'on l'a trouvée il y a quelques mois, complètement abandonnée, à St Helen's. Elle a été recueillie par M. et Mme Wheatcroft, de Veronica Farm, sur l'île de Bryher. Elle est arrivée à l'école en retard, à cheval, après avoir refusé de prendre le bateau qui vient de Bryher, avec les autres enfants. Profitant de la grande marée d'équinoxe, il semble qu'elle ait eu l'idée de traverser le chenal de Tresco à cheval. Son arrivée a gravement perturbé l'appel, et a été le sujet de toutes les conversations pendant la journée, rendant l'enseignement très difficile, tant les élèves étaient distraits par cet événement. J'ai donc été forcé d'administrer des punitions à plusieurs occasions. Pour mémoire :

Alfred Wheatcroft. Deux coups de baguette pour insolence.

Patience Menzies. Trois coups de baguette pour blasphème.

Billy Moffat et Zebediah Bishop. Deux coups de baguette chacun pour conduite dissipée et pour avoir lancé des pierres dans la cour de récréation.

Lucy Lost risque fort d'être, je le crains, un élément extrêmement perturbateur, qui gêne le bon déroulement de la classe. C'est une fille maussade, qui a l'air farouche et l'allure négligée des enfants abandonnés. Il faudra qu'elle apprenne les bonnes manières, et à faire ce que font les autres élèves. Elle ne parle pas, il semblerait qu'elle ne le puisse pas, ou ne le veuille pas. Je pencherais plutôt pour la seconde hypothèse. Elle ne sait pas, ou ne veut pas écrire, non plus. Elle accuse un retard tellement catastrophique, est si manifestement inadaptée, que je l'ai mise dans la classe des petits, avec Mlle Nightingale, jusqu'à ce qu'elle apprenne à parler et à écrire comme il convient à quelqu'un de son âge.

En outre, je dois dire qu'elle a un caractère des plus désagréables. Elle ne me regarde pas dans les yeux, ce qui, d'après mon expérience, est toujours un signe d'obstination, ou de manque de sincérité chez l'enfant, et probablement des deux. Je lui ai parlé avec sévérité de son refus de m'adresser la parole, et lui ai expressément interdit d'arriver de nouveau à l'école à cheval. J'ai averti Alfred Wheatcroft qu'il était de sa responsabilité qu'elle vienne à l'école en bateau demain, comme tous les autres enfants de Bryher, et qu'il y aurait de sérieuses conséquences pour lui comme pour elle si elle s'y refusait.

En conclusion, j'ai instauré l'usage de hisser et de baisser le drapeau chaque jour, et de chanter l'hymne national, afin d'insuffler une véritable ferveur patriotique aux élèves. J'ai décidé que cette pratique resterait en vigueur jusqu'au jour où la guerre finira, jusqu'à ce que la victoire soit proclamée.

Après l'école, Alfie et Lucy durent attendre la fin de l'après-midi que la marée soit assez basse pour pouvoir traverser sans danger le chenal de Tresco à cheval jusqu'à Bryher. Alfie avait insisté pour qu'ils rentrent ensemble, et pour monter devant, Lucy se tenant à lui, derrière, sur le dos de Peg. À un certain moment, à l'endroit le plus profond du chenal, il s'aperçurent tous deux que Peg ne marchait plus, mais qu'elle nageait. Alfie sentit les bras de Lucy se serrer autour de sa taille, son visage se presser contre son dos. Au début, Alfie pensa qu'elle devait avoir peur, puis il se mit à espérer, et rapidement à croire, qu'il n'en était rien, qu'elle le faisait par reconnaissance, par affection pour lui, et même par admiration.

Il avait senti son admiration, ce matin-là à l'école, lorsqu'il s'était levé devant tout le monde, et avait dit à M. Beagley que Lucy ne devait pas être reléguée dans la classe des petits, que ce n'était ni bien ni juste pour une fille de son âge. Il avait été puni pour son insolence – deux coups de baguette sur la main. Il avait alors vu, il s'en souvenait, la stupéfaction et l'horreur se peindre sur le visage de Lucy – elle n'avait visiblement jamais assisté à ce genre de choses auparavant. Elle avait les larmes aux yeux, des larmes pour lui, et Alfie en avait été touché.

Si jamais quelqu'un avait franchement peur, là au milieu du chenal, tandis que la mer apparaissait beaucoup plus profonde et agitée qu'il ne l'avait prévu, Alfie savait que c'était lui.

– Tout va bien, Lucy, ne t'inquiète pas, lui dit-il, ou plutôt se dit-il à lui-même. Peg sait où elle va. Mais accroche-toi bien à moi. Elle nous ramènera à la maison, tu verras.

Et c'est ce qu'elle fit, au grand soulagement d'Alfie. Peg se débattit au milieu des flots, et sortit bientôt de l'eau profonde, pour trotter jusqu'à Green Bay. Ils furent salués à grands cris par des dizaines d'habitants de l'île, dont Mary et Jim, qui les attendaient sur la plage. Oncle Billy était là, sur le pont de son *Hispaniola*, coiffé de son chapeau de pirate, les observant avec sa longue-vue, tandis qu'ils arrivaient à cheval. Ce fut un retour joyeux et triomphal. Apparemment, personne, à Bryher, n'ignorait l'incroyable histoire de Lucy en ce premier jour d'école, comment elle avait traversé le chenal sur Peg, comment Alfie avait reçu des coups de baguette de Beastly Beagley pour lui avoir répondu, pour avoir pris la défense de Lucy.

Mais le deuxième jour d'école devait s'avérer encore plus mouvementé que le premier. Tout le monde savait que les marées d'équinoxe étaient passées, et que Lucy ne pourrait pas se rendre à l'école en traversant le chenal de Tresco à cheval : l'eau serait trop profonde au milieu, et ce serait beaucoup trop dangereux. Elle avait le choix : soit elle prenait le bateau avec les autres, soit elle restait à Bryher. Les élèves, ainsi que M. Jenkins, dont l'impatience augmentait de minute en minute, attendaient tous dans le bateau l'arrivée d'Alfie et de Lucy. L'excitation était à son comble, les discussions, les disputes éclataient de toutes parts. Viendraient-ils ? Allait-elle monter dans le bateau ou se dégonfler ? Et que ferait Beastly si elle ne se rendait pas à l'école ?

Ils se turent tous en même temps, en voyant Alfie et Lucy apparaître sur Peg, puis mettre pied à terre. Ils laissèrent la jument derrière eux, et marchèrent lentement le long du quai vers le bateau. M. Jenkins leur criait de se dépêcher, qu'ils étaient déjà en retard, que « M. Beagley les mangerait tout crus ».

Alfie sauta le premier dans l'embarcation, et tendit la main à Lucy pour l'aider à monder à bord. Elle hésita longuement, restant là à le regarder, puis à fixer le chenal. Chacun se demandait ce qui allait arriver, Alfie plus encore que les autres.

– Dépêchez-vous, je ne vais pas y passer la journée, mam'selle, grommela M. Jenkins. Vous venez ou vous venez pas ?

Tous la virent alors fermer les yeux, inspirer profondément une fois, deux fois. Puis elle rouvrit les yeux, tendit la main vers Alfie, l'agrippa fortement, et monta dans le bateau. Tout le monde applaudit, certains poussèrent même des acclamations. Lucy s'assit tout près d'Alfie, et garda la tête baissée, les yeux fermés pendant toute la traversée.

Il resta à côté d'elle, en rang dans la cour de l'école, pendant qu'on hissait le drapeau et chantait l'hymne national. Elle ne le quitta pas non plus dans la salle de réunion de l'école, lorsque M. Beagley entonna des prières et des chants religieux qu'il suivait dans un livre posé sur un lutrin, et que Mlle Nightingale l'accompagna au piano. Ils chantèrent *Quel ami fidèle et tendre nous avons en Jésus*, le chant favori d'Alfie – il en avait toujours aimé la mélodie ; c'était aussi celui que sa mère préférait. Il le chantait de toute sa voix, avec ferveur, quand il s'aperçut que Lucy restait muette à côté de lui. Il se demanda pourquoi, se dit qu'elle ne connaissait peut-être pas ces chants, et n'était peut-être même jamais allée à l'église. Puis il se rappela : « *Bien sûr qu'elle ne chante pas. Comment pourrait-elle chanter si elle ne peut pas parler ?* » Alors qu'il réfléchissait à la question, cependant, il remarqua que Lucy avait complètement changé d'attitude. Elle avait soudain une expression intense, comme un chat qui va bondir sur sa proie, les yeux écarquillés, le regard fixe. Elle semblait à peine respirer. Il vit alors qu'elle dévorait Mlle Nightingale des yeux, presque comme si elle la reconnaissait, comme si elle retrouvait un parent perdu de vue depuis longtemps, comme si elle ne pouvait y croire. Elle se souvenait d'elle, ou se souvenait de *quelque chose* – Alfie en était sûr, absolument sûr.

Lorsque le chant se tut, Mlle Nightingale se leva, referma doucement le couvercle du piano, et alla se placer, comme elle le faisait toujours, au côté de M. Beagley, pour l'écouter réciter la dernière prière. Il venait de commencer, quand Lucy, sans raison apparente, s'éloigna brusquement d'Alfie et se dirigea vers Mlle Nightingale. Alfie essaya de la retenir d'un geste, mais trop tard. Personne n'avait le droit de bouger, pendant ces réunions, sans la permission de M. Beagley. Lucy, elle, le faisait. Elle marchait, comme en état de transe, se glissant silencieusement entre les élèves, tel un fantôme. Personne ne souffla mot. Même M. Beagley s'interrompit au milieu de sa prière, muet de stupeur. Alfie s'attendait à le voir exploser de fureur à tout moment, mais, manifestement abasourdi, comme tous ceux qui se trouvaient là, il resta pétrifié, les yeux écarquillés, à regarder Lucy passer, légère, à côté de lui, puis de Mlle Nightingale. Elle allait droit vers le piano.

Lucy s'assit, ouvrit le couvercle et se mit aussitôt à jouer. Elle jouait doucement, penchée sur le clavier, n'écoutant que le son de sa musique, avec une concentration extrême ; et chacun, du plus petit enfant à M. Beagley lui-même, écouta avec la même attention. La stupéfaction devant l'audace d'avoir osé défier l'autorité de Beastly Beagley céda la place à l'émerveillement devant sa façon de jouer. Mlle Nightingale se tourna vers M. Beagley.

– C'est du Mozart, monsieur, murmura-t-elle. Elle joue du Mozart. Je crois que je connais ce morceau. Et elle le joue bien.

Alors M. Beagley explosa.

– Comment osez-vous interrompre ma réunion ? rugit-il, en se dirigeant à grands pas vers Lucy au piano. Retournez immédiatement à votre place !

Mais, plongée dans sa musique, Lucy continuait à

jouer. M. Beagley resta quelques instants debout derrière elle, fou de rage, avant de lui donner un coup sur les mains pour qu'elle les retire du clavier et de fermer le couvercle du piano d'un coup sec.

– Piano, dit-elle doucement, tandis qu'un sourire éclairait tout son visage. Piano, répéta-t-elle, en levant les yeux vers lui.

M. Beagley était hors de lui. Il la saisit par le bras, l'obligeant à se lever.

– Ainsi donc, vous savez parler ! vociféra-t-il. C'est bien ce que je pensais. Vous avez fait semblant d'être muette ! Tout ça c'est de la comédie, de la pure comédie, de la simulation, un simple moyen d'attirer l'attention sur vous. J'ai dit au docteur Crow, j'ai dit à Mme Wheatcroft, que je vous ferais bientôt parler, écrire, et vous comporter comme n'importe quel autre élève de mon école. Et croyez-moi, j'y arriverai. J'y arriverai. Vous m'entendez ?

Furieux, il la prit par les épaules et la secoua. Lucy resta muette. Elle pleurait silencieusement, ses larmes coulant sur son visage. Il la ramena sans ménagement à sa place. Puis il revint vers le lutrin, se ressaisit, et parla à l'assemblée :

– Lucy Lost va maintenant nous demander pardon à tous d'avoir interrompu nos prières. Allons, mon enfant, excusez-vous. Dites que vous êtes désolée. Allons ! Allons ! Nous vous écoutons.

Lucy ne parla pas, mais elle essuya ses larmes, et le regarda droit dans les yeux.

– Ce mutisme n'est que de l'insolence ! Une insolence bête et provocante ! reprit M. Beagley. On peut jouer ce petit jeu à deux, ma fille. Vous voulez jouer à être muette, très bien, je sais le faire moi aussi, ainsi que tous les enfants de cette école. Nous vous mettrons en quarantaine toute la journée. Vous savez ce que ça signifie ? Non ? Eh bien, je vais vous l'expliquer. Personne ne vous parlera à partir de maintenant jusqu'à la fin des cours. Ça vous apprendra. Tous ceux qui oseront parler à Lucy Lost auront droit à des coups de baguette – ou plutôt non, à des coups de règle ! Suis-je bien clair ?

Alfie s'était sans aucun doute inquiété de la façon dont son étrange nouvelle « sœur », sa « sœur sirène » serait traitée quand elle irait à l'école. Tout portait à croire, depuis sa mystérieuse apparition sur l'île et depuis qu'elle avait été recueillie chez eux, que ça ne se passerait pas bien. Les moqueries et railleries continuelles de Zebediah Bishop, les sempiternelles blagues, vannes et plaisanteries de ses copains avaient rendu la vie d'Alfie à l'école infernale. Il s'attendait à ce que ça empire encore, maintenant qu'elle allait vraiment en classe avec lui. Mais, à sa grande surprise, les choses tournèrent autrement.

Lucy fut immédiatement propulsée en haut de l'affiche, acquérant une immense popularité : d'abord par son arrivée théâtrale à cheval, puis pour avoir joué du piano lors de la première réunion du trimestre. Cela avait déjà suffi à la mettre au centre de toutes les conversations de l'école, mais sa mise en quarantaine par Beastly Beagley en fit aussitôt une véritable héroïne. Alfie en bénéficia aussi, et vit sa cote de popularité monter en flèche, surtout après que M. Beagley l'eut surpris en train de parler à Lucy Lost dans la cour de récréation. Il fut puni sur-le-champ, devant tout le monde – trois coups de règle, cette terrible règle dont le bord frappait d'abord les articulations des doigts. C'était la punition préférée de M. Beagley. C'était douloureux, horriblement douloureux, mais chaque fois que M. Beagley lui donnait un coup, la langue entre les dents, le visage tordu de fureur, Alfie sentait sa popularité augmenter. Et cette sympathie l'aida beaucoup à supporter la douleur.

14

Larmes et sourires

Ce soir-là, lorsque Mary apprit comment M. Beagley avait traité Lucy et Alfie, elle voulut immédiatement aller à Tresco pour lui dire ce qu'elle en pensait, mais Alfie lui répondit que ça ne ferait qu'aggraver les choses, et Jim fut d'accord avec lui.

– Laisse Alfie et Lucy s'en sortir seuls, Marymoo, lui dit-il, quand ils furent tous les deux, un peu plus tard. Ils se débrouillent assez bien, à mon avis. C'est pas juste, ça c'est sûr. Mais c'est ce qu'on doit faire à l'école, je crois : accepter les punitions, apprendre à se débrouiller. Et pas seulement apprendre à lire et à écrire, non ?

La nuit, cependant, tandis qu'il ressassait les mêmes choses, incapable de trouver le sommeil, Jim pensa qu'il avait eu tort. C'est Mary qui avait raison : il ne s'agissait pas de punitions, mais de cruauté. Il fallait réagir, et c'était à lui de le faire à la première occasion.

Quelques jours plus tard, comme il était à Tresco

pour vendre des crabes, il vit M. Beagley venir sur la route à bicyclette. Jim l'arrêta aussitôt, et lui dit en face ce qu'il pensait de lui, tranquillement, poliment, mais sans ambiguïté.

– Je vous avertis simplement, monsieur Beagley. Allez-y doucement avec Lucy Lost et notre Alfie, ou vous aurez affaire à moi.

– Est-ce une menace, monsieur Wheatcroft ? répliqua M. Beagley, d'une voix mal assurée – il avait été visiblement très surpris par les paroles de Jim.

– Non, c'est pas une menace. C'est une promesse, répondit Jim. Plus de carottes, moins de bâton, à mon avis, monsieur Beagley, si vous voyez ce que je veux dire, si vous comprenez ce qui vaut mieux pour vous, et pour les enfants, bien sûr.

Chez lui, il ne parla jamais de cette rencontre, mais elle eut l'effet désiré. À partir de ce jour, M. Beagley sembla trouver d'autres victimes à persécuter. Il laissa de plus en plus souvent Lucy aux bons soins de Mlle Nightingale, et ne chercha plus l'affrontement avec Alfred Wheatcroft.

Dans la classe de CP, l'institutrice était chaque jour plus perplexe devant l'incapacité de Lucy à parler, à lire, à écrire correctement, étant donné sa grande intelligence par ailleurs. Lucy était exceptionnellement douée pour jouer du piano et pour dessiner, aussi. Elle écoutait avec une attention remarquable les histoires qui étaient lues à haute voix, et était particulièrement gentille, prévenante, avec les autres élèves de la classe – qui avaient tous au moins cinq ou six ans de moins qu'elle. Eux-mêmes ne semblaient pas du tout gênés par son silence ni par son étrangeté. D'une certaine façon, ils étaient tous attirés par elle, s'asseyant chacun à leur tour sur ses genoux, voulant toujours être à côté d'elle, et jouer avec elle. Peu à peu, Lucy devint comme une mère silencieuse pour eux, et une aide précieuse pour Mlle Nightingale : elle s'occupait des plus petits, laçait leurs chaussures, essuyait leurs larmes ou leur nez.

Mlle Nightingale, cependant, était régulièrement déçue par l'absence de progrès de Lucy dès qu'il s'agissait de parler. En dépit de tous les efforts de l'institutrice, Lucy ne prononçait pas un seul mot. En écriture, en revanche, il y avait des signes plus prometteurs. Sous la patiente conduite de Mlle Nightingale, et après des débuts lents, hésitants, Lucy prenait confiance en elle, et arrivait à copier de plus en plus de mots dans son cahier. Lorsqu'elle venait, chaque matin comme tous les autres élèves, écrire un mot au tableau noir, à la grande joie de Mlle Nightingale, elle parvenait à présent à écrire quelques mots plus longs, même si c'était encore lent et laborieux. Elle apprenait peu à peu à mieux former ses lettres – et bien que son orthographe fût souvent fantaisiste, elle les associait automatiquement, sans qu'on lui ait jamais expliqué comment faire, ce qui ne cessait de surprendre l'institutrice. L'écriture semblait lui venir plus naturellement, presque comme si elle réapprenait, et redécouvrait quelque chose qu'on lui avait déjà enseigné, pensait Mlle Nightingale, mais qui lui aurait été comme caché.

Ce n'était pas une enfant analphabète, ni une enfant sauvage, sans instruction. Et elle était loin d'être folle ou stupide, contrairement à ce que répétait sans cesse M. Beagley. Si elle était attardée, comme il le prétendait – et Mlle Nightingale n'y croyait pas un instant –, c'est qu'il y avait des raisons à cela, et elle était bien décidée à découvrir lesquelles.

Les progrès de Lucy en écriture, malgré ses difficultés permanentes en orthographe, incitèrent Mlle Nightingale à penser que si Lucy pouvait maîtriser le mot écrit, alors la parole pourrait bientôt suivre. Elle sentait par-dessus tout qu'elle devait apprendre à connaître cette enfant, à devenir son amie pour calmer ses angoisses, de quelque nature qu'elles soient. C'était la peur, elle en était sûre, qui était à l'origine des difficultés de Lucy. Si l'on parvenait à chasser ses craintes en lui témoignant de la confiance et de l'amitié, se disait-elle, Lucy retrouverait peut-être sa mémoire et sa voix.

Aussi, n'hésitant pas à contrarier M. Beagley, qui ne cachait pas qu'il y était hostile, encourageait-elle Lucy à se mettre au piano à la première occasion. Lucy ne faisait pas bien ses gammes et, comme la plupart des enfants auxquels Mlle Nightingale avait appris à jouer, elle n'avait pas envie de s'exercer. Mais elle avait tout un répertoire de morceaux qu'elle connaissait par cœur, qu'elle aimait, à l'évidence, et qu'elle jouait avec beaucoup de sensibilité, de passion. Mlle Nightingale adorait l'écouter. Elle n'avait jamais vu d'enfant aussi profondément absorbé dans sa musique. Lorsque Lucy jouait, elle paraissait évoluer dans un tout autre monde.

M. Beagley saisissait n'importe quel prétexte pour rappeler à Mlle Nightingale que son métier n'était pas de donner des cours de piano aux élèves, que cet instrument n'était là que pour accompagner les chants religieux pendant les réunions. Elle lui rétorquait fermement qu'il fallait encourager tous les enfants à faire ce qu'ils aimaient, que c'était ce qui leur permettait de prendre de l'assurance. Mlle Nightingale avait beau être jeune, elle n'avait pas peur de M. Beagley, et prenait résolument la défense des enfants, ce qui irritait le directeur au plus haut point. Les élèves avaient confiance en elle et l'aimaient. Elle devenait pour chacun d'eux, à mesure qu'ils grandissaient, une sorte de sœur aînée – un peu sévère parfois, quand il le fallait, mais patiente et compréhensive, et en définitive toujours de leur côté.

Elle dépeignait de la façon la plus positive possible les progrès de Lucy à M. Beagley, sachant à quel point il pouvait être injuste et intransigeant avec elle, comme il l'était toujours avec les enfants qui avaient du mal à apprendre ou des problèmes de conduite. Elle avait noté qu'il semblait nourrir une antipathie particulière à l'égard de Lucy Lost, une antipathie qui se trouvait confirmée chaque jour par son attitude envers elle, et qui transparaissait souvent dans le registre de l'école. Mlle Nightingale insistait pour le lire de temps en temps, qu'il le veuille ou non. Ce n'était pas son registre à lui, comme elle le faisait remarquer, mais celui de l'école, et elle avait le droit de le lire.

Extrait du registre scolaire de M. Beagley, vendredi 15 octobre 1915

Trente-trois élèves ont répondu à l'appel. Deux absents. Amanda Berry, qui a la rougeole. Morris Bridgeman, qui a de nouveau la grippe. Dans son cas, je ne serais pas étonné qu'il fasse semblant d'être malade.

Mlle Nightingale prétend tous les jours que Lucy Lost fait des progrès, mais je ne vois pas grand-chose. Elle écrit mieux, me dit-on, en revanche, elle ne parle toujours pas, ne communique que rarement avec les autres enfants et uniquement par une sorte de langage des signes, avec Alfred Wheatcroft comme intermédiaire. Il est presque toujours à ses côtés, tel un compagnon d'infortune.

Pour Mlle Nightingale, Lucy Lost est repliée sur elle-même ; moi, je crois plutôt qu'elle est dérangée mentalement, et que son silence, qu'il soit feint ou pas, est le signe d'un esprit déséquilibré. Ce genre d'enfant n'a certainement pas sa place dans une école pour élèves normaux, comme je l'ai répété plusieurs fois déjà au docteur Crow. Je suis absolument convaincu – j'en ai d'ailleurs parlé à maintes reprises au docteur Crow et au révérend Morrison – qu'elle devrait être enlevée à la famille Wheatcroft, et retirée de cette école, pour être placée dans un établissement qui soigne les personnes retardées mentalement. J'ai écrit déjà deux lettres à ce sujet au conseil d'administration des établissements scolaires, mais on n'a pas encore daigné me répondre.

Une mouette a dû entrer par le carreau cassé et voler dans toute la classe pendant le week-end. Je l'ai retrouvée morte sur le plancher quand je suis arrivé ce matin. Le dérangement occasionné par cet épisode a été considérable, car j'ai dû ouvrir l'école avec vingt minutes de retard, tandis que je nettoyais les dégâts. Mlle Nightingale n'est pas venue travailler, aujourd'hui. Elle a les nerfs fragiles, d'après ce qu'on m'a dit. J'ai été obligé de prendre toutes les classes en même temps. Très contrariant.

Journée venteuse, les élèves avaient donc tendance à être agités. J'ai imposé le silence pendant le déjeuner, et une retenue collective l'après-midi.

En automne, une partie de la cuisine de Veronica Farm était déjà entièrement recouverte d'une mosaïque de dessins de Lucy. Au premier étage, dans sa chambre, il y en avait tellement qu'on ne pouvait quasiment plus voir les murs. Lorsque les premières tempêtes de l'arrière-saison arrivèrent – et elles furent fréquentes cette année-là – Alfie et Lucy ne purent traverser le chenal pour se rendre à l'école, ni aller se promener à cheval. Lucy s'asseyait alors à la table de la cuisine et dessinait en écoutant sans arrêt des disques sur le phonographe. Ces jours-là, Alfie travaillait dehors, à la ferme, avec son père. Rien ne lui était plus agréable que de ne pas aller à l'école.

Les dessins de Lucy étaient, pour la plupart, des études naturelles de l'île : mouettes, cormorans, huîtriers – les huîtriers, surtout, plus encore que les autres oiseaux –, mais on pouvait voir aussi des goélands, des crabes, des homards, des étoiles de mer et des poissons, toutes sortes de poissons : harengs, lieus jaunes, etc. Curieusement, il y avait des paons, plusieurs paons, tous identiques, cependant, avec les plumes de la queue déployées en éventail. Lucy faisait également des portraits de la famille : Mary pétrissant le pain, Jim ramendant ses filets, Alfie pêchant la crevette, et oncle Billy, représenté une ou deux fois debout sur le pont de l'*Hispaniola*, avec son chapeau de pirate sur la tête. Elle avait même représenté le docteur Crow tirant sur sa pipe, assis dans le fauteuil de Jim, près du poêle. Les dessins de Peg ne manquaient pas non plus, bien sûr. Peg broutant, Peg dormant, Peg au galop. Des études de sa tête, de ses pieds, de ses oreilles.

Mais au milieu de ces images, Alfie, Jim et Mary remarquèrent celles d'immeubles qu'aucun d'eux n'avait jamais vus : une ville avec de larges avenues, de majestueuses demeures avec des marches qui menaient à un perron devant la porte d'entrée. Il y avait aussi plusieurs personnes qu'ils ne connaissaient pas – une vieille dame et un vieux monsieur qui s'occupaient de deux chevaux, une autre femme, plus élégante, coiffée d'un chapeau à plumes, et derrière elle, un soldat en uniforme. Certaines esquisses représentaient un lac où nageaient des canards, et régulièrement, Lucy dessinait un géant moustachu, assis près du même lac, un livre à la main, des canards à ses pieds, qui levaient les yeux vers lui. On aurait dit qu'il leur lisait une histoire.

Elle crayonnait rapidement, avec beaucoup d'adresse et de talent ; les dessins semblaient sortir à flots. Dès qu'elle en avait fini un, elle en commençait immédiatement un autre, presque sans hésitation, comme si l'image se formait soudain dans sa tête, et qu'il fallait qu'elle la reproduise sur le papier. Jim, Mary et Alfie lui demandèrent maintes et maintes fois qui étaient ces gens qu'elle avait représentés, où se trouvaient ces rues et ces immeubles. Mais ce qui les étonnait le plus, c'étaient les paons. Pourquoi tant de paons ? Ils avaient hâte d'en savoir plus, de découvrir les histoires inconnues qui devaient se cacher derrière ces images, ils le savaient, au fond de la mémoire de Lucy, et qui se dérobaient à elle comme à eux. Ils lui posaient aussi des questions parce qu'ils avaient de plus en plus l'impression qu'elle voulait se rappeler ses souvenirs et leur en parler, qu'elle désirait à tout prix retrouver la mémoire et la parole.

Mais s'ils lui demandaient trop de choses et trop longtemps, s'ils la pressaient trop fort de répondre – et des trois, c'était surtout Mary qui avait tendance à le faire –, parfois au bord des larmes, elle se précipitait dans l'escalier jusqu'à sa chambre pour pleurer et rester seule. Elle pleurait aussi souvent qu'elle souriait, depuis quelques jours. Mary et Alfie ne supportaient pas de l'entendre pleurer. Mais Jim leur conseillait de ne pas s'inquiéter, leur répétant que c'était bon signe.

– Larmes et sourires, disait-il. C'est qu'elle commence à sortir de sa coquille, voilà tout. Et c'est ce qu'on veut, non ?

Lucy et Alfie étaient partis faire un tour à cheval dans l'île, lorsque le docteur vint leur rendre visite. La mer était trop agitée pour aller pêcher, aussi Jim était-il resté à la maison. Mary avait étalé les dessins sur la table de la cuisine, et les montrait fièrement au médecin, lui répétant tout ce que Mlle Nightingale leur avait expliqué sur ce que Lucy faisait à l'école, sur ses progrès en écriture, sur la façon merveilleuse dont elle dessinait et jouait du piano. Au bout d'un moment, Jim se rendit compte que le docteur n'avait pas dit grand-chose depuis qu'il était arrivé, et qu'il n'écoutait pas vraiment Mary, ce qui ne lui ressemblait pas.

– Quelque chose vous tracasse, docteur ? demanda-t-il.

Le médecin hésita à répondre.

– Ce sont d'excellentes nouvelles, commença-t-il. Excellentes. Où que j'aille, on me raconte à quel point les enfants ont adopté Lucy à l'école. « Petite mère », ils l'appellent dans sa classe, vous saviez ça ? Mais j'ai d'autres nouvelles qui ne sont pas aussi bonnes, j'en ai bien peur. Il semblerait que Big Dave Bishop ait raconté un peu partout des histoires sur une couverture qu'il aurait ramassée à St Helen's, le jour où vous avez trouvé Lucy Lost là-bas, Alfie et vous. Il prétend qu'il y a un nom brodé sur cette couverture. Et d'après lui, ce nom serait Wilhelm, qui est, comme tout le monde sait, le même prénom que celui du Kaiser, l'empereur d'Allemagne. Alors Big Dave Bishop répand le bruit que Lucy doit être allemande. À Scilly, et dans toute la Grande-Bretagne, il n'est pas très bien vu d'être allemand en ce moment. Ni même d'être soupçonné d'être allemand. J'ai préféré vous prévenir, car je crains qu'il y ait des problèmes en vue.

15

Océan Atlantique, mai 1915

Torpille ! Torpille !

Au début, j'ai cru que j'allais passer la plus grande partie du voyage enfermée dans notre cabine, maman ayant commencé à avoir le mal de mer avant même qu'on perde la terre de vue. Ensuite, elle ne s'est jamais sentie assez bien, ni assez vaillante, pour se lever. Je suis restée presque toute la journée à côté d'elle. Elle dormait pendant des heures et des heures, et quand elle se réveillait, elle se sentait si mal qu'elle ne s'occupait absolument pas de savoir où j'allais ni ce que je faisais. Elle restait couchée là, blottie dans sa robe de chambre ornée d'un paon – le fait de la porter lui donnait l'impression d'être à la maison, disait-elle –, aussi pâle que son oreiller, endurant les affres du mal de mer, refusant tout d'abord complètement de manger, puis n'acceptant qu'un peu de bouillon.

À la fin – et j'ai encore honte de l'admettre

aujourd'hui –, j'ai commencé à en avoir assez d'être assise là à ne rien faire qu'à veiller sur elle. Je passais mon temps à attendre qu'elle se réveille. Quand elle sortait enfin du sommeil, je l'aidais à s'asseoir, je retapais ses oreillers, et lui donnais un peu de bouillon. Elle était si faible qu'elle ne pouvait presque rien faire toute seule. Pendant qu'elle dormait, je passais des heures à genoux sur mon lit, à regarder avec envie à travers le hublot les autres enfants qui couraient sur le pont. Quand il n'y avait plus personne, je contemplais le gris du ciel et de la mer, au loin, l'immensité vide de l'océan houleux.

J'avais envie de m'aventurer dehors, ne fût-ce qu'un moment, de monter sur le pont, de courir et de jouer. Finalement, j'élaborai un plan qui me permettrait de sortir et de ménager ma conscience à la fois. J'attendrais que maman soit profondément endormie. Puis, après lui avoir laissé un petit mot sur sa table de chevet lui expliquant que je reviendrais bientôt, je me glisserais hors de la cabine pour explorer le bateau, et peut-être trouver des amis. Il y avait des chances pour que je revienne avant même qu'elle se soit aperçue que j'étais sortie. Mais je ne crois pas que j'aurais vraiment osé laisser maman, sans l'aide et l'encouragement de celui qui allait devenir au fil des jours un ami cher et un compagnon, Brendan Doyle. Très vite, grâce à lui, j'ai appris à connaître le navire aussi bien, et même probablement mieux, que n'importe quel autre passager à bord.

C'était le steward de la cabine, celui qui apportait son bouillon à ma mère, et qui s'occupait de nous pendant le voyage. Je lui demandai – avec un certain toupet, maintenant que j'y pense – pourquoi il parlait ainsi, pourquoi son anglais était si étrange, plus chantant que parlé. Il me répondit qu'il avait été élevé dans une petite ville irlandaise, Kinsale, et que c'était peut-être à cause de ça.

– La façon de parler vient du lait de sa mère, ajouta-t-il.

C'était une drôle de façon de dire les choses, pensai-je alors. Je ne savais pas exactement ce qu'il entendait par là, pas encore. Il m'expliqua qu'il vivait à Liverpool, désormais, où presque tous les gens qu'il connaissait étaient venus d'Irlande aussi, et parlaient comme lui. Il ajouta que si nous avions de la chance, nous pourrions apercevoir l'Irlande avant d'arriver à Liverpool, quelques jours plus tard.

Brendan me plut aussitôt, parce qu'il était gentil avec moi, qu'il riait tout le temps, qu'il faisait tout ce qu'il pouvait pour que ma mère se sente mieux et mange quelque chose de plus substantiel que du bouillon. Enfin, malgré les refus continuels de maman, il n'abandonnait jamais. C'est lui qui m'encouragea le premier à sortir de la cabine et à aller me promener un peu – ce qui correspondait exactement aux plans d'évasion qui tournaient dans ma tête à ce moment-là. Il me dit que j'avais aussi mauvaise mine que ma mère, que ce n'était pas bon pour moi de rester enfermée tout le temps dans ma cabine, que je devrais me rendre dans la salle à manger, rencontrer d'autres passagers, qu'il y avait des enfants, là-haut, et que je pourrais jouer avec eux. Il irait voir maman de temps à autre pendant que je serais partie. Il veillerait sur elle, et tout se passerait bien.

Ses bons conseils étaient exactement le prétexte dont j'avais besoin pour laisser maman toute seule. Après en avoir informé Brendan, à l'heure du déjeuner de notre deuxième jour de traversée, je laissai donc un mot comme prévu pour maman à côté de son lit, et me dirigeai vers la salle à manger. Elle était telle que j'avais toujours imaginé que devaient être les plus grandes salles de bal, un endroit scintillant sous les lampes et les lustres, je m'en souviens, où tout le monde avait l'air très convenable, très important. Tandis que je suivais le serveur qui me conduisait vers ma table, je sentis que tout le monde me regardait, ce qui me mit mal à l'aise. Pis encore, je me retrouvai assise toute seule, ne sachant plus où tourner les yeux. Mais soudain, j'oubliai tout ce qui m'entourait, car la musique avait commencé. Elle venait d'un piano, au milieu de la salle, un immense piano à queue luisant sous les lumières.

Je ne m'occupai plus des gens autour de moi, ni de la somptuosité du décor. J'étais simplement ensorcelée par la musique. Je mangeais les plats qu'on posait devant moi, mais sans y prêter beaucoup d'attention. C'était la musique qui me nourrissait. Le pianiste aux cheveux argentés lançait des sourires éclatants autour de lui, tandis que ses doigts dansaient sur le clavier. Et quel piano ! C'était le piano à queue le plus magnifique que j'avais jamais vu. Le pianiste jouait parfois délicatement, parfois avec flamboyance, mais toujours avec aisance et style.

Ce fut aussi lors de ce premier déjeuner que je fus adoptée par la famille qui se trouvait à la table voisine de la mienne. Voyant que j'étais seule, et ayant pitié de moi, je suppose, elle m'invita à me joindre à elle. Je la reconnus aussitôt : c'était la famille qui avait failli rater le bateau à New York. Malheureusement, j'ai oublié son nom, mais les deux enfants – Paul, qui me dit aussitôt qu'il avait cinq ans et que sa sœur Célia n'en avait que trois – s'attachèrent rapidement à moi, et moi à eux. Dès que je mangeais en leur compagnie – et ils insistaient chaque fois que j'arrivais dans la salle pour que je le fasse – les enfants voulaient que je m'asseye entre eux. Célia aimait bien que je donne à manger à son ours en peluche, et je me prêtais volontiers à ce jeu. Plutôt bavarde, elle m'expliqua que ce n'était pas grave que son ours en peluche n'ait qu'un œil, qu'il était heureux quand même, et que ça se voyait puisqu'il souriait toujours.

Lorsque je leur appris que j'aimais jouer du piano, ils me présentèrent au pianiste aux cheveux argentés – il s'appelait Maurice, et était français, dit-il, de Paris.

Quand j'allais me promener sur le pont, comme

cela m'arrivait souvent, avec toute la famille, je sentais parfois de petites mains se glisser dans les miennes, une de chaque côté. J'aimais bien jouer à être leur grande sœur, et cela semblait plaire à leurs parents aussi. Ils étaient extrêmement gentils, et la mère allait parfois rendre visite à maman dans sa cabine, pour voir si elle ne pouvait pas faire quelque chose pour elle.

Cependant, j'avais beau aimer me trouver en leur compagnie, c'était avec Brendan Doyle que je passais les meilleurs moments. Dès qu'il avait du temps libre, il m'emmenait faire un tour dans le navire, dans un endroit chaque fois différent, chaque fois nouveau. Nous allions souvent là où les passagers comme moi n'étaient pas censés aller, mais où il m'assurait que je pouvais me risquer sans problème tant que j'étais avec lui. Nous nous rendîmes en première classe – nous étions en seconde, maman et moi – puis tout au fond du navire, où se trouvaient les passagers de troisième classe. C'était un endroit surpeuplé, les gens y étaient à l'étroit, les uns sur les autres, ils avaient le regard sombre, les enfants gémissaient, pleuraient, et l'odeur était absolument épouvantable. Mais pire que tout, et plus au fond encore, il y avait les chaudières géantes et les moteurs, où le grondement des machines et le martèlement des pistons étaient assourdissants, où la puanteur et la chaleur des fournaises étaient si étouffantes que je n'arrivais presque plus à respirer. Brendan m'expliqua que les hommes travaillaient sans relâche vingt-quatre heures sur vingt-quatre pour que le navire continue d'avancer.

Ce fut au plus profond des entrailles de la salle des machines que je sentis vraiment la puissance de cet immense bateau, et que je vis à quel point cela devait être dur pour les hommes qui peinaient là, tout en bas. Brendan me dit qu'il y avait environ deux cents hommes qui assuraient le fonctionnement du navire. Pour moi, ce fut comme une vision d'enfer. Je n'avais plus qu'une hâte, remonter sur le pont, et pouvoir de nouveau remplir mes poumons d'air marin.

Je restais souvent avec Brendan à l'arrière du navire, pour voir le sillage s'allonger sur l'océan derrière nous. C'était mon endroit préféré, et le sien aussi, c'est en tout cas l'impression que j'avais. Pour moi, ce sillage était comme le chemin du retour à la maison, du retour à New York, vers Pippa, oncle Mac, tante Ducka. Brendan était si fier du navire ! Il y travaillait depuis sept ans, me dit-il, depuis son lancement. Il y était très attaché. L'équipage était devenu sa famille. Il n'avait jamais manqué un seul voyage à bord, depuis tout ce temps.

Nous restions là, les yeux levés vers les quatre grosses cheminées d'un rouge éclatant, bordées de noir, chacune crachant une fumée sombre qui se dissipait au-dessus de nos têtes, au-dessus du sillage, au loin.

– Est-ce que tu sens les battements de son cœur ? me demanda Brendan un jour, tandis que nous étions sur le pont, en train d'admirer le navire. Parfois, j'ai l'impression que le *Lusy* est un être vivant, qui respire, un bon gros géant qui veille sur nous, de même que nous veillons sur lui. Ce n'est pas un bateau, pour moi. C'est un ami. Le plus grand, le plus bel ami qu'on puisse avoir.

Et c'était vrai. Tout était impressionnant, sur le *Lusitania*. Je savais, à présent, ce qui faisait avancer cet imposant paquebot sur l'océan, quels muscles et quel travail fabriquaient cette fumée, fabriquaient ce sillage.

– N'est-ce pas le plus beau paquebot que tu aies jamais vu ? me demanda Brendan. Le meilleur du monde entier ?

Il avait raison, il n'y en avait pas de meilleur.

Nous étions là, appuyés à la rambarde à l'arrière du navire, le regard tourné vers la mer, ensemble, Brendan et moi, ce dernier matin. Nous distinguions vaguement la côte irlandaise à travers le brouillard.

– Dans deux heures environ, nous devrions être au large de la pointe Old Head de Kinsale, dit-il. Si le brouillard se lève, nous pourrons voir la ville de Kinsale elle-même, assez nettement, avec un peu de chance, et peut-être un peu d'imagination. J'aimerais bien te la montrer, Merry. Je t'ai dit que c'était l'endroit où je suis né, non ? Quand j'étais petit, je voulais toujours aller à la mer. Je m'asseyais là, sur les remparts du port de Kinsale, balançant les jambes, regardant les bateaux de pêche entrer ou sortir, et les grands navires, surtout, avec de hautes cheminées comme les nôtres qui fumaient à l'horizon. Je rêvais d'aller où ils étaient allés, où ils allaient, pour voir ce qu'il y avait tout là-bas. Il fallait que j'y aille. Il y avait un monde immense derrière l'horizon, et je voulais le voir. De toute façon, il n'y avait rien pour moi, à la maison – trop d'oisillons dans le nid, nous étions quatorze, et n'avions jamais assez à manger. L'un dans l'autre, ça fait sept ans que je navigue, maintenant, et depuis tout ce temps, je ne suis pas retourné à la maison une seule fois. J'étais tellement impatient de partir. Mais tu sais quoi, Merry ? Ça me manque, à présent, ça me manque beaucoup.

Il se tut quelques instants, et je vis qu'il était triste, ce qui ne lui ressemblait pas. Puis un sourire balaya soudain sa tristesse, et il rit joyeusement.

– Je suis passé par là des dizaines de fois dans ce paquebot, Merry, avant d'arriver à Liverpool. Et chaque fois que je vois la ville au loin, je me demande s'il n'y a pas un petit garçon, exactement comme moi, assis sur les remparts du port, les jambes ballantes, qui nous regarde avancer lentement à l'horizon, et qui se dit qu'il doit être merveilleux de naviguer dans un grand navire comme ça. Je retournerai chez moi un jour, Merry. J'irai. C'est sûr. J'entrerai tranquillement dans la maison, et je dirai : « C'est moi, m'man. C'est Brendan. » Ce sera un sacré moment. Elle me serrera dans ses bras pendant une éternité, et puis elle examinera mon cou, et me dira que je ne me suis pas lavé comme il faut.

Il avait la voix pleine de rire, à présent, un rire qui était proche des larmes, pensai-je. Il passa son bras autour de mes épaules, tandis que nous nous éloignions de la rambarde.

– Je pense qu'on devrait arriver au large de Kinsale vers deux heures, reprit Brendan, juste après le déjeuner. Tu sais quoi, Merry ? On pourrait peut-être se retrouver là, et je te montrerai tout ça. Je viendrai te chercher dans la salle à manger quand ce sera le moment. Tu veux bien ? Remarque, ce sera peut-être un peu après deux heures. Le capitaine a été obligé de ralentir l'allure, on ne doit pas faire plus de quinze nœuds, avec ce brouillard. Mais ce genre de brume devrait s'être dissipée un peu à l'heure du déjeuner, ou peut-être même avoir complètement disparu. Espérons-le ! J'apporterai mes jumelles, Merry, et comme ça tu pourras voir plus facilement Kinsale. (Il regarda autour de lui en fronçant les sourcils.) Je déteste le brouillard en mer, comme tous les marins.

Je redescendis dans la cabine, où maman était toujours profondément endormie. J'étais assise au bureau, en train de lui écrire un autre billet pour lui dire que j'allais déjeuner dans la salle à manger, quand je remarquai le journal étalé sur les draps de son lit. Elle s'était manifestement assoupie en le lisant. Apparemment, c'était celui qu'oncle Mac avait lu à maman le jour où nous avions embarqué. Je le pris, curieuse de voir ce qu'il contenait. Il y avait un avertissement au milieu de la page, imprimé en gros caractères. Quelqu'un l'avait entouré au crayon, probablement oncle Mac, pensai-je. Je mis longtemps à le déchiffrer, car plusieurs mots étaient beaucoup trop longs et compliqués pour moi, je dus d'ailleurs en sauter quelques-uns. Mais au moins, c'était écrit en grosses lettres, et j'arrivai à lire certaines choses, même si ce n'était pas suffisant pour tout bien comprendre.

AVIS

Il est rappelé aux voyageurs ayant l'intention d'embarquer pour la traversée de l'Atlantique que la Grande-Bretagne et ses alliés sont en état de guerre contre l'Allemagne ; que la zone de guerre inclut les eaux entourant les îles Britanniques ; que, conformément à un avertissement officiel du gouvernement impérial allemand, les vaisseaux arborant le drapeau de la Grande-Bretagne, ou de n'importe lequel de ses alliés, sont susceptibles d'être détruits dans ces eaux. Les voyageurs qui traversent les zones de guerre sur des navires britanniques et alliés de la Grande-Bretagne le font donc à leurs risques et périls.

Je venais de finir de lire, et essayais encore de comprendre le sens exact du texte, quand j'entendis maman remuer derrière moi. Elle se réveillait. Je reposai aussitôt le journal, mais trop tard. Elle m'avait vue.

– Donne-moi ce journal, Merry. Donne-le-moi immédiatement !

Elle était en colère contre moi, mais je ne savais pas pourquoi. Je m'approchai de son lit.

– Qu'est-ce que ça veut dire, maman ? lui demandai-je, en lui tendant le journal.

– Rien. (Elle me l'arracha des mains.) Rien du tout.

– C'est celui qu'oncle Mac te montrait, n'est-ce pas ?

– Ça n'a aucun sens. Absolument aucun, me dit-elle, avant de jeter le journal dans la corbeille à papier d'un geste dédaigneux. C'est de la propagande allemande, Merry, voilà ce que c'est, et ça ne mérite pas mieux que de finir à la poubelle. N'en parlons plus.

Je compris aussitôt qu'elle ne me disait pas la vérité. Je voyais bien qu'elle était inquiète, et s'efforçait de me le cacher.

– Je ne comprends rien à tout ça. Qu'est-ce que ça signifie ? lui demandai-je.

Elle ne me répondit pas, et j'insistai :

– Ça signifie qu'ils vont nous attaquer, n'est-ce pas, maman ? C'est ce qu'oncle Mac essayait de te faire comprendre, hein ? Il voulait nous prévenir. Il ne voulait pas qu'on embarque ! Et c'était à cause de ce qu'il avait lu dans le journal !

Je criais contre elle, à présent, je pleurais aussi.

– Tu vas te taire, Merry ? Ça suffit, maintenant ! Tu te conduis comme une idiote. Je te l'ai répété, il n'y a aucune raison de s'inquiéter. Nous arriverons à Liverpool dans quelques heures à peine, nous prendrons le train jusqu'à Londres, et demain, à cette heure-ci, nous serons à l'hôpital auprès de ton père. C'est pour ça que nous sommes venues, c'est pour ça que nous devions venir. Personne n'a fait couler ce navire, non ?

– Ils pourraient encore le faire, hurlai-je, c'est encore possible ! Alors on ne reverra plus jamais papa, et ce sera ta faute ! J'en ai assez que tu ne me dises pas les choses, que tu me parles comme à un bébé. Je ne suis pas un bébé, tu m'entends ?

Je me précipitai hors de la cabine, en larmes. Je l'entendis sangloter derrière moi, tandis que je sortais.

Je parvins à me calmer avant d'entrer dans la salle à manger. Le piano jouait, et « ma » famille m'attendait. Ils me firent tous signe de les rejoindre en me voyant arriver. Pendant le déjeuner, les deux enfants bavardaient, mais je n'écoutais pas vraiment. Célia, comme d'habitude, me donna son ours en peluche. Je l'assis sur mes genoux, mais elle dut me répéter plusieurs fois de le caresser et de lui donner à manger. J'avais l'esprit ailleurs. Je ne pouvais penser qu'à maman : elle devait être terriblement bouleversée par les reproches que je lui avais faits. Je ne lui avais jamais parlé comme ça avant, et je le regrettais amèrement.

Je m'apprêtais à quitter la table pour descendre dans la cabine lui dire à quel point j'étais désolée, lorsque Maurice, le pianiste aux cheveux argentés, se leva brusquement de son siège, et tapa dans ses mains pour obtenir le silence dans la salle.

– Mesdames, messieurs, mes enfants, commença Maurice. Il paraît que nous avons parmi nous une jeune demoiselle, qui s'appelle Merry – un très joli prénom –, et qui joue merveilleusement bien du piano.

Les parents de Paul et Célia me souriaient d'un air entendu de l'autre côté de la table. C'était manifestement eux qui avaient arrangé ça.

– J'ai donc pensé que nous pourrions demander à Merry de bien vouloir nous jouer quelque chose.

Tout le monde riait et applaudissait dans la salle à manger. Je n'avais pas le choix. Affreusement gênée, mais le cœur battant d'excitation, je me levai, puis me dirigeai lentement vers le piano à queue. Maurice tapota le tabouret, et resta à côté de moi, m'invitant à m'asseoir. Les gens s'étaient tus, autour de moi. Tout le monde me regardait, attendant que je commence. Je remarquai alors Brendan, debout près de la porte, qui m'encouragea d'un sourire. Je ne savais pas quel morceau choisir, ni comment m'y prendre. J'avais l'esprit paralysé, les doigts paralysés. C'est alors que je sentis une main me toucher légèrement l'épaule. La main de papa, j'en fus certaine. Sa volonté me guidait, il me disait ce que je devais faire. Et j'y arrivais à présent, j'y arrivais !

Je jouais presque sans le savoir, et m'aperçus que j'écoutais le morceau préféré de mon père, mon morceau préféré, l'*Andante grazioso* de Mozart. Je vis mes doigts danser sur le clavier. À ce moment-là seulement j'eus la certitude que c'était moi qui jouais, que c'était moi qui faisais chanter le piano. La musique s'empara de moi, et j'oubliai tout le reste, jusqu'à ce que j'aie fini, jusqu'à ce que les applaudissements éclatent, se prolongent, que Maurice m'aide à me lever, et me dise de m'incliner pour saluer le public.

– Il faut saluer trois fois, Merry, me dit-il. Et chaque fois, pendant que tu t'inclines, pense « un éléphant, deux éléphants, trois éléphants », c'est ce que je fais toujours. Comme ça, tu prends ton temps. Comme ça, tu salues bien bas. Comme ça, tu as le temps de profiter des applaudissements.

Je fis ce qu'il me disait, et il avait raison – je profitai des applaudissements. Des « bravo ! » fusaient de toutes parts. Tout le monde semblait vouloir me taper dans le dos et me serrer la main, tandis que je passais au milieu de la salle. Je vis que certains avaient été émus aux larmes et que Célia et Paul bondissaient de joie. Célia agitait en l'air son ours en peluche.

Quelques minutes plus tard, Brendan vint me chercher à ma table, et m'accompagna hors de la salle à manger.

– Il faut qu'on se dépêche, murmura-t-il. Cette musique, cette musique que tu as jouée là, ma fille, c'était magnifique, magnifique !

Au moment de sortir de la salle à manger, un homme grand, en queue-de-pie, portant monocle, nous barra le passage, et me regarda sévèrement du haut de sa taille. Il agita son doigt vers moi.

– Vous avez sûrement très bien joué, jeune fille,

dit-il. Mais je n'ai pas pu rester vous écouter. Mozart était allemand, ne le saviez-vous pas ? Nous ne devrions donc pas écouter ses œuvres. C'est de la musique ennemie, maintenant, jusqu'à ce qu'on ait fini la guerre, et qu'on l'ait gagnée.

– Mais ce Mozart, il n'était pas plutôt autrichien ? demanda Brendan.

– Autrichien ? Allemand ? Ils sont tous pareils, répliqua l'homme. Des ennemis, tous les deux, ne l'oubliez pas. Il y a des navires ennemis, des sous-marins ennemis, tout autour de nous sur l'océan, et nous ne devrions pas jouer leur musique. Il y a plein de bons musiciens britanniques ! Elgar. Elgar, voilà votre homme !

Sur ces mots, il rentra à grands pas dans la salle bruyante.

– Quel vieil imbécile ! marmonna Brendan entre ses dents, tandis que nous montions sur le pont et nous dirigions à l'arrière du navire.

Il jeta un coup d'œil à sa montre.

– Juste un peu plus de deux heures. La pointe Old Head de Kinsale devrait être en vue d'un moment à l'autre, maintenant. Le brouillard s'est un peu levé, on devrait donc pouvoir la distinguer assez bien, je pense, si on n'a pas les yeux dans notre poche.

Nous nous tenions à la rambarde du navire, à présent, et Brendan regardait dans ses jumelles.

– Il me semble que le capitaine nous emmène un peu plus près de la côte que d'habitude, poursuivit-il, ce qui est une bonne chose, même si je ne vois toujours pas Kinsale, avec ces nappes de brouillard. Mais ça va s'éclaircir, Merry, c'est sûr. Il faudra attendre encore quelques minutes avant de voir la ville.

Il se tourna alors, puis leva les yeux au ciel. Je l'imitai, regardant avec lui les volutes de fumée noire du navire qui se mêlaient à la blancheur vaporeuse du brouillard au-dessus de nous, et aux centaines de mouettes qui tournoyaient dans le ciel, escortant le navire.

– Tu as vu, Merry ? Quel spectacle ! Des mouettes irlandaises ! s'exclama-t-il en riant.

Soudain, sa voix changea, devint grave.

– C'est étrange, dit-il. Les canots de sauvetage sont tous sortis à tribord, prêts à être mis à la mer. Pourquoi ont-ils fait ça ? C'est sûrement un exercice ou quelque chose de ce genre. Personne ne m'en a parlé. Allons voir !

Tandis que nous traversions le pont vers tribord, Brendan montra le ciel du doigt. On distinguait clairement du bleu à travers le brouillard, à présent. Il me tendit les jumelles.

– Des fous de Bassan ! s'écria-t-il. Regarde ! Ils plongent. Regarde bien ! Tu vois comme ils fendent l'eau ? Tu les vois, Merry ? N'est-ce pas un spectacle magnifique ? Tu arrives à les voir ?

Je les voyais : il y en avait des dizaines et des dizaines, comme une pluie d'étoiles blanches tombant du bleu du ciel.

– Ils cherchent des maquereaux, je parie, reprit Brendan. Ils adorent les maquereaux, et les harengs aussi.

C'était un spectacle extraordinaire. Avec les jumelles, je pouvais distinguer leur tête jaune pendant qu'ils plongeaient. Ils se jetaient à l'eau les uns après les autres, disparaissant dans les vagues pour en ressortir miraculeusement quelques instants plus tard, un poisson dans le bec.

Puis, subitement, les jumelles me furent arrachées des mains. Brendan regardait la mer à travers elles, mais il ne s'intéressait plus à la danse frénétique des fous de Bassan cherchant leur nourriture. Il avait aperçu autre chose.

– Mon Dieu ! murmura-t-il dans un souffle. Mon Dieu !

– Quoi ? Qu'est-ce qu'il y a ? demandai-je, avant de voir moi-même, à cinq cents mètres environ, une traînée de bulles dans la mer, qui avançait rapidement vers nous, s'approchant à toute vitesse du navire. Brendan criait quelque chose vers le nid-de-pie, le poste d'observation tout en haut, au-dessus du pont. Au début, je ne compris rien à ce qui se passait. Je me demandai pourquoi il était soudain si agité, pourquoi il gesticulait comme un fou, et lançait à tue-tête :

– Sous-marin ! Torpille ! Torpille ! Sous-marin !

16

« Vivez, mon enfant, vous devez vivre. »

Un cri s'éleva aussitôt en écho depuis le nid-de-pie. D'autres passagers qui se trouvaient sur le pont de tribord, conscients à présent du danger, couraient et criaient. Et nous aussi, nous courions, Brendan me tirant par la main pour traverser le pont jusqu'à l'autre côté du navire.

Ce fut comme un coup de tonnerre, quand la torpille frappa le *Lusitania.* La force de l'explosion ébranla le navire en dessous de nous, nous projetant à travers le pont contre les rambardes. Nous venions tout juste de nous relever lorsqu'une autre explosion, plus étouffée cette fois, une déflagration sourde, secoua le bateau, mais dans les profondeurs de sa coque. Le pont s'inclina violemment, nous faisant de nouveau perdre l'équilibre à tous deux. Brendan m'attrapa par la main et me releva.

– C'est une torpille, Merry, s'écria-t-il. Le paquebot

est touché au cœur, il est gravement blessé. C'est un navire mort. Il va couler.

Il me prit fermement par le bras, et nous retraversâmes aussitôt le pont vers tribord, en direction du canot le plus proche. Les passagers et l'équipage se pressaient sur le pont, à présent. La consternation et la terreur se lisaient sur tous les visages. C'était la panique autour de nous. Chacun semblait chercher quelqu'un d'autre, et mettait son gilet de sauvetage en marchant. Mais on aurait dit qu'il était impossible de trouver celle ou celui que l'on cherchait. Des enfants appelaient leur mère en pleurant, des parents cherchaient frénétiquement leurs enfants en criant leurs noms. Pas une seule fois je ne vis des gens se retrouver dans cette horrible et effrayante mêlée.

Un grand incendie s'était déclaré sur le paquebot, les flammes rugissaient, des nuages de fumée noircissaient le ciel. Je mis un moment à rassembler mes pensées, mais dès que j'y parvins, je sus immédiatement ce que je devais faire, c'était clair comme le jour.

– Maman ! criai-je à Brendan, m'écartant de lui pour me diriger vers la porte de l'escalier qui menait aux cabines. Il faut que je trouve maman ! Elle est dans la cabine.

Brendan me rattrapa et me retint.

– Je vais aller la chercher pour toi, Merry.

– Tu me le promets ?

– Je te le promets. Je te la ramènerai. Maintenant, ma fille, tu dois rester ici, près du canot de sauvetage et m'attendre. Ne bouge pas, tu m'entends ? Je reviendrai avec ta mère en moins de deux, ne t'inquiète pas. On vous mettra elle et toi dans un canot de sauvetage. Il y en a beaucoup, et la terre est en vue, tout le monde s'en sortira.

Il partit aussitôt.

Je fis ce que Brendan m'avait dit, j'attendis, attendis encore, pendant que le navire s'enfonçait rapidement dans l'océan. Autour de moi, c'était le chaos, la terreur, tandis que l'équipage essayait de mettre les canots à l'eau. Mais l'inclinaison du navire était telle que les canots pleins de gens restaient suspendus au-dessus de la mer, sans qu'on puisse les descendre plus bas. Ils penchaient violemment à chaque secousse du paquebot, projetant des passagers hurlants dans la mer. Quelques chaloupes furent descendues mais, complètement déséquilibrées, elles plongèrent dans la mer par l'avant ou par l'arrière, se remplissant d'eau et coulant immédiatement. Des centaines de personnes se débattaient déjà dans l'océan. Nombre d'entre elles ne savaient pas nager, et se noyaient sous mes yeux. Je dus me détourner. Je ne supportai plus d'en voir davantage. Mais je ne pouvais me détourner des hurlements, ni des plaintes des petits enfants désespérés d'avoir perdu leurs parents.

Je reconnus alors l'une des passagères, une femme âgée, qui avait l'air gentil, et me rappelait un peu tante Ducka, là-bas, à la maison. Je l'avais toujours vue seule, assise dans la salle à manger, et j'avais admiré à la fois sa sérénité et l'élégance de sa robe en velours vert foncé. Elle m'avait souri le premier jour, quand j'étais entrée seule dans la salle pour aller déjeuner, alors que tant d'autres m'avaient simplement dévisagée. Je lui en avais été reconnaissante, et je me souvenais d'elle, à présent. Elle était installée sur un banc, les yeux fermés, ses lèvres murmurant une prière, ses doigts touchant la croix qui pendait à son cou. Elle ouvrit les yeux, et vit que je l'observais. Elle me sourit, comme elle l'avait fait auparavant, et me fit signe de m'asseoir à côté d'elle. Elle ne dit pas un mot, mais passa son bras autour de mes épaules, et prit ma main dans les siennes.

On entendit alors un terrible gémissement venant des profondeurs du navire, puis une explosion de vapeur, comme un dernier souffle. Chaque fois que le navire vacillait et s'inclinait encore, la vieille dame serrait ma main plus fort. Puis elle se mit à parler :

– Vous êtes jeune, me dit-elle. Vous devriez monter dans un canot de sauvetage, mon enfant, vous devriez sauver votre vie.

– Je dois attendre ma mère, répondis-je.

Elle me regarda longuement, attentivement.

– Si j'étais votre mère, je ne voudrais pas que vous m'attendiez. Venez avec moi, ma chère.

Nous nous levâmes, et avec beaucoup de difficultés, nous accrochant à n'importe quoi ou n'importe qui pour ne pas tomber, nous arrivâmes à nous frayer un passage dans la foule jusqu'à la rambarde du navire, vers le canot le plus proche, qui était suspendu là, déjà bondé. La vieille dame parla à un officier du bateau, qui semblait être responsable de l'opération :

– Je voudrais que vous preniez ma petite-fille.

Au début, il ne lui prêta guère attention, mais elle ne se laissa pas faire et revint à la charge. Elle lui tapa plusieurs fois sur l'épaule, jusqu'à ce qu'il se retourne et l'écoute.

– Ma petite-fille doit monter dans ce bateau, insista-t-elle.

– Désolé. Pas de place, madame.

– Vous-même, vous avez un enfant ?

– Oui, madame.

– Si c'était votre enfant, est-ce que vous lui trouveriez une place ?

L'officier la dévisagea, restant un moment sans voix.

– Alors, prenez ma petite-fille, reprit-elle.

Il ne discuta plus. Il me tendit la main pour m'aider à monter dans la chaloupe. La dernière chose qu'elle me dit fut :

– Vivez, mon enfant, vous devez vivre. Vivez pour votre mère, vivez pour moi.

Le canot de sauvetage s'écarta soudain de moi au moment où j'essayai de monter dedans. Je ne sais pas très bien si je sautai toute seule ou si c'est l'officier qui me fit sauter dedans, mais d'une manière ou d'une autre je me retrouvai au fond de la chaloupe. Pendant qu'elle était descendue vers la mer, je regardais partout au-dessus de moi, à la recherche de la vieille dame, de Brendan, de maman. Mais il n'y avait pas un visage connu.

Il n'y avait pas un visage connu dans le canot non plus. Des mains étrangères m'aidèrent à me relever, à trouver une place où m'asseoir dans ce bateau qui était bondé de la poupe à la proue. Chaque fois que le canot de sauvetage recevait un choc pendant sa descente vers la mer, mon cœur en recevait un aussi. J'appelais maman en pleurant, scrutant sans cesse les visages des passagers qui se pressaient contre la rambarde du paquebot, et qui nous regardaient, tout en bas. Quelques-uns faisaient des signes de la main, la plupart pleuraient, mais elle n'était pas là. Elle n'était pas là.

Je ne pouvais penser qu'à une seule chose, tandis que le canot touchait violemment l'eau, rebondissait, puis se stabilisait, et que les marins ramaient, nous éloignant du navire : j'aurais dû aller chercher maman moi-même, je n'aurais jamais dû faire confiance à Brendan, je n'aurais jamais dû monter dans le canot de sauvetage sans elle. Je versais des larmes amères, m'en voulant terriblement, lorsque je sentis une petite main froide se glisser dans la mienne. Célia était là, à côté de moi, agrippée à son ours en peluche, sanglotant pitoyablement.

– Où est Paul ? m'écriai-je. Où est ta mère, où est ton père ?

Elle secoua la tête. Je regardai partout dans le canot, puis en direction du navire, ces visages qui avaient les yeux baissés vers nous. Je ne les vis nulle part. Je serrai Célia contre moi. Elle pleurait et tremblait, mais plus calmement, à présent. Elle s'accrocha à moi, et enfouit sa tête dans mon épaule.

– Tout ira bien, Célia, lui dis-je. Nous ne sommes pas loin de la côte. Je le sais. On nous retrouvera. Je m'occuperai de toi, maintenant. C'est promis.

Je n'aurais jamais pensé qu'un navire de cette taille puisse sombrer aussi vite, en quelques minutes seulement. Mais il ne coulait pas entièrement. Le magnifique géant de Brendan agonisait. La poupe restait au-dessus de la surface, refusant de couler, la rambarde du navire contre laquelle nous nous étions appuyés, Brendan et moi, il y avait quelques instants encore, me semblait-il, était toujours nettement visible.

Autour de notre canot, désormais, dans toutes les directions, la mer était parsemée de chaloupes semblables à la nôtre, qui s'éloignaient le plus rapidement possible de l'épave de l'immense navire. Plusieurs d'entre elles s'étaient retournées, les passagers s'agrippant à ce qu'ils trouvaient. Et partout il y avait des gens à la mer, qui essayaient de nager vers les canots de sauvetage, ou qui y étaient déjà accrochés et suppliaient qu'on les aide à monter à bord. Des transats flottaient sur l'eau, des bancs, des tables, des valises et des malles. L'océan était jonché de débris à perte de vue, et parmi eux, des centaines de personnes nageaient pour échapper à la mort, certaines perdant la vie pendant que je les regardais.

Il devait déjà y avoir plus d'une douzaine de personnes suspendues aux bords de notre bateau, implorant et suppliant qu'on les aide à monter. J'entends encore leurs voix maintenant, je vois encore leurs visages :

– Par pitié, ne me laissez pas là !

– Je ne veux pas mourir.

– Mon Dieu, sauvez-moi !

Une jeune femme agrippa ma main, puis glissa au loin, trop faible pour la tenir plus longtemps.

– Dites adieu à maman ! cria-t-elle avant de disparaître sous l'eau devant mes yeux.

D'autres naufragés s'accrochaient au canot comme ils le pouvaient, nous suppliant de les sauver. Le marin qui était à la barre leur hurlait sans arrêt de s'en aller, expliquant qu'il y avait d'autres bateaux tout près, dont certains n'étaient qu'à moitié pleins, qu'il fallait nager vers eux, que nous risquions de couler si nous prenions d'autres gens à bord. Il nous interdit absolument d'aider quiconque à monter dans le canot. Mais malgré ses ordres et ses imprécations, lorsque des mères ou des enfants nageaient vers notre chaloupe, personne n'avait le cœur de les renvoyer. Certains, encore suffisamment forts, et poussés par la rage de vivre, parvenaient à se hisser dans le bateau sans qu'on les aide. Pas un de nous n'avait le courage de les en empêcher.

Tout le monde se rendait compte que le canot, dangereusement surchargé, à présent, s'enfonçait, que l'eau passait par-dessus bord à certains endroits, nous léchant les pieds, et qu'elle était de plus en plus haute au fond du bateau. Le marin à la barre était furieux contre nous.

– Bon sang, mais qu'est-ce que vous avez dans la tête ? Nous allons couler si nous laissons encore une seule personne monter. Vous voyez tous ces cadavres dans la mer ? Vous les voyez ? Vous voulez donc être comme eux ? Je ne veux pas une personne de plus dans ce canot, vous m'entendez ? Pas une !

Mais il pouvait dire tout ce qu'il voulait, cela n'avait aucun effet.

La chaloupe était désormais complètement encerclée. Des mains s'agrippaient partout aux bords du bateau, on aurait dit qu'il n'y avait plus un centimètre de libre. Des visages, blancs de peur, nous regardaient fixement, murmurant leurs derniers appels à l'aide, leurs derniers jurons, le regard suppliant, accusateur. Le marin continuait à leur crier :

– Vous ne comprenez donc pas ? Vous allez faire couler le canot ! Vous êtes en train de le faire couler. Vous allez tous nous noyer.

Un des naufragés qui continuait à s'accrocher, et qui était si près de moi qu'il m'aurait suffi de tendre la main pour le toucher, était un vieil homme. Il n'avait pas demandé qu'on l'aide à monter dans le canot. Il n'avait pas dit un mot, mais restait agrippé là, en silence, frissonnant, levant les yeux vers Célia et moi. Je ne savais pas quoi dire. J'avais du mal à supporter son regard. Alors, il se mit à parler :

– Il a raison. Nous allons faire couler ce bateau. Vous êtes jeunes, et pas moi. Vivez, vivez longtemps et soyez heureuses. Que Dieu vous bénisse.

Sur ces mots, il lâcha simplement le canot, puis s'éloigna en nageant. Ce fut la dernière image que j'eus de lui.

Célia se cramponnait à moi, cherchant de plus en plus désespérément un peu de chaleur et de réconfort. Elle gémissait, pleurait, demandait sa mère. Je la serrais dans mes bras, m'efforçant de la rassurer, et en même temps de me rassurer moi-même comme je le pouvais.

– Regarde, Célia, tu vois ? Il y a plein de canots de sauvetage partout. Ta maman doit être dans l'un d'eux, ton papa et Paul aussi. Tout ira bien, tout ira bien pour nous tous. Je m'occupe de toi, et toi tu t'occupes de ton ours, d'accord ?

Je lui parlai longtemps ainsi. Je ne sais pas si je lui apportai un peu de réconfort, mais cela semblait nous permettre, pendant un moment au moins, d'éloigner ses pensées et les miennes de tout ce qui s'était passé, des mourants tout autour de nous, des horreurs auxquelles nous venions d'assister. L'océan lui-même semblait se tordre de douleur, gémir de désespoir, hurler de peur, implorer la pitié. Tandis que les heures passaient et que le froid s'emparait de nous, je voyais qu'il y avait de moins en moins de gens qui nageaient dans la mer, qui s'accrochaient aux canots de sauvetage, et de plus en plus de cadavres qui flottaient sur le ventre. Les canots, les morceaux d'épave, les débris étaient dispersés partout, à perte de vue. Nous étions de plus en plus seuls en pleine mer.

Je n'entendais plus que le murmure des prières, et de temps en temps le son d'une voix. Je me rappelle une voix, en particulier, qui venait de loin dans la mer, mais qui était très claire. C'était une voix d'homme.

– Dites-le-lui. Dites-le à ma mère. Mme Bailey, 22, Philimore Gardens, Londres. Dites-lui que son fils, Harry, est mort en pensant à elle. Dites-le-lui, s'il vous plaît. Que Dieu nous vienne en aide à tous !

Puis, le silence.

À mesure que le temps passait, je m'efforçais de ne plus regarder les cadavres dans l'eau, craignant que l'un d'entre eux puisse être celui de maman. Je savais que si elle était dans la mer, elle devait s'être noyée, à présent, et je ne voulais pas la voir. Mais je ne pouvais pas m'en empêcher : je regardais. Il fallait que je regarde. Si seulement je ne l'avais pas fait !

Je la vis, uniquement parce que j'aperçus sa robe de chambre ornée d'un paon aux couleurs vives comme des bijoux sur le gris de l'océan, un paon bleu et doré, avec des plumes de toutes les couleurs de l'arc-en-ciel. Elle flottait, s'éloignant de moi, de plus en plus loin, le visage dans la mer. Je ne pouvais pas me tromper. C'était sa robe de chambre chinoise avec un paon qui faisait la roue dans le dos, les plumes déployées, la robe de chambre qu'elle adorait, celle qu'elle mettait toujours, qu'elle portait au lit la dernière fois que je l'avais vue, ce matin-là.

C'était elle. C'était maman. Je sentis une étrange torpeur m'envahir, comme si elle avait pris mon cœur et mon âme avec elle en mourant, et qu'elle ne m'avait plus laissé que ma coquille, une coquille vide. Je ne pouvais pas pleurer, je n'avais plus de larmes.

Nous étions tous perdus.

17

Plus aucun mot ne sortait de ma bouche

Je ne sais pas très bien combien de temps nous sommes restées dans le canot de sauvetage avant que Célia arrête de trembler. À un certain moment, je m'aperçus qu'elle était immobile dans mes bras. Je me dis qu'elle s'était sans doute endormie, ou qu'elle était peut-être même morte de froid. Mais elle tenait toujours fermement son ours en peluche, elle me tenait toujours fermement, moi aussi. Je sentis son souffle sur ma joue. Il y avait de la vie en elle. Je lui parlais quand je pensais à le faire, dans l'état où j'étais, et essayais de la secouer pour la réveiller. Glisser dans le sommeil signifierait la mort pour elle, elle risquait de ne plus jamais se réveiller. « Elle ne doit pas dormir. Je ne dois pas dormir. » Lorsqu'elle ouvrit les yeux, je vis qu'elle ne savait plus qui j'étais. Elle m'appelait maman, perdait, puis reprenait conscience. Je la serrais étroitement dans mes bras, essayant de lui communiquer un peu de la chaleur qui restait encore en moi. Je soufflais sur ses mains et sur ses joues, continuais à lui parler, mais elle me tenait faiblement, à présent, ne s'accrochant presque plus à la vie.

Malgré tous mes efforts, moi aussi je dérivais entre veille et sommeil. Je me rappelle avoir été réveillée par une certaine agitation à l'autre bout du canot, quelque part derrière moi, par des jurons et un bruit de plongeon. Je sentis que le bateau se balançait violemment, et regardai autour de moi pour comprendre ce qu'il se passait. Le marin à la barre faisait tout ce qu'il pouvait pour repousser deux hommes qui essayaient de se hisser dans le canot, quand il fut lui-même attrapé par le bras, arraché du bateau et entraîné dans l'eau. Je le vis refaire surface une fois, puis être emporté au loin. Il essayait de nager, mais il ne savait pas. Il ne pouvait qu'agiter les bras dans tous les sens. La mer étouffa ses cris et il coula. Puis, comme les deux hommes montaient tant bien que mal à bord, le bateau pencha dangereusement et l'eau s'engouffra à l'intérieur, tout autour de nos pieds, et très vite jusqu'à nos genoux.

Nous comprîmes tous que le canot sombrait, qu'on ne pouvait rien y faire. Tandis que l'eau montait et montait autour de nous, j'essayai de secouer Célia pour la réveiller. Elle ouvrit les yeux juste à temps pour faire ce que je lui disais, monter sur mon dos, et se cramponner à moi. Il n'y avait plus de bateau. Nous étions dans la mer. Le froid de l'eau me saisit, me glaçant aussitôt les os. Je nageai, m'éloignant le plus rapidement possible des cris et des imprécations autour de moi, essayant d'échapper à tous ces bras qui tentaient de m'agripper, à ces cris pitoyables qui imploraient l'aide de Dieu, ou de n'importe qui, une aide que ni Dieu ni moi ne pouvions leur apporter.

Je ne sais ni ne comprends toujours pas pourquoi nous nous cramponnons à la vie quand il n'y a plus d'espoir. Je nageais dans l'océan vide, vide de tout sauf de débris – vestiges du navire naufragé, de vies naufragées. Je nageais, les vagues m'étranglaient, le froid sapait mes dernières forces, et la petite fille à demi inconsciente, qui essayait de se tenir à mon cou, glissait, je le sentais, à chacun de mes mouvements. Il n'y avait pas de bateau vers lequel me diriger, pas de terre en vue, aucune raison de continuer à avancer.

Je m'accrochais à la pensée que tant que je nagerais, je ne me noierais pas. Et je ne voulais pas me noyer. L'idée de couler, de m'enfoncer de plus en plus profondément dans la mer m'horrifiait, et poussait mes bras à bouger, mes jambes à me maintenir à la surface de l'eau. Je ne reverrais plus jamais maman, je le savais, mais papa m'attendait dans son lit d'hôpital. Je devais tout faire pour vivre et le revoir. Ma détermination, cependant, était rapidement affaiblie par le froid, et par les crampes qui tenaillaient mes jambes. Chaque mouvement me demandait un effort surhumain pour garder le menton hors de l'eau, pour flotter. Et j'étais de moins en moins sûre, à chacun de ces mouvements, que ça en vaille la peine.

Je ne faisais plus que du surplace, à présent, mes bras ne bougeant plus que pour me maintenir à la surface. Mais Célia me tirait vers le fond. Je pensai alors, et c'est une pensée dont j'ai encore honte aujourd'hui, que je devrais peut-être secouer mes épaules pour la faire tomber, qu'une fois libérée de son poids, je pourrais durer plus longtemps. Je sentais ses bras autour de mon cou, qui me tenaient de moins en moins fort. Pourtant, de temps en temps, elle gémissait encore. Elle se cramponnait toujours à son ours en peluche. Sans trop savoir pourquoi, j'étais décidée à faire tout ce que je pourrais pour la sauver, tant qu'elle essaierait de sauver son petit ours.

Je me rappelle que je m'étais mise à lui chantonner quelque chose en nageant. Je le faisais autant pour elle que pour moi. Si je pouvais entendre le son de ma voix, cela signifiait que j'étais toujours vivante. Je fredonnais plutôt que je ne chantais, pour que l'eau n'entre pas dans ma bouche, je fredonnais tous les airs de piano que je connaissais, mon morceau de Mozart, encore et encore, mon *Andante grazioso*, la musique préférée de papa. Parfois, j'entendais Célia chantonner aussi à mon oreille, ou peut-être étaient-ce des gémissements. De toute façon, c'était une réponse qui me redonnait des forces, un peu d'espoir, tandis que nous dérivions dans l'océan vide.

Au début, je crus qu'il s'agissait d'un canot de sauvetage retourné. Il paraissait assez grand, mais il avait une drôle de forme. Les canots de sauvetage étaient blancs, et celui-ci ne l'était pas. Puis je me dis que ça ressemblait à une grande table, ou à quelque chose de ce genre. En m'approchant, je vis que c'était effectivement un objet en bois, en bois foncé, luisant, verni, mais qu'il n'était pas du tout taillé comme une table. Il était à la fois incurvé et anguleux, et il flottait dans la mer, en murmurant curieusement, presque en chantant, comme s'il était doté de vie et de souffle. Une baleine, peut-être, mais je voyais déjà que c'était trop plat pour être une baleine, trop brillant. Et les baleines n'avaient ni ces courbes, ni ces bords découpés. C'était un objet fabriqué par l'homme, je m'en rendais compte, à présent, et qui venait certainement du navire.

J'étais assez près de lui pour le toucher, pour m'appuyer sur lui, et m'y accrocher pour rassembler le peu de forces qu'il me restait. Je remontai Célia sur mes épaules, et me hissai hors de l'eau. Je demeurai étendue là à plat ventre, épuisée, n'ayant plus que la force de respirer. Célia était toujours sur mon dos, les bras autour de mon cou.

Je levai la tête pour regarder autour de moi. À ce moment seulement, je compris ce qui nous avait sauvées. C'était le piano. Le piano à queue de Maurice, qui était dans la salle à manger du navire, le piano sur lequel j'avais joué si peu de temps auparavant. Son piano était devenu notre petit radeau. Je ne sais pas si c'était dû à mon imagination, mais j'avais l'impression d'entendre les cordes de l'instrument, toujours vivantes sous mon corps. Je me déplaçai tout doucement, avec les plus grandes précautions, vers le milieu du piano, car les vagues, aussi petites qu'elles aient pu paraître, le léchaient sur les côtés, et je vis que je pourrais facilement glisser, puis être de nouveau emportée par la mer. Me sentant plus en sécurité, une fois au milieu du piano, je m'assis et repris Célia dans mes bras. Elle était molle, mais tenait toujours fermement son petit ours à la main. D'une certaine façon, nous nous étions sauvés les uns les autres, tous les trois, avec l'aide du piano à queue.

Mais après quelques instants de soulagement, d'euphorie, dus au sentiment d'avoir sauvé nos vies, je me rendis compte que notre refuge n'était que provisoire, qu'une illusion de sécurité, que nous avions toutes deux trop froid et étions trop faibles pour survivre longtemps. Célia était désormais à peine consciente d'être dans ce monde. Nous étions complètement seules dans un immense, immense océan, sans terre en vue, et peu de chances de recevoir du secours.

Je m'aperçus que si les vagues montaient, ne fût-ce que légèrement, nous aurions beau rester là où nous étions, bien au milieu de notre piano-radeau, à l'endroit le plus sûr, nous serions rapidement submergées et emportées par la mer. Nous ne pourrions nous raccrocher à rien, rien ne pourrait nous empêcher de glisser dans l'eau et de nous noyer. L'océan nous attendait, pensai-je, et n'aurait pas à attendre longtemps. Je levai les yeux. Le ciel était bleu foncé au-dessus de nous, la mer lisse comme un miroir tout autour, et je ne sentais pas un souffle de vent sur mon visage. Il ne me restait plus que l'espoir, et encore, bien peu.

Je ne pouvais rien faire d'autre que m'allonger, tenir Célia serrée contre moi, et attendre les secours ou la mort. Je me doutais bien de ce qui risquait d'arriver en premier. Je savais que je devais avant tout rester éveillée, que si je m'assoupissais, je glisserais dans l'inconscience, que je ne tiendrais plus Célia assez fort, qu'elle, puis moi, nous retrouverions facilement dans la mer. Aussi, pour m'empêcher de dormir, je parlais – à moi-même, à maman, à papa, à Mlle Winters, à Pippa, à oncle Mac et à tante Ducka. Je parlais à Brendan, aussi, mais plus souvent à Célia, espérant chaque fois qu'elle répondrait d'une façon ou d'une autre, de n'importe quelle façon. Mais elle n'avait aucune réaction. La vie était toujours en elle, cependant, car elle serrait encore son ours en peluche dans ses bras, et ne le lâchait pas, de même que je ne la lâchais pas, moi non plus.

Le jour tomba, le soir se transforma en nuit, une longue, longue nuit de froid et de peur. Le froid me saisissait jusqu'au cœur, me gelait tout entière. La mer clapotait, nous balançant doucement, le piano murmurait, nous berçant, lui aussi. La lune, suspendue dans le ciel, chevauchait les étoiles, se cachant parfois derrière les nuages, nous suivant, pensais-je, comme un ange gardien. Je chantonnai pour elle, je chantonnai pour papa, comme je l'avais promis.

J'écoutai la lune, je l'écoutai, lui, et je l'entendis

chanter notre air en écho. Il était vivant, et j'étais vivante. Oncle Mac et tante Ducka étaient vivants. La pensée de tante Ducka me fit sourire, alors que j'avais bien peu de raisons de le faire. Ne lui avais-je pas promis de garder mes pieds au sec ? Encore une promesse que je n'avais pas tenue.

J'entendais la voix de papa me taquiner.

– Tu es une niquedouille, ma fille, disait-il. Qui est la plus grande des nunuches ?

Et puis, il me lisait un livre, mon conte préféré, *Le Vilain Petit Canard*. Mes parents et tante Ducka me l'avaient lu si souvent que je le connaissais quasiment par cœur. Je m'assoupissais, en écoutant papa, en écoutant maman, en écoutant tante Ducka, comme je l'avais fait si souvent à la maison.

– Bonne nuit, Merry, disait maman. Bonne nuit.

Elle me donnait un baiser sur le front en me bordant.

Lorsque la lune devint le soleil, sa lumière rayonnante me réveilla. Je m'aperçus seulement alors que j'avais dû m'endormir. Un oiseau, un oiseau blanc, perché sur le bord du piano, m'observait de son petit œil orange et perçant. J'étais tellement contente d'avoir un peu de compagnie, contente de voir que nous n'étions plus seules ! Un autre oiseau, semblant surgir du soleil, se posa juste un instant à côté du premier, puis tous deux s'envolèrent en criant.

– Des mouettes, dis-je à Célia. Regarde, tu les vois ? Elles nous ont trouvées !

Mais Célia ne répondit pas. Je mis quelques instants à comprendre que je ne la tenais plus. C'était son ours en peluche que je tenais dans mes bras. Célia n'était pas là, elle n'était nulle part, elle avait disparu. J'avais dû la lâcher pendant la nuit, ou peut-être était-ce elle qui m'avait lâchée. J'espérai que c'était elle. Je l'ai espéré toute ma vie. Je ne savais qu'une chose : elle avait glissé dans la mer, elle avait rejoint maman, Brendan, Maurice, et tous les autres passagers du navire, elle était au fond de l'eau où je la rejoindrais bientôt. J'étais triste d'être seule, et soudain en colère aussi, en colère contre tout et contre tous, en colère contre le monde, en colère contre moi.

C'est peut-être la colère qui me donna de la force. Je ne sais pas. Mais soudain, je me levai, et me mis à crier, furieuse de m'être endormie, de ne pas avoir retenu Célia. Je voulais en finir, à présent, et rapidement. Je ferais couler le piano moi-même, je me noierais, j'en finirais avec tout ça. Je me mis à sauter sur place, mais je découvris que cela n'avait d'autre effet sur le piano que de le faire murmurer encore, de le faire résonner plus fort sous mes pieds. Je sautai plus haut pour retomber plus lourdement. Je dansai, je bondis, je trottai, je galopai, riant à présent entre mes larmes de rage, d'un rire sauvage, hystérique. Plus haut ! Je sautai encore plus haut. Je frappai du pied, je trépignai. Mais malgré tous mes efforts, le piano ne coulait pas.

Je courus au bord, et restai là, à regarder les

profondeurs de la mer. Je me dis à haute voix qu'il me suffisait de sauter.

– C'est facile, Merry. Vas-y. Vas-y, c'est tout !

Mais je ne pus m'y résoudre. Je n'avais pas peur, non, ce n'était pas ça. C'était la voix de la vieille dame dans ma tête, celle qui s'était donné tant de mal pour qu'on veuille bien me prendre dans le canot de sauvetage. « Vivez, mon enfant, m'avait-elle dit. Vous devez vivre. » Elle aussi était là, au fond de la mer, avec maman et les autres. Ils me disaient tous de vivre. Célia aussi. Je l'entendais, je l'entendais me demander de m'occuper de son petit ours pour elle. Je les entendais tous. Je retournai au milieu du piano, et m'assis en tailleur, serrant l'ours en peluche de Célia contre moi.

– Nous allons vivre, lui annonçai-je. Toi et moi, nous vivrons.

L'ours souriait, il souriait toujours. Il me croyait, et s'il me croyait, alors je me croirais, moi aussi. Je vivrais.

À partir de ce moment, je ne m'allongeai plus, plus une seule fois. Je savais que si je le faisais, je m'endormirais forcément de nouveau. Que, forcément, je roulerais jusqu'au bord et tomberais dans la mer avant de pouvoir me raccrocher à quoi que ce soit. Je décidai donc de rester assise où j'étais, de ne pas bouger, de rester éveillée, et de vivre.

Je crois vraiment que, sans la curiosité de ces deux mouettes à mon égard, je n'aurais pas survécu. Elles n'étaient pas toujours là, sur le piano, avec moi, mais elles revenaient assez souvent, et restaient suffisamment longtemps pour que je garde un espoir. Si elles m'avaient trouvée, pensais-je, alors les gens qui cherchaient les naufragés le pouvaient aussi. C'est le dernier raisonnement dont je me souviens d'avoir été capable. Je devais être très affaiblie par la soif, la faim et le froid.

J'avais l'impression d'être comme dans les limbes, à présent, flottant entre un monde de rêves et la réalité, n'ayant plus la faculté de distinguer l'un de l'autre, ne me souciant plus de rien, en dehors de l'ours en peluche de Célia et de mes deux oiseaux. Parfois, les oiseaux étaient des mouettes, parfois, ils devenaient des paons, et je voyais maman étendue là, face contre mer, tandis que l'un des paons sur son dos déployait les plumes de sa queue, levait la tête et criait. Mais, soudain, c'était moi qui criais, non pas le paon, et les mouettes revenaient sur le piano, me fixant en silence. J'essayais de leur parler, de parler à l'ours de Célia, mais plus aucun mot ne sortait de ma bouche.

Pendant ces heures que je passai assise sur le piano au milieu de l'océan, je perdis complètement le sens du temps ; je ne savais plus qui j'étais, d'où je venais, comment je m'étais retrouvée assise en tailleur sur un piano en pleine mer, avec pour seule compagnie deux mouettes et un ours en peluche souriant. Je ne fus donc pas surprise – peu de choses surprennent dans un rêve – lorsque la surface de la mer autour du piano sembla soudain mousser, bouillonner, et qu'une étrange apparition surgit de l'océan, à quelques mètres de moi. Je ne compris absolument pas de quoi il s'agissait.

Au début, je crus que c'était une baleine qui venait m'observer, et je me rappelle avoir pensé qu'elle devait être aussi perplexe que je l'avais été à la vue d'un piano dans la mer. Comme la plupart des baleines, elle avait la forme d'un concombre géant, qui poussait en longueur et en largeur à mesure qu'elle sortait des profondeurs.

L'eau tombait en cascade le long de ses flancs brillants tandis qu'elle émergeait lentement mais inexorablement de l'océan. Les remous qu'elle produisait faisaient valser le piano, et l'inclinaient violemment. Pensant qu'il allait sombrer d'un moment à l'autre, je me jetai à plat ventre, agrippai l'ours en peluche qui était désormais devenu plus important pour moi que la vie même, et essayai de me retenir par les doigts de pied pour ralentir le mouvement qui me faisait inévitablement glisser dans l'eau.

Le piano, cependant, se rétablit juste à temps, et je restai étendue là, dangereusement près du bord et de l'océan houleux prêt à m'engloutir. C'est alors que, levant les yeux, je m'aperçus que ce n'était pas une baleine, mais un navire, un bateau comme je n'en avais jamais vu auparavant. Les baleines n'avaient pas de moteur, n'étaient pas en acier, n'avaient pas de chiffres marqués sur leurs flancs. J'entendis le grondement et le rugissement des moteurs sous la mer, puis les voix rudes d'hommes qui criaient. Une demi-douzaine d'entre eux émergeaient de l'intérieur du bateau, à présent, portant un petit canot. Ils le mettaient à l'eau, et ramaient vigoureusement vers moi. Lorsqu'ils arrivèrent tout près, l'un d'eux sortit du canot à rames, et monta prudemment sur le piano. Il avançait à quatre pattes, puis rampait vers moi.

S'accroupissant à côté de mon visage, et tendant les mains vers moi, il dit :

– *Ist gut. Freund.* Ami. *Kommen sie mit. Komm.*

Je m'écartai de lui.

– *Gnädige Fräulein.* Vous venez, *ja ? Mit mir, in das Boot. Komm ! Bitte. Komm !*

C'était un brave homme. Je le sentis au son de sa voix, je le vis dans ses yeux. Il ne me ferait pas de mal.

– *Ich heisse Wilhelm.* Votre nom, jeune fille, *ihre Name ?*

Je comprenais, mais ne pouvais répondre, car je ne savais pas comment je m'appelais. J'essayais de parler. Je voulais lui dire que je ne savais pas, que je ne pouvais pas me rappeler mon nom, que je ne pouvais plus me souvenir de rien. Je tentai plusieurs fois de parler, de lui dire que je ne pouvais pas me rappeler. Mais quand j'ouvrais la bouche pour parler, aucun mot n'en sortait.

18

Îles Scilly, octobre 1915

Rappelez-vous le *Lusitania* !

Après la dernière visite du docteur Crow, les Wheatcroft auraient dû s'attendre à ce qu'il y ait des problèmes. Ils avaient été prévenus. Ils savaient qu'il y aurait des histoires. Ils savaient comment pouvaient être certaines personnes. Mais rien de ce que le médecin leur avait dit, rien de ce qu'ils pouvaient imaginer n'aurait pu leur laisser présager le ressentiment ni la colère que la nouvelle sembla provoquer, non seulement à Bryher, mais sur toutes les îles de l'archipel. Lucy Lost était allemande. La preuve dont les gens se contentaient ? Le nom de Wilhelm, sur la couverture qui avait été trouvée avec elle. Lucy Lost était une sale Boche.

Les Wheatcroft de Bryher, famille pourtant très estimée et respectée jusqu'alors, étaient devenus, en l'espace d'une nuit, des « amateurs de Fritz ». Certains laissaient même entendre d'un air sombre que c'étaient peut-être des espions. Partout où ils allaient, on les évitait. Plusieurs pêcheurs, amis de Jim depuis toujours, détournaient les yeux quand ils le voyaient arriver, et le laissaient ramender ses filets, seul sur la plage. Il n'y avait plus de plaisanteries joviales sur les sirènes, d'échanges sur les meilleurs endroits où prendre des maquereaux ou des lieus jaunes le matin, plus de conseils amicaux sur les changements de temps possibles. Rien n'était dit. Ce n'était pas la peine. Inutile de parler. Les yeux qu'on détournait, les regards noirs, accusateurs, les chuchotements en aparté suffisaient.

À l'église, le dimanche, personne ne s'asseyait sur le même banc qu'eux. Et le révérend Morrison lui-même, qui s'opposait farouchement, depuis un certain temps déjà, au pacifisme affiché de Mary, fit comme les autres, il les isola complètement. Ses sermons étaient plus belliqueux que jamais, et de manière ostentatoire. Il ne perdait pas l'occasion de rappeler les atrocités barbares commises par l'ennemi allemand, les petits enfants de la brave petite Belgique passés à la baïonnette, et le torpillage honteux du *Lusitania*, qui n'était pas un bateau de guerre, qui ne transportait pas un seul canon, ni même un simple fusil, mais des passagers qui traversaient pacifiquement l'océan. Plus d'un millier de personnes avaient été perdues – un événement, disait-il, qui « ne nous avait pas seulement horrifiés et blessés, nous, les habitants de ces îles, mais qui avait horrifié tout le monde civilisé. Rappelez-vous toujours que nous combattons pour Dieu et pour notre pays contre les forces du mal. L'Ange n'est-il pas apparu à nos troupes à Mons ? Dieu n'est-il pas de notre côté, du côté de la liberté et du droit ? ».

Personne ne venait plus acheter d'œufs à Mary. Personne ne venait plus la voir. Et sur l'île, tous les gens qu'elle rencontrait lui tournaient simplement le dos, comme si elle n'était pas là. Si elle allait rendre visite à quelqu'un, elle trouvait porte close. Personne ne bavardait amicalement avec elle, on ne lui disait même plus bonjour. Où qu'elle aille, elle était en butte à une hostilité sournoise.

À l'école, la réaction ne fut pas aussi retenue à l'encontre d'Alfie et de Lucy. Salués, acclamés comme des héros, il y a peu de temps encore, ils étaient à présent sans cesse méprisés, diffamés, moqués. Lucy, profondément bouleversée par cette soudaine animosité, suivait désormais Alfie comme son ombre, aussi bien pendant les trajets entre l'école et la maison que dans la cour de récréation.

Le seul endroit où elle trouvait refuge était la classe de Mlle Nightingale. Celle-ci faisait tout ce qu'elle pouvait pour la protéger et la rassurer. Pour cette femme, ces bavardages, ces rumeurs n'étaient que de la malveillance, de la méchanceté, de la cruauté. Comme les petits élèves de sa classe, elle se souciait peu de savoir si Lucy était allemande ou pas. Pour elle, Lucy Lost était simplement une enfant triste et perturbée, traumatisée, même, et qui, malgré de considérables difficultés d'apprentissage, avait à l'évidence des dons pour jouer du piano et dessiner. C'était une élève qui avait besoin d'aide, de soutien, de tout le réconfort et l'affection qu'elle pouvait lui apporter. Et pour les enfants du cours préparatoire, Lucy était toujours la « petite mère », qui jouait avec eux, s'occupait d'eux, et qu'ils voulaient tous comme meilleure amie. Pendant les jours et les semaines qui suivirent la révélation sur la couverture « allemande » de Lucy, cette classe s'avéra être le seul refuge qu'elle trouva à l'école.

Mais Alfie, lui, n'avait pas d'endroit où se réfugier. Les élèves de sa classe, menés par Zebediah Bishop et sa bande, s'acharnaient contre lui, le raillant, l'insultant continuellement, lui reprochant sa famille de « fous », son oncle Billy « complètement timbré », qui se prenait pour un pirate, et maintenant sa sœur, une « Allemande complètement cinglée », si « bête qu'elle ne savait même pas parler, et ignorait qui elle était », mais était probablement la fille de cette saleté de vieux Kaiser lui-même. Alfie avait beau s'efforcer de ne rien voir, de ne rien entendre, il finissait toujours par se laisser entraîner dans une bagarre. Qu'il gagne ou qu'il perde, s'il était pris en train de se battre, comme ça lui arrivait souvent, il était arraché à la bagarre par Beastly Beagley, et invariablement puni. Il s'attendait à recevoir des coups de règle ou de baguette, et était toujours soulagé, de même qu'un peu surpris aussi, quand ce n'était pas le cas. En revanche, il passait presque toutes les récréations de ces derniers jours en retenue, ce qui signifiait que Lucy restait seule dehors dans la cour, sans personne pour la défendre.

Il n'aurait pas dû s'inquiéter, cependant. Il la voyait par la fenêtre, toujours entourée par la petite troupe protectrice de ses jeunes amis. Il entendait les moqueries cruelles, les railleries haineuses, toutes dirigées bruyamment contre elle, fuser à travers la cour de l'école, mais elle paraissait ne pas se rendre compte de toute cette hostilité, c'est du moins l'impression qu'il avait. Peut-être ne comprenait-elle pas ce qu'ils disaient, ou était-elle simplement courageuse. Pour Alfie, cela n'avait pas d'importance, car de toute façon, il avait de plus en plus d'admiration pour elle.

Une fois, cependant, il vit Zeb et sa bande de brutes l'entourer comme des loups, s'approcher d'elle, le regard mauvais et menaçant. Ils firent peur aux petits, et les chassèrent, laissant Lucy les affronter seule. Même là, elle ne s'enfuit pas, ne recula pas. Alfie allait se précipiter dehors pour l'aider, lorsque Mlle Nightingale arriva et sauva la situation. Elle sortit dans la cour de récréation et appela Lucy pour qu'elle rentre. Peu après, il entendit Lucy jouer du piano – c'était forcément elle, car il reconnut son morceau préféré, celui qui était gravé sur le disque qu'elle mettait le plus souvent sur le phonographe à la maison. Il y avait du défi dans sa façon de jouer. Elle était, il le sentait, en train de faire savoir à tous dans la cour qu'elle n'avait pas peur, qu'elle ne laisserait pas le dernier mot à Zeb et à sa bande. Sa musique donna à Alfie toute la force dont il aurait besoin pour affronter Zebediah Bishop et sa clique quand sa retenue serait finie, pour faire face à Beastly Beagley, ou à qui que ce soit d'autre.

Mlle Nightingale devint rapidement leur seule amie et alliée à l'école. Elle profitait visiblement de chaque occasion pour appeler Lucy dans la cour de récréation, et lui donner autant de leçons de piano ou de cours supplémentaires d'écriture que possible. Elle la protégeait comme elle pouvait. Après l'école, elle tenait absolument à les accompagner tous les deux sur le quai de Tresco, d'où ils prenaient le bateau qui les ramenait à Bryher. Elle pensait, souvent à juste titre, que ceux qui les persécutaient risquaient de les attendre en embuscade sur le chemin, mais qu'ils n'oseraient jamais rien faire si elle était là. Elle restait avec eux jusqu'à ce que le bateau scolaire arrive, puis les saluait d'un geste de la main. Ensuite, cependant, ils étaient seuls. Chaque jour, elle restait là à les regarder, ne pouvant plus rien pour eux, tandis qu'ils s'asseyaient côte à côte dans le bateau, à l'écart des autres, le regard perdu dans le vague, endurant comme ils le pouvaient les flèches acérées, les sarcasmes moqueurs, les gestes grossiers.

Pourtant, alors qu'elle les observait, au fond d'elle-même, Mlle Nightingale n'arrivait pas à condamner

Zeb ni les autres pour leur cruauté envers Alfie et Lucy Lost. Ce n'était pas leur faute, elle le savait. Pour elle, il était évident que le responsable de tout cela était M. Beagley. Jour après jour, celui-ci alimentait une véritable hystérie guerrière à l'école. Au lever du drapeau, chaque matin, après avoir chanté l'hymne national *God Save the King*, il fulminait et tempêtait contre la barbarie des troupes allemandes. Il racontait toutes sortes d'histoires, dont certaines étaient absolument horribles, sur les exécutions sommaires de femmes et d'enfants, sur le torpillage de nos navires, et du *Lusitania* en particulier. Il se déchaînait contre les atrocités des Allemands, mettait en garde contre « les espions et les ennemis qui étaient parmi nous », en posant un regard insistant sur Lucy, et sur Alfie aussi.

Mlle Nightingale voyait bien que M. Beagley s'en prenait autant à Alfie qu'à Lucy, et peut-être même plus. Et elle savait pourquoi il agissait ainsi. M. Beagley ne pouvait supporter la moindre remise en cause de son autorité, pas même un regard de défi – qu'il qualifiait alors de « mutisme insolent ». Les enfants devaient toujours avoir peur de lui, trembler devant lui, obéir à chacun de ses caprices. Même quand il était petit, Alfie ne l'avait jamais accepté. Il avait toujours été une épine dans le pied de M. Beagley depuis son entrée à l'école, et son nom apparaissait donc plus souvent que les autres dans la liste des élèves punis, qui était consignée dans le registre scolaire. Depuis le tout premier jour où il avait emmené Lucy à l'école, Alfie avait toujours été à ses côtés, il l'avait toujours défendue, s'opposant sans cesse à M. Beagley.

Mlle Nightingale savourait les moments où Alfie disait franchement ce qu'il pensait à M. Beagley, mais elle voyait à quel point cela énervait et déstabilisait le directeur de l'école, qui n'en devenait que plus méchant et vindicatif. C'était un véritable tyran avec les élèves et avec elle. Elle adorait voir un tel tyran vaciller. C'était un vrai plaisir, une grande satisfaction. Aux heures les plus sombres, quand elle envisageait de quitter l'école – et cela lui arrivait souvent –, seuls son désir que les enfants se sentent bien en classe, et plus récemment son inquiétude pour le sort d'Alfie et de Lucy Lost l'empêchaient de partir. Elle resterait pour eux, pour les protéger du mieux qu'elle pourrait.

Chez les Wheatcroft, Mary et Jim se rendaient de mieux en mieux compte de ce que les enfants devaient subir à l'école, de ce que leur infligeaient non seulement les autres élèves, mais M. Beagley lui-même. Vu la façon dont eux-mêmes étaient mis au ban de la société, il ne leur était pas difficile d'imaginer ce que les enfants devaient endurer chaque jour. Alfie ne leur disait rien, mais ils voyaient les bleus sur son visage, quand il rentrait, et ses cols déchirés. Chaque jour les deux enfants étaient plus pâles, avaient les traits plus tirés.

Jim menaçait régulièrement d'aller trouver

M. Beagley à l'école de Tresco, pour lui dire de nouveau ce qu'il pensait. Cette fois, il ne retiendrait pas ses poings, disait-il à Mary, cette fois, il l'obligerait à arrêter de se conduire comme ça. Mais Mary répondait que, quoi qu'ils fassent, ils devaient le faire de façon pacifique. Elle se décida à s'adresser au révérend Morrison pour lui demander d'intercéder en leur faveur auprès de M. Beagley – après tout, il était à la fois l'administrateur de l'école et un homme de Dieu. Si quelqu'un pouvait arrêter ce genre de persécution, c'était bien lui. Sachant ce qu'il pensait d'elle, et le genre d'homme qu'il était, elle n'avait pas beaucoup d'espoir. Mais elle se devait d'essayer.

Lorsqu'elle alla voir le révérend Morrison, cependant, il ne la laissa même pas entrer, et se mit à la sermonner vertement sur le seuil :

– M. Beagley dirige une bonne école, madame Wheatcroft. Avant l'arrivée de cette fille, il n'y avait pas de problème. Je vous l'ai déjà dit à l'époque, vous n'auriez jamais dû la prendre chez vous. Mais vous ne m'avez pas écouté. C'est le problème avec vous, madame Wheatcroft, vous n'écoutez pas les conseils de vos aînés. Vous étiez déjà comme ça quand vous avez soutenu les suffragettes, si je ne me trompe. Vous ne semblez pas vous soucier de ce que pensent les braves gens de chez nous, comme l'été dernier, quelques jours seulement après la déclaration de guerre, lorsque vous vous êtes levée au milieu de mon sermon, et que vous m'avez interrompu pour prêcher vos opinions pacifistes. Vous étiez la seule de toute l'île à vous dresser ainsi contre la guerre, et maintenant que vous accueillez une enfant de l'ennemi dans votre propre foyer, que vous voyez que les gens n'aiment pas ça, vous venez me demander de l'aide. « Qui sème le vent récolte la tempête », comme le disent les Saintes Écritures, vous devriez le savoir, madame Wheatcroft !

Et sur ces mots, il lui claqua la porte au nez.

19

Octobre 1915

Aussi sûr que deux et deux font quatre

Mais Mary ne pouvait ni ne voulait en rester là. Elle était décidée, à présent. Elle irait à Tresco avec Jim, tous deux affronteraient M. Beagley ensemble, et s'expliqueraient avec lui. Ce fut Alfie qui finit par les en dissuader.

– Si vous allez le voir, ça ne fera qu'aggraver les choses pour Lucy et moi, leur dit-il. Beastly s'en prendra encore plus à nous qu'avant. Il est comme ça. Mlle Nightingale est de notre côté. Elle peut veiller sur Lucy.

– Et qui veillera sur toi ? lui demanda Mary.

– Moi, répondit-il. Je m'occupe de moi, mère, et de Lucy aussi. Comprends-moi bien. Je n'aime pas du tout la façon dont les choses se passent. Si seulement je pouvais ne plus jamais remettre les pieds dans cette sale école, j'en serais ravi. Et Lucy ne s'y trouve pas mieux que moi. Je ne sais jamais, pas vraiment, en tout cas, ce qu'elle pense. Pourtant, je sais qu'elle n'aime pas aller là-bas. Elle n'a pas besoin de mots pour me le dire. Mais nous veillons l'un sur l'autre, mère. Ne t'inquiète pas.

Certains jours, surtout quand ils revenaient de l'école, Lucy semblait plongée dans une terrible tristesse. Alfie essaya à plusieurs reprises de lui expliquer pourquoi tout le monde avait changé à ce point d'attitude envers eux, il lui dit que le cousin Dave avait raconté à tout le monde l'histoire de la couverture et du nom allemand qui était écrit dessus. Alfie lui parla de la guerre, de la haine des gens pour les Allemands, de Martin Dowd et de Henry Hibbert, que tout le monde connaissait dans l'archipel et qui avaient été tués en Belgique, de Jack Brody, qui était revenu avec une seule jambe et à moitié fou, des sous-marins allemands qui coulaient tant de navires, comme le *Lusitania*, entraînant la noyade de tant de marins.

Lucy paraissait assez bien écouter, mais il ne savait pas ce qu'elle comprenait réellement, en admettant qu'elle comprenne quelque chose. Il remarqua que s'il parlait trop, pendant trop longtemps, elle n'écoutait plus. Il se dit alors qu'elle avait peut-être saisi suffisamment de choses pour ne pas vouloir en entendre davantage, que ce dont il lui parlait la troublait tellement qu'elle préférait ne pas savoir, qu'elle voulait simplement qu'il arrête de parler, qu'il se taise. Et c'est ce qu'il fit.

Tout ce qu'elle désirait, semblait-il à Alfie, lorsqu'elle arrivait à la maison chaque jour après l'école, c'était manger son gâteau et boire son lait le plus vite possible, puis, quel que soit le temps, sortir aussitôt pour monter Peg, qui les attendait comme d'habitude derrière la porte. Dès qu'il le pouvait, quand Jim n'avait pas besoin de lui dans le bateau, ou à la ferme, Alfie l'accompagnait. Ils chevauchaient à travers toute l'île, galopant le long de Rushy Bay, trottant sur la lande de Heathy Hill, marchant sur le chemin côtier qui longeait Hell Bay. Ils grimpaient entre les cairns, ces amas de pierre et de terre qui jonchaient Shipman Head. Peg avait le pied sûr, et semblait aimer gravir les chemins escarpés. Plus ils étaient raides et pierreux, plus elle semblait contente. Quand la marée était suffisamment basse, ils traversaient la mer peu profonde jusqu'à Tresco, soulevant des gerbes d'eau sur leur passage, puis ils allaient jusqu'à Samson Island, avant de remonter sur les dunes, le long du sentier qui serpentait entre les fougères, vers les petites maisons abandonnées près du puits. Là, ils s'asseyaient à l'abri du vent, se reposaient un peu, buvaient de l'eau du puits, puis remontaient sur Peg pour rentrer chez eux, avant que la marée haute ne leur barre le chemin.

Lorsqu'ils chevauchaient, Alfie et Lucy ne faisaient plus qu'un, désormais. Ils se mettaient devant à tour de rôle, s'accrochant l'un à l'autre, jouissant de chaque instant, désirant que ça ne finisse jamais, désirant ne jamais rentrer à la maison. Ils allaient dans tous les endroits déserts, là où personne ne les regarderait méchamment, ni ne les insulterait. Ce n'est qu'en se promenant à cheval dans l'île, tous les deux, qu'ils semblaient pouvoir oublier complètement l'école et Beastly Beagley, les regards cruels, les mots blessants, les coups de poing douloureux – qu'ils semblaient pouvoir tout oublier. Ils rentraient au trot le long de Green Bay, dispersant les huîtriers, les mouettes, les tourne-pierres sur leur passage. Ils avaient repris des forces et le moral. Lorsqu'ils passaient près de l'*Hispaniola*, ils voyaient parfois oncle Billy en train de travailler sur le pont. Ils gardaient leurs distances. Ils savaient qu'il valait mieux ne pas l'interrompre. Mais quand il n'était pas à bord, ils tournaient tout autour du bateau pour voir les progrès accomplis. Le lougre prenait forme, jour après jour, et était presque fini, désormais. Le beaupré était déjà en place, ainsi que les autres mâts.

– Je n'aurais jamais pensé qu'oncle Billy arriverait à refaire l'*Hispaniola* comme ça, dit Alfie à Lucy un jour qu'ils tournaient encore une fois autour du voilier. Ni personne d'autre, d'ailleurs. C'est beau, non ?

Un soir tard, après une de leurs promenades à cheval, ils mirent pied à terre et laissèrent Peg boire dans sa flaque préférée, comme d'habitude, près du portail. Ils traversaient le champ vers la ferme, lorsqu'ils virent Mary à genoux, en train de laver la porte d'entrée, et de la frotter vigoureusement.

Elle se leva en les entendant arriver. Alfie ne l'avait jamais vue si bouleversée. En approchant, ils virent ce qu'elle essayait d'effacer. Peints en travers de la porte en grandes lettres blanches, on pouvait lire les mots : « Rappelez-vous le *Lusitania* ».

Lucy marcha vers la porte et resta là, à la regarder, la tête penchée de côté ; puis elle tendit la main. Elle sembla tracer du bout du doigt chaque lettre, une par une.

– Ne fais pas ça ! s'écria Mary en lui saisissant la main, et en essuyant brusquement ses doigts sur son tablier. Tu vas te mettre de la peinture partout. Il est écrit « *Lusitania* », Lucy. (Elle détacha lentement chaque syllabe pour elle :) « *Lu… si… ta… nia* ».

Mary approcha alors son visage de Lucy, puis, les sourcils froncés, elle lui souleva le menton et plongea ses yeux dans les siens.

– Tu en as entendu parler, n'est-ce pas ? N'est-ce pas, Lucy ? Regarde-moi, Lucy. Quand je l'ai dit, tu as reconnu ce nom, hein ? J'ai vu que tu l'avais reconnu.

Il y avait de la colère dans sa voix, à présent. Elle prit Lucy par les épaules, et la fit tourner pour qu'elle soit bien en face d'elle.

– Lucy, poursuivit-elle, il faut que tu me dises les choses. Tu peux le faire, je le sais. Tu dois nous expliquer. C'était un navire, un immense paquebot, et ils l'ont coulé. Les Allemands l'ont coulé. Il a été torpillé il y a quelques mois. Une chose terrible, cruelle. Plus d'un millier de personnes sont mortes. Est-ce que ça te rappelle quelque chose ? On t'en a déjà parlé ? (Elle criait, à présent, et la secouait.) Qui t'en a parlé, Lucy ? Est-ce qu'on t'en a parlé en Allemagne ? Tu es allemande, Lucy ? C'est ça ? Pourquoi tu nous réponds pas ? Pourquoi ?

Alfie s'interposa, furieux contre sa mère. Il était aussi en colère qu'elle, à présent.

– Parce qu'elle ne peut pas, mère ! Elle ne peut pas te parler, ni à aucun de nous. Tu sais très bien qu'elle ne peut pas. Tu ne vois pas que tu lui fais peur ? Ne crie pas contre elle. Tout le monde crie contre nous toute la journée. Ne commence pas, toi aussi !

Mary éclata brusquement en sanglots.

– Pour l'amour du ciel, demande-lui, s'il te plaît, Alfie. Demande-lui simplement si elle est allemande. Ça, au moins, elle doit le savoir. Demande-lui. Nous nous occupons d'elle depuis assez longtemps pour avoir le droit de savoir, non ?

– Mais je croyais que ça n'avait pas d'importance pour toi, mère, répondit Alfie. Qu'elle soit allemande ou pas, elle est des nôtres. Ce sont tes propres mots. Tu disais qu'elle faisait partie de la famille, tu te rappelles ?

– Et c'est vrai, s'écria Mary. Allemande ou pas, je m'en fiche, Alfie, je m'en fiche complètement, bien sûr. Mais regarde la porte ! Ils s'en fichent pas, eux ! Tu comprends ? C'est nos amis, nos voisins, qui ont fait ça. Ils nous détestent, maintenant.

– Tu crois que je ne le sais pas, mère ? Tu crois que

Lucy ne le sait pas non plus ? Ce n'est pas sa faute. Rien de tout ça n'est sa faute.

Mary regarda Lucy, vit son regard bouleversé, blessé, et se rendit alors compte de ce qu'elle venait de faire.

– Oh, Lucy, comment j'ai pu te dire des choses pareilles ? s'exclama-t-elle. Comment j'ai pu ? Je le pensais pas, pas comme ça. Je suis désolée, tellement désolée !

Elle lui ouvrit les bras. Lucy hésita un instant, puis courut vers elle. Elles s'embrassèrent. Mary la berça doucement contre elle en sanglotant.

– Pardonne-moi, Lucy. Pardonne-moi.

Lucy leva doucement le bras et lui caressa le visage.

C'est alors qu'Alfie remarqua des éclats de verre sur le sol tout autour de leurs pieds. Il leva les yeux. Deux carreaux avaient été cassés.

– La chambre de Lucy, murmura-t-il. Ils ont fait ça ?

– La pierre a atterri sur son lit, et des morceaux de verre aussi, répondit Mary. Elle aurait pu être blessée, gravement blessée. Comment ils ont pu faire ça ? Comment ils ont pu ? Quand j'ai ramené oncle Billy sur l'île, il y a quelques années, certains étaient pas d'accord, et sont toujours pas d'accord même maintenant pour qu'il reste dans le coin, je le sais. Mais ils le laissent tranquille. Ils lui ont jamais rien fait, rien de ce genre.

– On réparera ça, mère, dit Alfie. On remettra tout en état.

Mary essayait de faire bonne figure. Mais ce dernier incident l'avait tellement mise en colère, si profondément blessée qu'elle n'arrivait pas à retrouver son calme, même devant les enfants. Lucy entra dans la maison, mit un disque, puis monta dans sa chambre, laissant Alfie et sa mère assis à la table de la cuisine, tous deux profondément absorbés dans leurs pensées.

– Qui est-elle, Alfie ? demanda Mary au bout d'un moment, en se penchant au-dessus de la table, et en baissant la voix. Franchement, qu'est-ce que tu en penses ? Allemande ? Anglaise ?

Alfie n'eut pas le temps de répondre.

– Si on découvre qu'elle est allemande, reprit-elle, comme ils l'affirment – et comme ils l'espèrent tous –, ils nous l'enlèveront. Tu le sais, Alfie. J'ai l'impression que c'est ce qu'ils ont toujours voulu, d'une certaine manière : nous l'enlever. D'abord, le pasteur décide qu'elle est bonne pour l'asile de fous de Bodmin. Et bien des gens sont d'accord avec lui. Ensuite, M. Beagley menace de nous la retirer si on ne l'envoie pas à l'école. Alors, on l'envoie à l'école, et là, il faut voir comment on la traite. Et puis voilà qu'elle est allemande – enfin, d'après eux. Il faudrait l'envoyer dans un camp de prisonniers pour étrangers ennemis, ou dans un endroit de ce genre, tout ça parce qu'il y a un nom allemand sur sa couverture. Mais ils le feront pas. Ils peuvent pas, parce qu'ils seront jamais capables de le prouver, surtout après ce que j'ai fait.

– Qu'est-ce que tu veux dire, mère ? demanda Alfie.

– Je l'ai fait il y a longtemps, juste au cas où, répondit-elle en se penchant vers lui, et en poursuivant à mi-voix, d'un air confidentiel : J'ai toujours su que ça pouvait arriver. Le cousin Dave est une grande gueule, il est connu pour ça. J'ai jamais pensé qu'il tiendrait longtemps sa langue, celui-là – je savais qu'il parlerait tôt ou tard. Et qu'ils voudraient tous voir la couverture un jour ou l'autre, non ? J'ai donc coupé la marque qui était dessus. Elle se détachait toute seule, de toute façon, elle tenait plus que par un point ou deux. Aucun de vous l'a remarqué, pas vrai ? Lucy non plus. Pour être plus sûre, j'ai vérifié son ours en peluche en même temps. Heureusement que je l'ai fait. J'ai trouvé une étiquette dessus. *Steiff*, ou quelque chose comme ça. Un nom qui a l'air un peu étranger, je me suis dit. Pas vraiment anglais, hein ? Alors, je l'ai enlevé aussi.

Elle ne cachait pas sa satisfaction.

– Et c'était pas une mauvaise idée, poursuivit-elle. Pendant que vous étiez à l'école, aujourd'hui, ils sont venus, le révérend Morrison, le cousin Dave, et une douzaine d'autres, toute une délégation venue d'un peu partout. Ils voulaient voir la couverture. Je leur ai donc montré, non ? La couverture et l'ours en peluche. Tu aurais dû voir la tête du cousin Dave, Alfie, s'esclaffa-t-elle. Je t'assure que ça en valait la peine, tu aurais dû voir le tableau !

– Alors, tout est arrangé ? Ils ne peuvent plus croire qu'elle est allemande, maintenant ?

– Mais si, et c'est là le problème, répondit Mary. Les gens croient ce qu'ils veulent croire, Alfie. Ils se sont mis dans la tête que c'est une Boche, maintenant, et rien ne les fera changer d'avis. M. Beagley raconte à tout le monde qu'elle parle pas, parce qu'elle parle qu'allemand. Il prétend qu'elle le fait exprès, pour le cacher, pour qu'on dise pas qu'elle est allemande, parce qu'elle veut pas que ça se sache. Et c'est ce qui m'inquiète, Alfie, c'est ce qui me rend malade d'inquiétude. Imagine qu'il ait raison, tu comprends ? Je voudrais qu'elle parle, bien sûr que je voudrais, mais je veux pas qu'elle parle allemand.

– Elle est anglaise, mère. Elle l'est forcément. Elle écoute, elle comprend, peut-être pas tout, mais suffisamment. Elle fait oui de la tête, quelquefois, elle sourit. Ne t'inquiète pas, mère. Lucy est anglaise, aussi sûr que deux et deux font quatre.

– J'y ai réfléchi, moi aussi. Elle comprend bien – je le vois sur son visage. Mais c'est peut-être parce qu'elle a appris un peu – un peu d'anglais, je veux dire. Elle saisit peut-être certains mots depuis qu'elle est ici. Tu lui parles tout le temps, pas vrai ? Et elle t'écoute, elle nous écoute. C'est peut-être pour ça qu'elle comprend un peu d'anglais. Mais elle le parle pas.

À ce moment, Lucy descendit pour mettre un nouveau disque, et alla s'asseoir sur les genoux de Mary. Alfie et sa mère sentirent qu'ils ne pouvaient poursuivre leur conversation en sa présence.

Ce soir-là, une tempête se leva. Aucun bateau ne

sortit le lendemain, ni le surlendemain. Pas de bateau de pêche, et pas de bateau scolaire non plus, ce qui fut un véritable soulagement, une pause bienvenue, pour Alfie et Lucy. Le vent hurlait dans les cheminées, la pluie battait contre les fenêtres, les ruisseaux se transformaient en rivières, les oiseaux étaient ballottés dans le ciel. Tous les bateaux qui étaient amarrés à Green Bay, dont l'*Hispaniola*, se balançaient, tanguaient et se cabraient.

Le dimanche matin, les habitants de l'archipel se réveillèrent sous un ciel bleu, devant des arbres au feuillage immobile, et une mer calme. Mary se rendit à l'église, seule, décidée à ne pas exposer les enfants à d'éventuelles manifestations d'hostilité, mais tout aussi décidée à ne pas se laisser intimider. Rien ni personne ne l'empêcherait d'aller à l'église. Elle était prête à affronter le monde entier. Lorsqu'elle revint, elle resta un moment sur le seuil, en larmes, incapable de dire un mot.

– Qu'est-ce qu'il y a, Marymoo ? lui demanda Jim.

– C'est Jacky Brody, répondit-elle. Il est mort.

Quatre jours plus tard, tout le monde se retrouva à l'église pour l'enterrement. Les Wheatcroft s'assirent seuls, comme d'habitude, sur leur banc, jusqu'à ce que le docteur Crow les rejoigne, ce dont ils lui furent tous reconnaissants. Quand Mary alla voir Mme Brody après la cérémonie, pour lui exprimer sa tristesse, celle-ci lui tourna le dos et s'éloigna. Le docteur Crow les raccompagna chez eux, et s'attarda un moment, écoutant le disque préféré de Lucy, qu'elle mit et remit inlassablement sur le phonographe. Ils restèrent assis en silence, laissant la musique pénétrer en eux.

Extrait du journal du docteur Crow, 17 octobre 1915

Je n'aurais jamais cru qu'un peuple d'habitude si gentil, généreux, courtois et attentionné puisse du jour au lendemain devenir si haineux et malveillant, méchant et vindicatif. On dirait que les gens sont aussi capricieux que le temps. De même que la nature autour de nous peut être douce, calme, paisible un jour, et être entièrement transformée le lendemain par des mers tumultueuses, des vents rageurs, des nuages déchaînés, j'ai appris qu'un peuple peut se retourner et changer, que toute sa bonté, sa gentillesse peuvent être effacées par la méchanceté et le fanatisme.

Nous avons tous, je suis obligé de le reconnaître, une face sombre. Il y a un Dr Jekyll et Mr Hyde en chacun de nous. Mais je n'avais encore jamais été témoin de la transformation de presque toute une communauté. Je suis connu – avec quelques autres, dont Mme Wheatcroft – pour avoir pris position contre cette guerre. Ces derniers mois, j'ai dû supporter certaines critiques, certains commentaires désagréables, et même parfois quelques remarques insultantes, mais tout cela n'est rien comparé aux affronts, à la malveillance auxquels la famille Wheatcroft est exposée depuis des jours ou des semaines.

Comme beaucoup d'autres habitants de l'archipel, je suis allé à Bryher aujourd'hui assister à l'enterrement de ce pauvre Jack Brody. Je savais, de même que tout le monde ici, y compris sa mère, que la mort n'est pas venue trop tôt pour le pauvre Jack. Elle ne pouvait être qu'un soulagement, une bénédiction pour lui. Mais pendant la cérémonie funèbre, ce ne fut une consolation pour personne.

Sa mère l'avait trouvé le matin dans son lit, le visage tourné contre le mur. Il n'en pouvait tout simplement plus, m'a-t-elle confié quand je suis allé la voir lundi dernier, pour constater la cause du décès. Je crois qu'elle a raison. D'après l'examen, je pense que Jack est probablement mort d'un arrêt du cœur. C'est ce que j'ai écrit sur le certificat, mais il serait plus près de la vérité de dire qu'il est mort de tristesse. Je me demande combien il y a eu, ou il y aura, dans cette guerre, d'hommes jeunes, courageux, avec toute la vie devant eux, comme Jack Brody, qui ont été si gravement blessés, meurtris dans leur corps et dans leur âme, que toute leur envie de vivre a été anéantie.

Je suis allé m'asseoir à côté de la famille Wheatcroft à l'église aujourd'hui, car j'ai vu que personne d'autre ne le ferait. Comme dans la plupart des enterrements d'êtres jeunes auxquels j'ai assisté, le chagrin éprouvé par tout le monde était particulièrement difficile à supporter. Mais la tension était d'autant plus forte que la cérémonie avait lieu juste après qu'on eut appris que de nouveaux *cargos avaient été torpillés au large de Scilly dans les atterrages occidentaux, et qu'on continuait à subir des pertes effroyables sur tous les fronts.*

Le révérend Morrison a parfaitement saisi le sentiment général, lorsqu'il a déclaré, de son ton sentencieux, que la souffrance et la mort de Jack Brody, la lâche et barbare exécution de l'infirmière Edith Cavell en Belgique, le torpillage du Lusitania, *responsable de tant de pertes humaines que le monde entier en a été bouleversé, montraient sans aucun doute, aucun doute, a-t-il répété en regardant droit vers le banc où nous étions assis, que cette guerre était une guerre pieuse, une lutte légitime pour le bien contre le mal, que chacun devait faire sa part et mener le juste combat.*

Le révérend Morrison ne m'a pas salué, ni même regardé dans les yeux après la cérémonie funèbre – me punissant ainsi, c'est sûr, pour mes opinions bien connues sur la guerre, ainsi que pour ma solidarité évidente avec la famille Wheatcroft.

Je ne suis pas resté à la réunion de la famille et des amis du défunt, je suis retourné à Veronica Farm avec les Wheatcroft, avec lesquels, apparemment, personne n'avait envie de converser non plus. J'avais entendu parler ces derniers jours de ce qui se passait à l'école de M. Beagley depuis que l'histoire de Big Dave Bishop circulait, et de la cruauté avec laquelle Lucy et Alfie avaient été traités, non seulement par les élèves, mais par M. Beagley lui-même. Je n'en avais pas été surpris outre mesure.

J'avais rencontré Jim Wheatcroft par hasard quelques

jours plus tôt, lors de mes visites à Tresco. Il avait rapporté le produit de sa pêche pour le vendre, et était assis sur le quai. Il avait perdu sa bonne humeur, sa gaieté habituelles. Il m'avait raconté que personne n'achetait plus son poisson à cause de la couverture de Lucy, et que la plupart des gens – dont certains membres de sa propre famille – ne lui adressaient plus la parole. Partout où il allait, on l'évitait. Les gens traitaient Mary de la même manière, et les enfants aussi. Il n'était pas simplement mécontent, il était en colère, plus en colère que je ne l'en aurais jamais cru capable. Il m'avait annoncé qu'il ne parlerait plus jamais à Big Dave. Il m'avait dit aussi qu'au fond, si on cherchait bien, tout venait de la guerre, que j'avais eu raison là-dessus, et Mary aussi, que la guerre empoisonnait complètement les habitants, partout dans l'archipel. Puis, me remerciant de mon amitié pour eux et de mes efforts pour que Lucy Lost se rétablisse, il m'avait salué et s'était éloigné.

Ce n'était donc pas entièrement pour des raisons médicales que j'étais revenu à Veronica Farm avec toute la famille, cet après-midi-là. Je n'allais plus seulement chez eux en tant que médecin, mais également en tant qu'ami. Ils restaient avant tout mes patients, bien sûr. Mais, j'y allais aussi par sympathie, devinant à quel point la famille Wheatcroft devait se sentir assiégée, isolée. Et je n'avais pas tort. On aurait dit que ce n'étaient plus les mêmes gens que ceux que je connaissais. Mme Wheatcroft, d'habitude le pilier de la famille, était complètement désemparée. Elle semblait avoir perdu tout son entrain. Lucy Lost s'était de nouveau repliée sur elle-même, ce qui n'a rien de surprenant étant donné ce qui s'est passé à l'école. Il paraît – c'est Mlle Nightingale qui me l'a dit – qu'elle est souvent toute seule à l'école, et qu'elle pleure silencieusement dans un coin. Un certain nombre de progrès que j'avais remarqués chez elle ont manifestement été perdus.

Nous sommes restés un moment à écouter le disque préféré de Lucy sur le phonographe. Personne ne parlait, nous étions tous absorbés dans nos pensées. Lorsque Lucy est montée dans sa chambre, Mme Wheatcroft a enlevé le disque, et s'est assise à la table de la cuisine, inconsolable, la tête dans les mains. Aucun de nous n'avait encore prononcé un mot. Je me suis donc décidé à parler, uniquement pour briser le silence. J'ai exprimé ma sympathie le mieux possible, comprenant les moments pénibles qu'ils traversaient.

– Je ferai tout ce que je peux pour vous aider, leur ai-je dit, et je le pensais sincèrement.

Mais cela sonnait creux, et semblait très formel.

– Lucy n'a pas l'air très en forme, ai-je repris. Est-ce qu'on continue à la persécuter à l'école ?

Personne ne m'a répondu.

– J'en parlerai à M. Beagley, si vous voulez.

– C'est gentil, docteur, a murmuré Mary. Très gentil.

Jim était effondré dans son fauteuil près du poêle, tandis qu'Alfie, recroquevillé dans un coin de la grande cheminée, tisonnait le feu, l'air aussi abattu que son père. J'ai quand même senti qu'ils m'étaient reconnaissants d'être revenu avec eux, et qu'ils s'efforçaient de me montrer que j'étais le bienvenu. Mais en dépit de tous leurs efforts, je voyais que le cœur n'y était pas. Nous ne trouvions rien à dire, ni eux ni moi, et pendant un bon moment, nous sommes restés quasiment silencieux. J'ai allumé ma pipe. J'ai toujours eu l'impression que fumer ma pipe m'aidait à traverser des moments difficiles. Ça occupe les mains, on a l'esprit ailleurs, pendant quelques instants au moins.

– Vous avez vu, docteur, quand vous êtes arrivé ? a demandé Jim, brisant soudain le silence. Vous avez vu les traînées de peinture partout sur la porte ? Vous savez ce qu'ils ont écrit, vous savez ce qu'ils ont peint sur notre porte ? « Rappelez-vous le Lusitania ». Voilà ce qu'ils ont fait. Voilà ce qu'ils ont écrit. Comme s'ils pensaient que c'était Lucy qui avait lancé la torpille. Et tout ça à cause d'une misérable couverture. Je vous assure, docteur, y a des fois où je me dis que j'ai plus envie de vivre ici.

Un peu plus tard, Lucy est descendue dans la cuisine, serrant sa couverture dans sa main, et tenant son petit ours. Elle est allée s'asseoir sur les genoux de Mary, et a posé la tête sur son épaule. Sa présence a paru alléger un peu l'atmosphère. J'avais déjà remarqué que Lucy pouvait avoir cet effet sur eux mais, cette fois, c'était plus évident que jamais. Nous nous sommes mis à parler, et nous avons pris le thé. C'est alors qu'ils ont commencé à tout me raconter, sans plus pouvoir s'arrêter. Ils semblaient vouloir se confier à moi, vouloir tout me dire. Il y avait bien eu un nom sur la couverture, comme Big Dave Bishop l'affirmait : Wilhelm. Et l'un des mots que Lucy avait prononcés était aussi Wilhelm. Ils ne savaient qu'en penser, mais Alfie a répété que de toute façon, il était sûr qu'elle était anglaise.

Mary m'a expliqué qu'elle savait ce que les gens en penseraient si on trouvait ce nom, c'est pourquoi elle avait enlevé l'étiquette, ainsi qu'une marque sur l'ours en peluche, qui paraissait allemande aussi. Mais cela n'avait eu aucun effet quand elle avait montré la couverture, puis l'ours, au pasteur et aux autres. Les gens de l'île, a-t-elle dit, ont décidé que Lucy était allemande, et ils continueront à le penser tant que Lucy ne parlera pas anglais. En attendant, ils ont barbouillé la porte d'entrée de peinture blanche, et jeté une pierre contre la fenêtre de Lucy.

J'étais furieux d'apprendre comment on les traitait, mais touché aussi qu'ils m'aient confié leur histoire. Je voulais les aider si je le pouvais.

– Il me paraît clair que Lucy ne parlera pas tant qu'elle ne retrouvera pas la mémoire, ai-je pensé tout haut. Je suis sûr que si elle ne s'exprime pas, c'est à cause de son incapacité ou de ses réticences à se rappeler son passé. Qu'elle parle anglais ou allemand, ce n'est pas ce qui compte. Nous ne devons pas l'oublier. Ce qui est important, c'est qu'elle se retrouve elle-même, qu'elle sache qui elle est.

– C'est bien vrai, docteur, c'est bien vrai, a dit Mary, reprenant soudain un peu d'énergie. Mais nous savons qui elle est, non ? C'est Lucy. Et maintenant, je me dis que ça m'est presque égal qu'elle parle ou pas. Anglais, allemand, ou chinois. Qu'est-ce que ça peut faire ? Nous l'aimons telle qu'elle est. Elle parlera peut-être jamais, elle retrouvera peut-être jamais la mémoire, mais nous

l'aimons tous quand même. Nous ne laisserons jamais personne nous l'enlever, et on se fiche de la langue qu'elle parle. Elle fait partie de la famille. Elle reste avec nous.

Mary a déposé un baiser sur les cheveux de Lucy.

*– Viens, Lucy, a-t-elle ajouté en se levant. Nous avons des choses à faire. Laissons les hommes entre eux, d'accord ? Allons mettre nos bottes ! Il faut donner à manger aux poules et voir s'il y a des œufs. Et puis on passera chez oncle Billy. On lui donnera deux ou trois œufs. Il aime les œufs. Vous avez vu comme les travaux avancent sur l'*Hispaniola*, docteur ? Beau voilier, non ? Il l'a ramené à la vie. Ils se sont ramenés l'un l'autre à la vie. Et vous savez ce que Billy m'a dit sur Lucy, hier ? Il m'a dit : « Cette fille n'est plus une étrangère. » Il a le béguin pour elle, comme nous tous, d'ailleurs.*

Après leur départ, nous sommes restés un moment en silence, Jim, Alfie et moi. Soudain, j'ai eu une idée, le genre d'idée fulgurante qui vous arrive parfois d'on ne sait où, et dont on se demande pourquoi on ne l'a pas eue avant :

– Peut-être… peut-être que vous devriez aider Lucy à revenir sur ses pas, que vous devriez essayer d'une façon ou d'une autre de la ramener vers ses souvenirs : la reconduire là d'où elle est venue, là où vous l'avez trouvée, à St Helen's, à la maison des Pestiférés, si je ne me trompe. On ne sait jamais, quelque chose pourrait peut-être réveiller sa mémoire.

Au début, Jim a paru sceptique, puis il s'est penché en avant dans son fauteuil. J'ai vu qu'il réfléchissait.

– Pourquoi pas ? a-t-il répondu en hochant la tête. Ça vaut le coup d'essayer, à mon avis. Le docteur avait raison pour la musique, pas vrai, Alfie ? C'est ce qui l'a sortie de son lit, non ? C'est ce qui l'a intéressée, qui l'a poussée à mettre le nez dehors, à aller à l'école, à monter à cheval. Mais ça, c'est pas avec moi qu'elle l'a fait, docteur. C'est avec Alfie, en grande partie, en tout cas. Si elle parle de nouveau, ce sera à Alfie, vous pouvez en être sûr. Vas-y, Alfie, emmène-la à St Helen's, comme le docteur a dit. Ça pourrait marcher. De toute façon, on n'a pas de meilleure idée, hein ? Qu'est-ce que tu en penses, Alfie, tu vas essayer, non ? Elle veut bien monter en bateau avec toi, maintenant ?

– Elle viendra, répondit Alfie, et plus il y pensait, plus ça lui paraissait être une bonne idée. Elle aura peur. Elle n'aime pas beaucoup les bateaux, elle n'aime pas l'eau, mais peut-être que si on pêche un peu... J'en ferai une partie de pêche. Demain. Je l'emmènerai demain. S'il fait beau. La mer est un peu agitée en ce moment, mais peut-être que demain le vent sera tombé.

J'ai quitté les Wheatcroft environ une heure plus tard en bien meilleur état que je ne les avais trouvés. Avant de partir, j'ai bu une autre tasse de thé et mangé un peu du gâteau de Mme Wheatcroft, dont elle sait que je suis très friand. Il était toujours aussi bon. Tandis que je m'éloignais de la maison, Mary et Lucy étaient occupées à frotter la porte d'entrée, sous le regard de la jument qui broutait dans le champ, non loin de là. Le père et le fils réparaient le carreau cassé de la fenêtre de la chambre.

Je me suis soudain rendu compte que je n'avais examiné personne, proposé aucun traitement, ni donné de conseil médical, et que j'avais pourtant le sentiment d'avoir sans doute prodigué les meilleurs soins de ma vie.

À quoi vont aboutir tous ces problèmes, tous ces conflits, et que va devenir Lucy Lost, en définitive, Dieu seul le sait. Mais les Wheatcroft sont vraiment des gens bien, que j'ai appris à aimer et à respecter. Quant à Lucy Lost, pour moi, elle est comme une jeune hirondelle tombée du nid. Cette famille l'a recueillie et s'est occupée d'elle. C'est sûrement à eux et à moi, à nous tous sur ces îles, qu'il appartient de la protéger, de faire tout ce que nous pouvons pour l'aider à prendre de nouveau son envol.

Il y a une chose dont je suis sûr : Lucy Lost ne pourra s'envoler que si elle se rappelle qui elle est, d'où et de quelle famille elle vient, vers où et vers qui elle devra revenir un jour. J'espère ardemment qu'une visite à St Helen's pourra réveiller un souvenir en elle, lui donner le petit coup de pouce dont elle a besoin pour que le déclic se fasse. Mais je dois dire que c'est un espoir bien mince.

20

La maison des Pestiférés

Toute la nuit, Mary resta éveillée dans son lit à côté de Jim, se demandant si c'était vraiment une bonne idée de ramener Lucy à St Helen's, si ça ne risquait pas de ranimer quelque chose dans sa mémoire qui la dérangerait, qui ne ferait que lui rappeler ce qu'elle voulait oublier. Plus Mary s'inquiétait, plus elle avait la conviction que Lucy ne devrait pas y aller. À la fin, elle donna un léger coup de coude à Jim pour le réveiller. Il fallait qu'elle lui parle.

– Elle ne devrait pas y aller, lui dit-elle. Lucy et Alfie, ils devraient pas aller à St Helen's aujourd'hui. Ça me plaît pas. Je le sens pas.

– T'inquiète pas comme ça, Marymoo, répondit-il, encore à moitié endormi. Mon bon vieux *Penguin* vous secoue peut-être dans tous les sens, la traversée peut être rude, mais il vous amène là où il faut. Il coulera jamais, ce bateau-là. Ça se passera bien pour Lucy, et Alfie sait ce qu'il fait. Je lui ai appris tout ce que je savais, non ? Y aura pas de problème, tu verras. Et maintenant, si on dormait un peu ?

Mais Mary insista, ressassant les pensées angoissantes de sa longue nuit blanche :

– C'est pas le bateau, Jimbo. C'est elle, c'est Lucy. Qu'est-ce qui va se passer si elle se rappelle quelque chose, comme le docteur a dit que ça pourrait arriver, et qu'elle ne supporte pas ce qu'elle se rappelle ? Si se souvenir est pire que ne pas se souvenir ? Surtout que le docteur peut se tromper. Il est qui pour affirmer que juste parce qu'elle se rappelle des choses, elle sera tout d'un coup capable de parler, de nous raconter qui elle est ? Je voudrais bien savoir qui elle est, comme tu imagines. On voudrait tous le savoir. Mais elle est peut-être pas encore prête pour ça. Il vaut peut-être mieux qu'elle retrouve ses souvenirs, et qu'elle parle, quand le moment sera venu pour elle. On risque d'aller trop vite.

Elle se tut quelques minutes. Jim pensa qu'elle avait sans doute dit ce qu'elle avait sur le cœur, parlé de tout ce qui l'inquiétait, et qu'elle s'était rendormie. Mais elle reprit :

– Les choses qu'on a dans la tête, Jim, on peut pas les provoquer si elles veulent pas arriver. C'est comme oncle Billy. Dans cet hôpital, ils ont essayé de faire de lui quelque chose qu'il n'était pas, ils ont voulu qu'il se conduise autrement, comme s'il était quelqu'un d'autre. Cette infirmière qu'il avait était la seule qui le comprenait, là-bas, et qui était gentille avec lui. C'est elle qui lui a apporté ce livre, là, *L'Île au trésor*, elle lui a lu, et elle a écouté Billy le lire. Elle comprenait qui était oncle Billy, quelqu'un qui est en dehors de la réalité peut-être, un rêveur, mais lui-même. Elle a compris qu'on pourrait pas et qu'il fallait pas le changer. Elle l'a simplement aidé, elle a fait ce qu'elle a pu, elle a remarqué que Billy était plus heureux dans ses rêves, et l'a laissé y rester.

« C'est pareil avec Lucy. Je me suis dit qu'on devrait peut-être la laisser tout simplement être comme elle est. J'ai trop essayé de la forcer à se rappeler, et j'aurais pas dû. Si elle se rappelle pas qui elle est, ni rien de ce qui la concerne, si elle se tait et reste enfermée en elle-même, alors c'est peut-être comme ça qu'elle veut être, peut-être qu'elle peut vivre comme ça. Et si c'est ce qu'elle veut, on est qui pour essayer de changer les choses, Jimbo ?

Jim ne répondit pas, car il savait que ce n'était pas vraiment une question.

– Et puis, j'ai pensé à autre chose aussi, Jimbo, poursuivit-elle. Suppose que le docteur ait raison, que Lucy revienne de St Helen's, qu'elle se rappelle plus ou moins qui elle est, d'où elle vient, et tout. Imagine ce qui se passera si elle ouvre la bouche, si elle parle, si elle nous raconte l'histoire de sa vie, et si tout est en allemand, jusqu'au dernier mot ! Qu'est-ce qu'on fera, alors ?

Jim s'appuya sur un coude et baissa les yeux vers elle.

– Tu as un problème, Marymoo, tu sais ? Tu penses trop, et tu penses surtout au milieu de la nuit. On peut pas penser comme il faut, au milieu de la nuit. On pense seulement au pire. Le cerveau devrait se reposer, à ce moment-là, il devrait dormir, et pas penser. Si tu es dans le vrai, Marymoo – et d'habitude tu es sûre d'y être –, alors il y a un dieu dans le ciel, même si, comme tu le sais, j'ai des doutes là-dessus. Mais si tu es dans le vrai, Lucy peut bien parler allemand, ton dieu veillera quand même sur elle, non ? Tout ce qu'on veut faire, c'est aider Lucy à s'aider elle-même. C'est pas ce que dit la Bible ? C'est pas à ça que tu crois ?

Mary ne dit rien pendant un moment.

– C'est ce que j'essaye de croire, Jim, répondit-elle enfin.

Elle lui tourna le dos, puis ajouta :

– Mais, parfois, je trouve que c'est dur de croire. C'est pas si facile, tu sais.

– Le matin, les choses se présentent toujours sous un meilleur jour, Marymoo, conclut Jim en s'allongeant de nouveau, et en se tournant contre le mur.

En effet, le lendemain matin, les choses se présentèrent sous un meilleur jour. Tandis qu'ils marchaient tous les quatre jusqu'au bateau amarré à Green Bay, Jim donna un tas de conseils de dernière minute à Alfie :

– Tu auras marée haute pendant tout le trajet, Alfie. Brise de sud-ouest. Les vagues seront encore fortes après la tempête, ça risque d'être agité au milieu du chenal. Il faudra que tu contournes Carn Near pour entrer dans le détroit de Crow. Longe Pentle Bay, passe Lizard Point, et traverse la lagune jusqu'au bassin de St Helen's. Jette l'ancre près de la plage en face de Tean. Tu peux pas la rater. Ça t'amènera à bon port. Mais fais attention à Foreman's Island. Elle en fait qu'à sa tête, cette île-là, elle change tout le temps. C'est une sale espèce, alors regarde bien, Alfie. Ouvre l'œil, comme je t'ai appris. Et quand tu arriveras à St Helen's, vas-y doucement. Il y a des rochers cachés entre les algues, de méchants rochers, des rochers pointus. Prends garde aux algues. Là où y a des algues, y a des rochers. Bon, fais attention, maintenant. Ramène-moi mon *Penguin* en bon état, et Lucy aussi !

Mary aidait Lucy à monter dans le bateau, à l'installer, l'enveloppant dans sa couverture, s'assurant que le panier-repas qu'elle avait préparé et le matériel de pêche étaient bien rangés sous son siège et au sec. Ils virent oncle Billy sur le pont de l'*Hispaniola*, en train de regarder les oiseaux avec sa longue-vue. Ils lui crièrent bonjour, lui firent signe, et il enleva son chapeau de pirate, les saluant bas.

– Vous savez ce qu'il m'a dit, oncle Billy ? demanda Alfie. Il m'a dit qu'une fois que l'*Hispaniola* serait fini – et apparemment, ce ne sera pas long, maintenant –, il irait naviguer pendant un an et un jour jusqu'à la terre où poussent les *arbrabongs*, ou un truc de ce genre. Ça vient d'un des poèmes qu'il nous lit. D'Edward Lear, c'est bien ça, mère ? Oncle Billy, il aime ses livres. Il connaît tellement de poèmes, de chansons et d'histoires ! Il garde tout en tête. Comment il y arrive, je me le demande.

– C'est parce qu'il est intelligent, répondit Mary. Intelligent de ses mains, intelligent dans sa tête. Quand il lit quelque chose, quand on lui dit quelque chose, oncle Billy l'oublie jamais. C'est comme ça qu'il est devenu ce qu'il est, Alfie. L'ennui, c'est qu'il y a certaines choses qu'il aimerait oublier, et qu'il peut pas.

Jim prit Alfie à part.

– T'occupe pas de ton oncle Billy, Alfie. Occupe-toi plutôt de là où tu vas, et de ce que tu fais. Rappelle-toi ce que je t'ai expliqué : c'est dans le coin de la maison des Pestiférés, à gauche quand on regarde la cheminée, qu'on l'a vue la première fois, cachée dans les fougères, tu t'en souviens ? C'est là qu'elle a dû passer le plus de temps. C'est le seul abri de l'île. Si elle doit trouver quelque chose, probable que c'est à cet endroit. Alors, c'est là qu'il faut l'emmener d'abord, compris ?

– Mais qu'est-ce qu'elle va chercher, père ? demanda Alfie.

– Elle le saura pas tant qu'elle l'aura pas découvert, répondit Jim. Et faites bien le tour de toute l'île pendant que vous y êtes. Emmène-la partout. Elle a dû rester là-bas, abandonnée, pendant des semaines, des mois peut-être, vu l'état dans lequel on l'a trouvée.

C'est aussi ce que pense le docteur Crow. Alors, ça m'étonnerait pas qu'elle la connaisse centimètre par centimètre, cette île. Reste près d'elle, Alfie, ne la quitte pas des yeux, comme ça tu verras si elle reconnaît quelque chose.

Il était tôt. Il n'y avait personne d'autre à Green Bay, en dehors d'oncle Billy, et c'était ce qu'ils voulaient. Jim et Mary poussèrent le bateau, puis restèrent sur le rivage à regarder la voile hissée par Alfie battre, claquer, puis prendre le vent. Le bateau s'éloignait d'eux, dansant sur les flots vers le chenal de Tresco, avec Lucy enveloppée dans sa couverture grise, son ours bien serré contre elle. Elle semblait avoir froid et paraissait pâle, un peu désorientée, nerveuse, mais pas effrayée, plutôt excitée, même.

– À Alfie de voir, maintenant, dit Jim. Espérons qu'il rapportera un poisson ou deux, ce sera déjà ça. Il a du flair pour le maquereau, mon garçon.

– C'est mon garçon aussi, tu sais, répondit Mary.

– Notre garçon, alors, conclut Jim en riant. Et notre fille, hein, Marymoo ?

– Notre fille, acquiesça-t-elle.

Ils les regardèrent remonter le chenal, prendre le large autour de Puffin Island, et restèrent là à les suivre des yeux jusqu'à ce qu'ils aient dépassé l'île, et qu'ils louvoient sous une bonne brise au-delà de Samson.

– Espérons, soupira Mary, lorsque Jim et elle firent demi-tour. Et prions !

Emmitouflée dans sa couverture, Lucy regardait nerveusement autour d'elle, tandis que le bateau plongeait et remontait, balancé par la houle. Chaque fois que des embruns passaient par-dessus bord, ou que le bateau se cabrait soudain dans le vent, elle poussait un petit cri ou retenait brusquement sa repiration. Elle se raccrochait si fort, là où elle le pouvait, que les jointures de ses doigts étaient toutes blanches.

– C'est mieux que l'école, hein, Lucy ? dit Alfie en riant.

Elle réussit alors à lui adresser un petit sourire, puis elle se détendit peu à peu, et resta bientôt assise là, sans plus se tenir à quoi que ce soit, les mains autour des genoux, regardant partout, prenant progressivement confiance, se sentant de plus en plus heureuse, surtout quand elle vit les sternes arctiques descendre en piqué, puis plonger dans l'eau tout autour d'eux.

Alfie décida que c'était le moment de pêcher. La mer serait agitée, un peu plus loin, toute distraction serait donc la bienvenue. Mais il devait faire venir Lucy à la barre, s'il voulait avoir les mains libres et appâter la ligne. Lorsqu'il l'aida à se lever, pour qu'elle vienne s'asseoir à côté de lui, elle le suivit de bon cœur, presque sans hésiter. Elle ne resta que quelques minutes à la barre, mais elle la prit comme si elle avait fait ça toute sa vie. Il en fut de même pour la pêche. Dès qu'elle eut la ligne entre les mains, elle sembla savoir instinctivement comment faire, et oublier complètement qu'elle était dans un bateau sur l'océan. Alfie n'en revenait pas.

Lucy aimait visiblement l'attente pleine d'espérance de la pêche. Sa concentration était totale, observa Alfie. Elle prit trois maquereaux assez rapidement. Dès qu'elle attrapait un poisson, elle était tout excitée, mais ensuite, elle détestait le voir s'agiter au bout de l'hameçon, et voulait qu'Alfie le décroche, puis le rejette aussitôt à la mer. Elle était si absorbée par la pêche, à présent, qu'elle ne semblait pas remarquer que le bateau se cabrait, puis plongeait fortement depuis qu'ils étaient sortis de la protection du chenal et arrivés dans la houle de la pleine mer. À un moment, Alfie la vit écarquiller les yeux de peur, quand des embruns lui arrivèrent dans la figure. Mais il poussa un cri joyeux, rit, lui essuya le visage, et la peur de Lucy disparut bien vite dans les rires, aussitôt oubliée. Elle se remit à pêcher.

Lorsqu'ils longèrent Pentle Bay, ils durent virer de bord sans arrêt. Cela prit donc du temps. Lucy n'attrapa plus de poisson, mais elle était toujours concentrée sur sa ligne, ne levant les yeux que lorsqu'elle était distraite par des oiseaux. Alfie s'aperçut qu'elle adorait regarder les cormorans, posés comme des sentinelles sur les rochers, les ailes déployées pour les faire sécher, ou les hérons et les aigrettes plantés comme des piquets dans les eaux peu profondes. Alfie lui dit le nom de tous les oiseaux qu'ils voyaient, où ils nichaient, quels poissons ils mangeaient. Ils virent également des phoques, qui n'étaient pas tout près, mais chaque fois qu'elle apercevait, même d'assez loin, une tête brillante, moustachue, remonter brusquement à la surface, et se tourner vers eux pour les regarder, Lucy poussait de petits cris de joie.

C'est Alfie qui découvrit le banc de marsoins qui descendaient et plongeaient dans la mer dans le détroit de Crow, la courbe de leur dos scintillant sous le soleil matinal.

– Il doit y en avoir au moins vingt ou trente ! s'exclama Alfie. J'en ai jamais vu autant de ma vie. Regarde, Lucy ! Regarde ! C'est quelque chose, non ?

Lucy, debout dans le bateau, applaudissait, ravie, riant aux éclats, comme elle ne l'avait encore jamais fait. C'était un rire joyeux, argentin, qui tintait comme les cloches, pensa Alfie, un rire si proche des mots, si proche de la parole !

Soudain, devant le banc de marsouins, nettement devant eux, Alfie remarqua qu'il y en avait un beaucoup plus gros, qui ne nageait pas comme les autres, mais semblait plus majestueux, et qui soufflait chaque fois qu'il remontait à la surface. Alfie mit quelques instants avant de se rendre compte que ce n'était pas du tout un marsouin, que ça ne pouvait être qu'une baleine, une baleine pilote ! Il en avait déjà vu assez souvent, mais jamais aussi près des marsouins.

– Une baleine ! s'écria-t-il. C'est une baleine, Lucy, regarde !

Lucy l'avait vue, elle aussi, à présent. Mais, au lieu

de l'enthousiasmer, comme Alfie s'y était attendu, il s'aperçut que l'apparition de cette baleine la troublait. Elle ne riait plus. Elle la regardait fixement, plus apeurée qu'émerveillée, pensa-t-il.

– Elles ne font pas de mal, Lucy. Elles sont douces comme des agneaux. C'est magnifique, non ?

La baleine et les marsouins disparurent peu après. Ils eurent beau les chercher des yeux, et les chercher encore, ils ne revinrent pas. Alfie se sentit étrangement seul sur l'océan sans eux, triste qu'ils aient disparu. Lucy sembla éprouver à peu près la même chose. Elle ne voulut plus pêcher, et resta assise là, blottie sous sa couverture, serrant son ours en peluche dans sa main, contemplant la mer, perdue dans ses pensées.

Alfie longea la côte le plus longtemps possible, là où la mer était plus calme, avant de devoir se diriger vers les eaux plus agitées, plus turbulentes qui les attendaient après avoir passé Lizard Point. St Helen's était en vue, à présent. Depuis un moment déjà, Alfie guettait un signe de Lucy montrant qu'elle commençait à reconnaître l'endroit où elle allait. Il n'y en eut aucun. Et il n'y en avait toujours pas maintenant qu'ils naviguaient au-dessus des bancs de sable, le cap sur l'île, et que la maison des Pestiférés était désormais bien visible, dominée par le grand rocher de St Helen's qui se dressait derrière elle, entre les fougères, surplombant toute l'île. Alfie affala la voile, prit les avirons, et rama entre les algues, dans l'eau peu profonde.

Il n'y avait plus beaucoup de vent, à présent, et de moins en moins à mesure qu'ils approchaient de l'île. Une mouette était posée sur chaque rocher, semblait-il, et les suivait des yeux d'un air profondément méfiant, menaçant. C'était comme si elles n'avaient pas bougé depuis la dernière fois qu'ils étaient venus, pensa Alfie. Il sauta dans la mer, en arrivant près de la plage. Il prit Lucy dans ses bras, la porta jusqu'au rivage, et la déposa sur le sable. Elle serra sa couverture autour de ses épaules, et ne regarda que brièvement autour d'elle. Puis, son ours à la main, elle se pencha et se mit à chercher des coquillages. Rien, dans son attitude, ne montrait qu'elle avait reconnu quoi que ce soit.

Le temps qu'Alfie finisse de tirer le bateau sur la plage et de jeter l'ancre, Lucy s'éloignait de lui, marchant déjà sur le sable vers la maison des Pestiférés. Il avait pensé qu'elle l'attendrait, qu'elle voudrait rester près de lui, comme elle le faisait d'habitude. Il l'appela, mais elle continua d'avancer vers le haut de la plage, là où le sable laissait la place aux galets, puis elle monta sur les dunes. Elle l'attendit là, et lorsqu'il la rejoignit, à sa grande surprise, elle lui prit la main, et la tint fermement. Elle semblait ne pas pouvoir détacher ses yeux de la maison des Pestiférés.

Elle l'y conduisit, prenant le chemin sablonneux qui menait jusqu'à la porte. Une mouette, perchée sur la cheminée, les regarda de haut. Lucy la vit, et tapa dans ses mains pour la chasser. Lorsque l'oiseau s'envola en criant, Lucy se tourna vers Alfie avec un sourire, contente d'elle, pensa-t-il. Puis il se dit autre chose, aussi. Si elle avait effrayé cette mouette, ce n'était pas simplement par jeu – ce n'était pas son genre. Elle l'avait fait parce que c'était là sa maison, et non pas celle de la mouette. C'était chez elle, et elle le savait.

Prenant de nouveau Alfie par la main, elle entra dans la maison des Pestiférés. Elle l'emmena avec elle, se dirigeant droit vers le foyer de la cheminée. Elle savait exactement où elle allait. Elle passa la main sous le linteau de la cheminée, cherchant quelque chose, qu'elle trouva rapidement. Lorsqu'elle se retourna, elle tenait une gourde remplie d'eau. Elle donna son ours en peluche à Alfie, pour qu'il le tienne. Puis elle dévissa la gourde, l'approcha de ses lèvres, et but.

– *Wasser*, dit-elle, en la lui tendant avec un sourire. *Gut*.

21

Océan Atlantique, 8 mai 1915

Le navire-baleine

Wasser. Gut.

Lorsque je repense à ces mots, maintenant, bien des années plus tard, et à mon miraculeux sauvetage, j'ai autant de mal à y croire qu'à l'époque. C'était comme si j'étais dans un rêve, car rien ne me paraissait avoir de sens, et les rêves, comme nous le savons tous, n'ont pas de sens. Je ne me rappelais pas, et ne savais pas du tout comment j'avais pu me retrouver là, sur un piano, au milieu de l'océan, avec un ours en peluche à la main. Je savais seulement que j'entendais des mots et voyais des choses que je ne comprenais pas. Je ne saisissais pas que la langue que j'entendais était de l'allemand, ni que cet énorme navire-baleine, qui avait émergé des profondeurs non loin de moi, était en réalité un sous-marin. Il faut dire que l'allemand était une langue que je ne connaissais pas du tout, et que je n'avais aucune idée de ce à quoi un sous-marin pouvait ressembler.

Pour moi, tout cela faisait partie d'une étrange vision floue, d'un rêve que je vivais. Je m'imaginais que ce rêve était peut-être le début de l'agonie, et qu'une fois que j'en serais sortie, je serais morte. Je n'avais plus peur de mourir. J'avais peut-être trop froid, j'étais trop fatiguée, trop triste. J'acceptais simplement que les choses qui devaient arriver arrivent. Il y avait un grand vide en moi. Pas de douleur, pas de peur. J'étais dépourvue de tout sentiment, de toute sensation, en dehors du froid.

Je ne résistai ni ne luttai donc pas quand mon sauveteur me porta dans le canot de secours qui m'attendait. Je n'éprouvai aucun soulagement, à ce moment-là, aucune joie d'être sauvée, incapable de comprendre ce qui m'arrivait, tandis que d'autres mains se tendaient vers moi et m'attrapaient. Lorsque les hommes me ramenèrent à la rame jusqu'au navire-baleine, je levai les yeux vers une sorte de haute tourelle en fer dressée au milieu du bateau, et vis des marins regroupés là, qui se penchaient pour nous crier quelque chose au-dessus de l'eau.

Il y avait trois hommes dans le canot de sauvetage, tous trois barbus – je me rappelle l'avoir remarqué. J'étais assise dans le bateau à côté de celui qui était monté sur le piano pour venir me sauver. Il avait passé son bras autour de mes épaules, me tenait serrée contre lui, et me parlait tout le temps. Je sentais bien, à la gentillesse de sa voix, que ce devaient être des paroles de réconfort, mais je ne comprenais rien à ce qu'il me disait.

Les deux autres marins ramaient dur, chaque coup d'aviron entrant longuement et profondément dans la mer, sous les encouragements constants des hommes qui nous regardaient du haut du navire-baleine, lequel semblait grossir sous mes yeux, aussi bien en longueur qu'en hauteur, à mesure qu'on en approchait. Je me dis alors que j'avais raison, que j'étais en train de mourir dans mon rêve, que cette traversée de la mer n'était qu'une partie de mon agonie. Les échos d'une vieille histoire familière résonnaient dans ma tête : le voyage d'une vie à l'autre, d'un monde à un autre, c'était bien en traversant l'eau dans une barque, à la rame, que ça se passait.

Ensuite, nous arrivâmes le long du navire-baleine, et des mains puissantes m'aidèrent, me hissant sur une échelle, puis dans la tourelle. Tous les visages que je regardais étaient pâles et barbus, les yeux enfoncés, l'air fantomatique, et pourtant ces hommes n'étaient ni tristes, ni effrayants, ni lugubres, comme auraient dû l'être des fantômes. La plupart d'entre eux souriaient et riaient en me regardant. Ils m'agrippèrent de leurs mains froides, dures, sales, aussi, je m'en aperçus, mais de vraies mains, des mains vivantes, et non pas des mains de spectres. Et ils avaient une odeur vivante, d'humidité, de fumée, de fioul. Une odeur de gens vivants. Ils portaient de longs manteaux de cuir, glissants au toucher.

Ce fut seulement quand je me retrouvai là sur la tourelle, entourée de ces hommes qui me regardaient tous, l'air stupéfait, que je commençai réellement à me rendre compte que je devais toujours être dans le monde des vivants, qu'il n'y avait sûrement pas de fantômes, et que je n'étais ni morte ni mourante. Je me dis alors que quand je sortirais de ce rêve, je pourrais être aussi vivante qu'eux. Mais vivante ou morte, ça m'était presque égal. J'étais au-delà de ces préoccupations.

On me fit descendre une échelle jusque dans le ventre semi-obscur du navire-baleine. Puis mon marin, mon sauveur, une main fermement posée sur mon épaule, me guida le long d'une interminable coursive – une sorte de tunnel faiblement éclairé, bordé de tuyaux, de tubes et de fils électriques. De chaque côté, des hommes, couchés là, me regardaient depuis leurs couchettes ou leurs hamacs. Partout, je sentais une puanteur de vêtements humides, de pieds sales, et de toilettes. De lourdes vapeurs de fioul et d'huile de machines imprégnaient l'air. Ils me crièrent quelque chose. D'après le ton de leurs voix, leurs regards, je sentis qu'à leur façon ils me souhaitaient la bienvenue à bord. Lorsque je passai devant eux, certains plaisantaient et riaient. Mais je savais qu'ils ne se moquaient pas de moi, qu'ils ne riaient pas de moi, qu'ils riaient parce que j'étais là, une inconnue sur leur navire, et qu'ils étaient contents de me voir. Ils semblaient fascinés, intrigués par ma présence. Je n'aimais pas qu'on me dévisage comme ça, bien sûr, mais je sentais que c'était par pure curiosité, qu'il n'y avait pas la moindre méchanceté dans leurs regards.

Puis, devant moi, s'échappant de quelque part au loin, tout au bout de ce lugubre tunnel, là où il était le plus sombre, une musique retentit. C'était une chanson que je ne connaissais pas, mais peu importait. C'était de la musique, et plus j'avançais, mieux je l'entendais. Je découvris alors un phonographe, caché dans un coin, en haut, contre la coque du navire-baleine. Où que je regarde, tout était en acier, au-dessus de ma tête, sous mes pieds, derrière l'enchevêtrement de tuyaux et de tubes. Des hommes chantaient, accompagnant la chanson sur le phonographe, d'autres fredonnaient ou sifflaient. Je compris alors, tandis que je passais devant ces hommes, qu'ils chantaient pour moi, que c'était leur façon de m'accueillir sur le bateau. Je ne fis plus aussi attention à la puanteur, après ça, ni aux yeux qui me fixaient.

Mon marin m'arrêta, tira un rideau, et, les mains sur mes épaules, me guida à l'intérieur d'une petite cabine, pas beaucoup plus grande qu'un placard, où se trouvaient un lit étroit et quelques étagères. On avait tout juste la place de se retourner. Il me tendit une couverture et une longue chemise, me montra que je devais retirer mes vêtements mouillés, puis sortit en tirant le rideau derrière lui. Je me demandai pourquoi je sentais soudain le sol tanguer sous mes pieds. Puis je compris que nous bougions. Tout le navire grondait et grinçait autour de moi. Derrière le rideau, il y avait toujours de la musique, et les marins continuaient à chanter.

J'enlevai mes vêtements mouillés et enfilai la chemise, qui était si longue et si large qu'elle pendait autour de moi comme une tente. C'est alors que je m'aperçus avec horreur que je n'avais plus l'ours en peluche à la main, que je devais l'avoir lâché, oublié sur le piano, laissé tomber dans la mer ou dans le canot de sauvetage qui m'avait amenée jusqu'au navire-baleine. J'ignorais où et comment, mais je l'avais perdu. Je ne le reverrais plus. Je ne m'étais jamais sentie aussi seule et anéantie qu'à ce moment-là. Je me couchai sur le lit, m'enroulai dans la couverture, enfouis mon visage dans l'oreiller. J'aurais voulu être morte. Puis je m'endormis, pendant combien de temps, je n'en sais rien.

Je me réveillai, et me retournai. Un homme coiffé d'une casquette à visière et vêtu d'un manteau en cuir était assis à côté du lit sur une chaise pliante. Il lisait un livre. Je me redressai. Il vit que j'étais réveillée, et ferma son livre. Je sentis des gouttes d'eau me tomber sur la tête, couler sur mon visage quand je levai les yeux. Il sourit, essuya mon front et mes joues avec son mouchoir. Il le fit gentiment, en souriant.

– Ne t'inquiète pas, dit-il. Il n'y a pas de trou dans le bateau. C'est de la condensation, comme vous l'appelez en anglais, je crois. Nous sommes sous la mer, à présent, il n'y a pas beaucoup d'air, et celui qui nous reste est humide, saturé d'eau – de petites gouttes d'eau, tu comprends. Nous avons quarante-cinq hommes, ici, qui respirent tous le même air, et le corps humain est chaud. Nous produisons de la chaleur. Voilà pourquoi il pleut un peu à l'intérieur du navire. Comme tu vois, donc, c'est de la condensation.

Il me tendit une assiette avec du pain et de la saucisse.

– Tiens, dit-il. Un peu de nourriture. Je suis désolé. Il n'y en a pas beaucoup, et ce n'est pas très bon non plus. Je devrais même dire que c'est infect. Mais c'est tout ce que nous avons, et je suis sûr que tu as faim. Quand on a faim, on ne fait pas très attention au goût de ce qu'on mange.

Le pain, remarquai-je alors, était couvert d'un curieux duvet blanc.

– C'est du pain, je te le promets, reprit-il en repoussant sa casquette en arrière, et il est assez bon, mais nous l'appelons « crottin ». Pas très appétissant, n'est-ce pas ? On dirait la fourrure d'un lapin blanc. Ça se développe sur le pain, avec l'humidité que nous avons ici. Ce sont des moisissures, comme des champignons. Ça ne te fera pas de mal. Plus tard, nous aurons de la soupe chaude, une bonne soupe pour te réchauffer.

Il parlait avec un fort accent, mais très lentement et correctement.

– Tu viens du *Lusitania*, je suppose. C'est bien ça ?

Je ne dis rien, non seulement parce que je ne

comprenais pas de quoi il parlait, mais parce que je savais déjà que ma voix ne sortirait pas, que malgré tous mes efforts, je ne pourrais pas prononcer les mots qui me permettraient de répondre.

– C'est bien dommage, reprit-il. De telles pertes en vies humaines sont très regrettables, et le *Lusitania* était un beau navire. Je voudrais te dire que ce n'est pas mon sous-marin qui l'a coulé, mais que ça aurait pu l'être. J'aurais fait la même chose. Mon père me répétait toujours : « Jamais d'excuse, jamais d'explication. » Il n'avait qu'à moitié raison, je pense. Je ne présenterai pas d'excuses, mais je vais expliquer. Nous sommes en guerre. Le *Lusitania* était censé être un bateau de ligne, uniquement destiné à transporter des passagers. Mais il transportait aussi des armes, des munitions et des soldats d'Amérique et d'Angleterre, ce qui est évidemment contraire aux règles de la guerre. Même dans une guerre, il doit y avoir des règles.

Le bateau grinça, gronda autour de nous.

– C'est la pression de l'eau sur la coque. Ça se produit quand nous sommes profondément immergés sous la mer. Ne t'inquiète pas. Il peut fuir et goutter, ce sous-marin, mais il est bien construit. Un peu fatigué, c'est sûr. Nous sommes tous fatigués. Même la nourriture est fatiguée. Tu sais depuis combien de temps nous sommes partis de chez nous ? Douze semaines et quatre jours. Impossible de se laver, de se raser. Il n'y a pas assez d'eau pour ce genre de choses. Mais tu as eu de la chance que *Seemann* Wilhelm Kreuz n'ait pas été fatigué ce matin quand il était de quart. J'ai cru qu'il était devenu fou, qu'il avait complètement perdu la raison – ça arrive quelquefois dans nos sous-marins, les *U-Boote*, pendant les longs voyages en mer.

« Il vient donc me voir ce matin dans ma cabine – c'est ma cabine, c'est sur mon lit que tu te reposes en ce moment. Je suis encore endormi, et il vient me réveiller.

« – *Herr Kapitän*, me dit-il. Il y a un piano qui flotte sur l'eau par tribord avant. Et il y a une petite fille assise dessus, *Herr Kapitän* !

« Je ne le crois pas, bien sûr. Qui aurait pu avaler ça ? Mais ensuite, je monte dans le kiosque pour regarder. Et te voilà ! (Il rit en secouant la tête.) Je n'en croyais pas mes yeux !

La saucisse n'était pas plus appétissante que le pain. Mais il avait raison. J'avais tellement faim que j'aurais mangé n'importe quoi. Je n'avais jamais goûté de saucisse comme ça – grasse, et pleine de nerfs. Mais ça m'était complètement égal. Je ne pus regarder le pain au moment où je mordis dedans. Mais je le mangeai quand même, et tout entier.

– Alors, *gnädiges Fraülein*, pas mauvais notre crottin, n'est-ce pas ? *Seemann* Kreuz dit qu'il ne sait pas qui tu es, qu'il ne connaît pas ton nom. Tu as bien un nom ? Tu ne réponds pas ? Très bien. Alors je vais te donner le mien. Je suis le *Kapitän* Kausen, de la marine impériale allemande. À toi, maintenant. Non ? Tu es peut-être un peu timide, *ja* ? Britannique ? Américaine, peut-être ? J'espère que tu es l'une ou l'autre, parce que la seule langue étrangère que je parle, c'est l'anglais. J'ai des cousins anglais. J'ai passé des vacances chez eux, dans le parc de New Forest. Nous montions à cheval. Et je sais jouer au cricket ! Il n'y a pas beaucoup d'Allemands qui savent y jouer. S'il y en avait davantage, les Anglais et les Allemands pourraient faire un match de cricket au lieu de se faire la guerre. Ce serait bien pour tout le monde, à mon avis.

Il sourit à cette idée, mais reprit rapidement son sérieux, devint pensif, et même triste.

– La plupart des enfants ne sont pas aussi silencieux que toi, poursuivit-il. Parfois, j'aimerais bien qu'ils le soient. Mes filles, elles parlent tout le temps. Elles jacassent comme des pies. Lotte et Christina – ce sont des jumelles, mais pas de vraies jumelles. Elles sont plus jeunes que toi, elles ont sept ans, maintenant. C'est peut-être grâce à elles que tu es ici maintenant, dans ce *U-Boot*. Mais c'est aussi grâce à mon oncle. Il était marin – nous avons eu beaucoup de marins dans la famille. Il y a longtemps, son navire, le *Schiller*, il s'appelait, s'est fracassé contre les rochers des îles Scilly, au large de la côte ouest de l'Angleterre. Beaucoup d'hommes sont morts. Mon oncle a été récupéré par un bateau de sauvetage. Il a été sauvé par des Anglais, des habitants des îles Scilly, qui ont ramé jusqu'au navire naufragé pour aller les chercher dans leur petite barque. Ces gens ont sauvé plus de trente passagers et marins allemands, et ont enterré les autres avec respect. C'est en souvenir de cet acte de courage et de bonté qu'au début de la guerre il a été ordonné aux navires allemands de ne jamais attaquer aucun bateau d'aucune sorte autour des îles Scilly. C'est pour cette raison, et parce que ces Anglais ont sauvé la vie de mon oncle, que j'ai accepté d'arrêter notre sous-marin et d'aller te chercher. C'est aussi parce que *Seemann* Wilhelm Kreuz et mon équipage ont insisté.

« Ceci dit, ma petite fille, quel que soit ton nom, tu es un sacré problème pour moi, et pour nous tous. Quand je t'ai vue sur le piano, en dépit de tout ce que je viens de te raconter, je ne voulais pas m'arrêter. Non seulement c'est dangereux, mais c'est contraire au règlement de la marine impériale allemande : un sous-marin n'a pas le droit de recueillir de survivants ni de les faire monter à bord. Or, comme tu l'as appris à l'école, j'espère, les règlements sont importants et doivent être respectés. *Seemann* Wilhelm Kreuz, cependant, a des enfants, tout comme moi – il a un fils –, et il a protesté très respectueusement, mais avec beaucoup d'insistance, en disant qu'après t'avoir vue, nous ne pouvions pas te laisser mourir toute seule au milieu de l'océan. Les autres marins étaient du même avis que lui. Il faut savoir que sur un bateau comme le nôtre, où nous sommes si près, si proches, les uns des autres, et loin de chez nous, nous sommes continuellement en danger. Nous travaillons ensemble. Nous vivons ensemble. Nous sommes comme une famille. Un bon père écoute sa famille. Et un bon *Kapitän* aussi.

« J'ai donc demandé à chaque homme ce qu'il en pensait. Devions-nous nous arrêter pour aller te chercher ? Ils ont tous été d'accord pour te ramener à bord. Et en y réfléchissant, en pensant à Lotte et à Christina, à mon oncle et au *Schiller*, je leur ai donné raison, moi aussi. Beaucoup d'entre eux, la plupart, même, ont des enfants, et certains des plus jeunes marins sont encore des enfants eux-mêmes ou presque. Qu'est-ce qu'on va faire de toi, maintenant ? C'est la question. Un sous-marin de guerre en patrouille n'est pas le meilleur endroit pour une petite fille. Je ne peux pas te ramener en Allemagne, où je risque de passer en cour martiale pour t'avoir fait monter à bord. Alors, comme tu es très probablement anglaise ou américaine, j'ai décidé de mettre le cap sur la terre britannique la plus proche. Et tu sais laquelle c'est ? L'archipel des îles Scilly ! Nous sommes juste à quelques heures de là, nous y serons cette nuit. Si le temps le permet, nous ferons surface, et nous trouverons un endroit où te déposer. Nous savons, après ce qui s'est passé quand le *Schiller* a sombré, que ce sont de braves gens, là-bas. Tu seras en terre amie, tu seras saine et sauve, et nous, nous pourrons rentrer dans nos familles. Tout ira bien, comme ça.

Il se leva et redressa sa casquette. Il était beaucoup plus grand que je ne l'aurais cru.

– Comme tu vois, ma cabine n'est pas très confortable, mais c'est la meilleure chambre du bateau. Je dois te demander de ne pas la quitter. J'ai chargé *Seemann* Wilhelm Kreuz de s'occuper de toi le temps que tu resteras avec nous.

Il baissa les yeux vers moi, me regardant longuement et attentivement.

– Tu dois être en colère contre moi, ou sans doute triste, et c'est pour ça que tu ne parles pas. Ma petite Christina, elle est ainsi, parfois. Tu es peut-être en colère parce que je suis allemand, que je suis l'ennemi, et que je coule des navires. C'est vrai, malheureusement. C'est ce que je suis. C'est ce que je fais. Mais nous avons beau être en guerre, je suis un marin, nous sommes tous des marins. Nous aimons les bateaux. Couler un navire, le voir sombrer, est une chose terrible. La guerre fait faire des choses terribles aux hommes. Tu as le droit d'être en colère, tu as le droit d'être triste.

Il remonta son col, et tirait déjà le rideau pour partir, lorsqu'il se rappela quelque chose. Il fouilla au fond de la poche de son manteau, y prit mon ours en peluche, et me le tendit.

– *Seemann* Kreuz a trouvé ça. Il dit que c'est à toi. D'ailleurs, je ne vois pas à qui d'autre ça pourrait appartenir.

J'étais folle de joie. Je voulus le remercier, je voulus parler, mais aucun mot ne sortit de ma bouche.

Il me quitta aussitôt. Je n'étais plus seule, cependant.

J'avais mon ours en peluche. Je regardai son visage souriant. J'aimais cet ours, même si je ne savais pas pourquoi. Il est difficile d'expliquer ce qu'on ressent quand on a perdu la mémoire. Mais je vais essayer. On est perdu dans un monde qu'on ne comprend pas, un monde où tout est déconcertant, les gens comme les choses, un monde auquel on n'est pas vraiment relié, auquel on n'appartient pas. C'est comme si on était enfermé dans une pièce obscure, avec des portes tout autour au lieu de murs, et où chaque fois que l'on veut en ouvrir une, elle nous résiste, solidement verrouillée. Il n'y a pas d'issue. Un peu de lumière filtre sous les portes, on sait donc qu'il y en a au-dehors, que c'est la lumière des souvenirs. On a une mémoire. On aperçoit sa lueur sous les portes, mais on ne peut pas les ouvrir, on ne peut pas y avoir accès. On sait qu'on est sans doute quelqu'un, qu'on vient sans doute de quelque part, mais qu'on ne pourra s'en souvenir qu'au moment où les portes s'ouvriront, où la lumière se répandra.

Ainsi, je n'avais aucune idée à l'époque de ce que pouvait être un *U-Boot*, ou même un Allemand, et j'ignorais qu'il y avait une guerre. Rien de ce que le capitaine du navire-baleine m'avait dit n'avait de sens pour moi. Tout ce que je savais, c'était que cet homme de haute taille, à la barbe argentée, m'avait rendu l'ours en peluche que j'adorais. Un ours complètement trempé et ramolli, mais je l'avais retrouvé. Cet homme avait été gentil avec moi, je l'aimais bien.

J'aurais dû rester là où j'étais, dans la cabine, comme il me l'avait ordonné, et c'est ce que j'aurais fait sans le phonographe. La musique m'était familière, mais je ne savais pas pourquoi. C'était du piano. Personne ne chantait plus, désormais. Je tirai le rideau, sortis de la cabine et avançai dans la coursive. De chaque côté, des hommes, endormis pour la plupart, étaient étendus sur leurs couchettes et dans leurs hamacs, leurs couvertures remontées sur leur visage. Quelques-uns, encore éveillés, me regardaient passer. L'un d'eux s'appuya sur ses coudes, et m'appela :

– *Hallo ! Hallo !* Comment tu t'appelles ? Je parle anglais, *Fräulein*. Petite fille, j'ai du chocolat. Tu aimes chocolat ? (Il me tendait un morceau de chocolat dans la paume de sa main.) C'est bon, *sehr gut, mein Kind*.

Je le pris et le mangeai. C'est vrai que c'était bon.

– Tu aimes notre bateau ? poursuivit-il en riant. *Sehr komfortabel, ja ?*

Je passai devant lui et continuai d'avancer. Il y avait une porte ouverte devant moi, et je voulais voir ce qu'il y avait derrière. J'allais la franchir, quand je sentis une main sur mon épaule, qui me retenait. Je me retournai pour voir de qui il s'agissait. C'était mon sauveur, Wilhelm Kreuz. Il fronçait les sourcils en secouant la tête. Il n'était pas en colère, il me montrait simplement que je ne devais pas aller plus loin.

– Pièce des torpilles, expliqua-t-il, et il n'avait vraiment pas l'air content de moi. *Nein*. Tu dois pas aller là. *Verboten*. *Verstanden ?*

Il me prit par la main et me ramena le long de la coursive jusqu'à la cabine, au grand amusement des marins. Mais je vis que Wilhelm, lui, ne s'amusait pas du tout des sifflets et des plaisanteries qui fusaient sur notre passage. Il me fit asseoir sur le lit et tira le rideau derrière lui. Puis il s'accroupit à côté de moi, et me mit sévèrement en garde.

– Ici, dit-il, en agitant le doigt devant moi. *Du musst hier bleiben*. Ici. Compris ? *Verstanden ?* Reste ici.

Puis il s'assit sur la chaise, regarda autour de lui, se demandant, je le voyais bien, ce qu'il pourrait bien faire de moi.

– Échecs, dit-il soudain. Nous jouons. Je t'apprends.

L'échiquier qu'il prit sur l'étagère était cassé en deux et, quand il sortit toutes les pièces pour les disposer sur le plateau, je vis qu'il y avait deux morceaux de craie à la place de deux pions blancs manquants, qui ne restaient d'ailleurs pas en place très longtemps à cause des vibrations du bateau. Ainsi, installés autour de la petite table pliante de la cabine, sous l'œil souriant de l'ours en peluche assis près de l'échiquier, nous jouâmes pendant des heures aux échecs, Wilhelm Kreuz et moi. Il n'avait pas eu besoin de m'expliquer les règles. Je savais déjà jouer. J'ignorais totalement comment j'avais appris. Il jouait bien. Mais je jouais mieux.

J'y ai repensé, par la suite, et je me suis dit que Wilhelm avait peut-être simplement voulu être gentil et me laisser gagner. Je ne le saurai jamais. Tout ce que je savais, c'est que pendant que je jouais, plus rien d'autre ne semblait avoir d'importance. Je ne m'intéressais plus qu'à ce qui se passait sur l'échiquier, mon prochain coup, son prochain coup. Je me suis souvent demandé, depuis, comment il était possible qu'ayant oublié tant de choses j'aie su si bien jouer aux échecs avec Wilhelm, que j'aie même pu le battre. Je jouais instinctivement, savais comment il fallait bouger chaque pion, comment prévoir ce qu'il allait faire, comment lui tendre des pièges, éviter les siens, anticiper son prochain coup. Si j'arrivais à jouer aux échecs, c'était forcément grâce à ma mémoire. J'étais donc capable de me souvenir de quelque chose, de comprendre quelque chose. Je me rendais compte, même à ce moment-là, que j'avais encore quelque part la faculté de me rappeler, de comprendre, mais c'était fragmentaire et fugitif. Il n'y avait aucun lien entre les choses, pour moi. Rien ne me semblait avoir beaucoup de sens, en dehors des échecs.

Nous avons dû passer des heures et des heures à jouer ce jour-là, Wilhelm et moi. Il n'essayait pas d'engager la conversation. Il lui était manifestement plus difficile de parler anglais qu'au capitaine, et il avait un fort accent allemand. Il était concentré, les sourcils froncés, sauf quand il pensait avoir fait un joli coup. Il me souriait alors d'un air satisfait, triomphant, même, s'appuyait contre le dossier de sa chaise, croisait les bras avec un petit rire étouffé.

J'avançais alors un pion à mon tour, effaçant

souvent son sourire. Il levait les yeux au ciel, secouait la tête et, de dépit, se donnait de grandes claques sur le poignet. Il était toujours très poli, on se serrait la main à la fin de chaque partie, et il se réjouissait quand je gagnais. Il était drôle, aussi. Lorsqu'il perdait, parfois, il agitait le doigt devant mon ours en peluche, feignant de le gronder. Je ne comprenais pas exactement ce qu'il disait, bien sûr, mais je pense que je devinais l'essentiel. Il lui demandait probablement de ne pas m'aider, de ne pas se mêler du jeu, protestant qu'il n'était pas juste pour lui de devoir jouer seul contre nous deux. Ensuite, il retournait le petit ours, pour qu'il ne puisse pas voir la partie suivante. Après avoir disposé de nouveau les pions, je retournais la peluche à mon tour, et Whilhelm riait doucement. J'aimais sa façon de rire. Ce n'était pas affecté, comme l'est si souvent le rire, ça lui venait naturellement, très facilement, aussi facilement que son sourire.

Nous étions en train de jouer, un peu plus tard, quand quelqu'un appela Wilhelm derrière le rideau. C'était la voix du capitaine. Wilhelm se leva, mit son manteau et sa casquette, m'indiqua la montre à son poignet et en fit trois fois le tour avec son doigt. Il s'absenterait pendant trois heures. Il me fit signe de m'allonger, me donna mon ours, étendit la couverture sur moi et me montra que je devais la remonter sur mon visage pour que les gouttes qui se formaient au-dessus de moi ne me tombent pas sur la tête pendant que je dormais. Puis il me salua d'un geste, et me laissa seule. Le navire-baleine était peut-être humide et suintant d'eau, son odeur de fioul et de sueur était peut-être étouffante, mais il y faisait chaud, j'avais mon ours en peluche, et il y avait de la musique. Le grondement sourd des machines était régulier, rythmé ; je m'endormis rapidement.

22

Îles Scilly, mai 1915

Auf Wiedersehen

Je me réveillai sans avoir la moindre idée de l'endroit où je me trouvais, je voyais simplement qu'il faisait noir comme dans un four autour de moi, qu'il n'y avait pas un rayon de lumière. J'entendais le ronronnement des machines, et tout près, des voix qui murmuraient, étouffées, pressantes. Mes oreilles se bouchaient, j'avais la sensation très nette que mon estomac était happé vers le bas, et pourtant, je me sentais flotter, les pieds plus hauts que le reste de mon corps, puis je roulai si violemment de gauche à droite que je dus me retenir aux côtés de la couchette pour ne pas tomber. Je n'arrivais toujours pas à me souvenir de l'endroit où je me trouvais. Ce fut l'odeur écœurante des émanations d'huile et de fioul qui me le rappela enfin.

J'entendis qu'on tirait le rideau, et la lumière

envahit soudain la cabine. Avec la lumière vinrent une voix, puis un visage. C'était Wilhelm. Il me tendit des vêtements, mes vêtements.

– Tiens, pour toi, murmura-t-il. Tu t'habilles maintenant. *Schnell. Schnell.* Le *Kapitän* dit que nous devons aller.

Il sortit, tirant le rideau derrière lui. Mes vêtements sentaient le pétrole, à présent, comme tout le reste, et ils semblaient un peu roussis, aussi. Je sentis qu'ils étaient encore humides, mais au moins, ils étaient chauds. Il me fallut un certain temps pour les mettre, car le mouvement constant du bateau me faisait perdre l'équilibre. Il n'était pas facile de s'habiller et de se tenir en même temps. Une fois que j'eus de nouveau mes propres vêtements sur moi, cependant, j'eus un peu le sentiment de redevenir moi-même.

Lorsque Wilhelm vint me rechercher quelques instants plus tard, j'étais assise là, sur le lit, mon ours en peluche à la main. J'attendais, prête à partir, mais partir pour où et attendre quoi, je n'en avais pas la moindre idée. Wilhelm enveloppa mes épaules dans une couverture.

– *Meine Mutti*, dit-il, elle a fait ça pour moi. C'est pour toi, maintenant. Chaud, tu dois être au chaud. (Il sourit, et tapota mon ours en peluche sur la tête.) *Und* tu as aussi ton petit ami. *Das ist gut.* Avoir un ami, c'est toujours bien.

Il m'aida à me lever, me prit par la main, me fit sortir de la cabine et me conduisit le long de la coursive, entre les couchettes et les hamacs, entre tous ces visages qui me regardaient. Quelques marins agitèrent la main, me saluant silencieusement. Certains hochèrent la tête, me sourirent au passage et murmurèrent :

– *Auf Wiedersehen.*

Un homme ou deux me dirent :

– Au revoir, petite fille.

Je montai à une échelle, ensuite, avec l'aide de Wilhelm et, soudain, je fus dehors dans l'air froid, pur, avec, autour de moi, la nuit, la mer houleuse et les étoiles. À une certaine distance, je vis la terre, la vague forme d'une île, basse et sombre dans la mer. Un canot de sauvetage attendait dans l'eau, en dessous, deux marins à la rame, l'un d'eux se tenant à l'échelle. Ce serait très long de descendre cette échelle jusqu'en bas.

– *Seemann* Kreuz t'aidera. Tu ne tomberas pas.

Je reconnus aussitôt la voix de la haute silhouette sombre qui se tenait à présent devant moi. C'était le capitaine. Je vis la forme de sa casquette à visière se découper contre le ciel.

– J'espère que tu as apprécié ton séjour sur notre bateau, que tu as trouvé mon lit confortable, reprit-il. J'aurais bien voulu pouvoir t'amener plus près du rivage, mais les eaux ne sont pas assez profondes, par ici. Il y a des récifs partout, comme des dents prêtes à mordre. *Seemann* Kreuz et deux de mes marins te conduiront donc jusqu'à l'île la plus proche. Sur ma carte, elle s'appelle St Helen's. C'est une petite île, pas beaucoup de maisons, pas beaucoup d'habitants. J'espère que tu trouveras rapidement quelqu'un qui s'occupe de toi, là-bas, que tu trouveras un abri et à manger. Mais nous ne te laisserons pas à terre sans rien. Nous aimerions te faire un petit cadeau pour que tu te souviennes de nous. *Seemann* Kreuz va te donner un peu d'eau, quelques saucisses, et du pain crottin, aussi.

Il rit en me serrant la main.

– Pars, maintenant, *gnädiges Fräulein*. Je suis content qu'on t'ait trouvée sur ton piano. Tous mes hommes en sont heureux aussi. Et nous n'avons pas souvent des raisons de l'être quand nous sommes en mer. Il faut partir, à présent. *Auf Wiedersehen*, petite fille silencieuse. Souviens-toi de nous et nous nous souviendrons de toi.

Je me retournai et regardai l'échelle, puis la mer houleuse, tout en bas, le canot de sauvetage montant et descendant contre le flanc du bateau. Mes jambes étaient comme paralysées. Je ne pourrais jamais, jamais de la vie. Je ne pourrais pas descendre cette échelle. Wilhelm dut le comprendre, car il s'accroupit et me fit monter sur son dos. Je descendis l'échelle, les yeux fermés, me cramponnant à son cou. Quelques instants plus tard, nous étions assis dans le canot de sauvetage, nous éloignant à la rame, laissant le sous-marin derrière nous, qui bientôt ne nous apparut plus que comme une lointaine silhouette posée sur l'océan.

Personne ne parlait, dans le canot. Mes yeux s'habituaient peu à peu à l'obscurité. Il y avait quelques étoiles dans le ciel. À la barre, Wilhelm se penchait en avant, scrutant le rivage pour trouver le meilleur endroit où aborder. Nous fîmes le tour de la pointe de l'île, où déferlaient des vagues, et où se dressaient de hautes falaises, d'où tombaient des rochers qui s'entassaient dans la mer, puis, à mon grand soulagement, nous arrivâmes dans des eaux plus calmes. À mesure que nous approchions du rivage, les deux marins plongeaient leurs rames plus prudemment, puis ils tiraient lentement sur elles, nous faisant glisser en silence sur la mer. Nous vîmes une grande plage de sable briller sous les étoiles. Ils s'y dirigèrent et échouèrent le canot.

Wilhelm sauta dans l'eau, et pointa le doigt vers les dunes. Je vis alors ce qu'il avait déjà remarqué : une maison aux fenêtres obscures, avec une seule cheminée, et une mouette blanche perchée dessus. Je savais que les mouettes aimaient se réchauffer en haut des cheminées. Il devait donc y avoir du feu, et je serais bientôt assise là, près d'un bon feu, au chaud et en sécurité. Wilhelm me fit descendre dans ses bras du canot de sauvetage, et me déposa sur le sable, à côté de lui. Il s'accroupit devant moi, posant ses mains sur mes épaules.

– Ici, c'est l'Angleterre. Tu vas dans la maison, *ja* ? Ils s'occuperont de toi.

Il me tendit une gourde en fer-blanc et un petit sac

en papier. Je sentis l'odeur de la saucisse à l'intérieur, et celle du pain.

– *Wasser*, dit-il en tapotant la gourde. *Wasser*. C'est bon. Nourriture aussi. Pour toi et pour ton petit ours, s'il a faim.

Les marins l'appelaient du bateau, le pressant de les rejoindre.

– *Ich kann nicht bleiben*, *mein Liebling*, poursuivit-il. *Wir müssen nun gehen*. (Il me caressa légèrement la joue.) *Entschuldigung*, dit-il. Je m'en vais, maintenant. Désolé. Pour le *Lusitania*. Je suis désolé.

Puis il fit demi-tour, poussa le bateau, et partit. Je les regardai s'éloigner, et restai là jusqu'à ce que je ne les voie plus. J'étais triste d'être de nouveau seule, et me sentais de plus en plus inquiète, aussi, en regardant autour de moi. C'était un endroit étrange et lugubre. L'île semblait me jeter des regards noirs, la mer grondait et sifflait contre moi. Ce n'était pas un endroit où j'avais envie d'être. Mais il devait y avoir, me rappelai-je, un feu dans la maison en haut des dunes, et des gens pour m'accueillir, me donner de la nourriture chaude et un lit. Je commençai aussitôt à monter la pente raide et sablonneuse. Les mouettes, perchées sur les rochers partout où je regardais, me dévisageaient au passage. J'espérais que les habitants de la maison seraient plus chaleureux qu'elles.

J'aurais dû avoir hâte de rencontrer ces gens, d'entendre de nouveau parler anglais. Mais je savais qu'on me poserait des questions, un tas de questions, pour savoir qui j'étais, d'où je venais, comment j'étais arrivée là, et que je ne pourrais pas répondre. Les rares, très rares choses dont je me souvenais, je ne pourrais pas les dire, ma langue refusant de parler. Et ça non plus, je ne savais pas pourquoi. Alors, comment pourrais-je m'expliquer, expliquer quoi que ce soit ?

Tandis que je remontais le sentier vers elle, la maison m'apparut plus grande que je ne l'avais imaginé. C'était une solide bâtisse en pierre, d'aspect sévère, entourée de végétation basse. La mouette perchée sur la cheminée ne bougea pas, même lorsque j'approchai de la porte d'entrée. Elle resta aussi immobile que la maison. Je crois qu'à cause de cette immobilité, je compris déjà à ce moment-là, avant même de découvrir qu'il n'y avait pas de porte d'entrée ni de vitres aux fenêtres, que la maison était vide, que personne n'y vivait. Je franchis le seuil, et entrai dans une pièce presque entièrement ouverte au ciel de la nuit. Je vis le foyer d'une cheminée dans le mur du fond, des sièges en pierre de chaque côté, mais aucun autre signe montrant que cet endroit avait jamais été habité, pas de meubles, rien. C'était une ruine abandonnée, où ne vivaient plus que des fougères, des ronces, du lierre qui grimpait le long des murs et sortait par les fenêtres. Au-dessus de moi, la mouette cria soudain, comme pour me dire : « C'est chez moi ! C'est ma maison ! Va-t'en ! »

Puis, poussant des cris rauques et furieux contre moi, elle s'envola dans la nuit.

Il se mit alors à pleuvoir, une averse orageuse qui

me poussa à m'abriter immédiatement. Il n'y avait que le foyer de la cheminée. Là, sous la seule partie du toit qui était encore intacte, je serais au moins au sec et à l'abri du vent. Je me frayai un passage dans les broussailles qui envahissaient la pièce, et me glissai jusqu'à la cheminée. Je m'assis sur le banc en pierre, et me recroquevillai dans le coin, sous ma couverture. J'attendrais là jusqu'aux premières lueurs du jour, pensai-je, jusqu'à ce que je voie assez clair, puis je chercherais une autre maison, une maison qui soit habitée, où il y aurait sûrement des visages amicaux, une maison où je trouverais l'accueil chaleureux que j'avais espéré et attendu.

J'avais froid, de plus en plus froid à mesure que les heures s'écoulaient. Je ne pouvais pas dormir. Ce fut la nuit la plus longue de ma vie. J'avais l'impression qu'elle ne finirait jamais. Dès que les étoiles disparurent dans le ciel, que j'aperçus les premières lueurs grises dans l'obscurité avant l'aube, je me levai et sortis de cette maison béante, soulagée de laisser son vide derrière moi. J'emportai tout ce que j'avais au monde : ma couverture, mon ours en peluche, la gourde remplie d'eau, le sac de nourriture qu'on m'avait donné, et je partis, le cœur plein d'espoir, faire le tour de l'île, en quête d'autres maisons, à la recherche de quelqu'un qui me ferait entrer chez lui, et qui m'aiderait. Je n'avais aucune idée de la grandeur de l'île, ni de combien de constructions, de combien d'habitants j'y trouverais.

Il ne me fallut pas longtemps pour découvrir, la mort dans l'âme, qu'il n'y avait pas d'autre habitation sur l'île. Je trouvai, au milieu des fougères, les restes de ce qui avait dû être autrefois une maison, ou une chapelle peut-être, car il y avait une pierre tombale avec un nom gravé dessus, si érodé par le temps et les intempéries que je ne pus le déchiffrer. Mais en dehors de ces vestiges, et de la ruine où j'avais passé la nuit, je n'aperçus aucune autre habitation humaine. Il y avait, je le voyais, des dizaines d'autres îles tout autour, disséminées sur la mer, comme si un géant, pris de fureur, avait jeté des poignées de grosses pierres dans l'océan. Et je voyais aussi des maisons sur ces îles, mais elles étaient loin, trop loin, pour que je nage jusqu'à elles. Je voyais également des bateaux, assez nombreux – des bateaux de pêche, des barques à rames, certains à sec sur les plages, d'autres ancrés à quelque distance du rivage, quelques-uns naviguant au large. Il y avait des bateaux là-bas, des gens là-bas, des maisons là-bas. Si seulement j'avais pu les atteindre !

Ce qui était sûr, c'était que mon île était complètement déserte, à l'exception des mouettes qui me surveillaient, où que j'aille, qui tournaient au-dessus de moi, poussant des cris plaintifs et perçants, me montrant clairement qu'elles n'appréciaient pas mon intrusion dans leur monde. Les petits oiseaux qui pépiaient en fouillant l'estran, les algues, les flaques sur les rochers pour y chercher leur nourriture semblaient m'accepter, mais ils remarquaient à peine ma présence. Ils m'ignoraient. Ils étaient jolis, mais ne m'apportaient qu'une piètre consolation. Je fus envahie par une tristesse telle que je n'en avais jamais éprouvé auparavant, par un sentiment de désespoir total, par la solitude. Je n'avais aucune idée de ce que je pouvais faire, à part me lever et aller explorer mon île de plus près.

J'avais déjà découvert que cette île n'était pas simplement petite, mais minuscule. J'en fis le tour en un rien de temps, et me retrouvai très rapidement devant ma maison en ruine, ce qui ne fut pas plus mal, car une autre bourrasque se levait, fouettait la mer en provoquant un bouillonnement de vagues écumantes, et dispersait dans le ciel mouettes et corneilles comme des feuilles au vent. J'arrivai à la maison juste au moment où la pluie commençait à tomber, puis me glissai de nouveau à l'abri, dans ma cheminée. La faim me tenaillait, j'avais le ventre creux et me sentais faible. Il fallait que je mange. Mais je savais que je devais faire durer ma nourriture, car je trouverais très peu de choses pour me nourrir là où j'étais. Je mangeai donc juste assez pour tenir, et pas plus. À eux trois, la saucisse, le pain et l'eau me réchauffèrent, et me redonnèrent la force de réfléchir un peu.

Le seul espoir, me dis-je, était d'atteindre une autre île. Cela me paraissait évident, à présent. Mais elles étaient inaccessibles. Je n'avais pas de bateau. Je ne pouvais pas non plus essayer de nager jusqu'à l'une d'elles, elles étaient trop loin. J'arrivais à les voir, mais elles pouvaient tout aussi bien se trouver à une centaine de milles. Même si des gens y vivaient, ils ne pouvaient pas m'apercevoir. Je ne pouvais pas hurler ni crier. Je n'avais plus de voix. Je ne pouvais pas allumer de feu. Je n'avais pas d'allumettes. Il ne me restait qu'une chose à faire, me sembla-t-il.

Il y avait un énorme rocher derrière ma maison, un rocher qui dominait toute l'île. C'était, sans aucun doute, le point le plus haut et le plus visible de tout l'îlot. Je l'escaladerais – même si ça paraissait loin d'être facile –, atteindrais le sommet, et une fois là, guetterais un bateau de passage. Je ferais alors de grands gestes, je resterais là-haut à agiter les bras jusqu'à ce qu'on repère ma présence. Tôt ou tard, quelqu'un, depuis une île ou un bateau, me verrait et viendrait à mon secours. Je décidai donc de monter sur ce rocher.

Je laissai tout derrière moi sur le siège en pierre, dans le foyer de la cheminée – je savais que j'aurais besoin de mes deux mains pour grimper –, et me dirigeai vers le rocher. Une fois là, en levant les yeux, je m'aperçus que c'était encore plus décourageant que ce que j'avais imaginé – plus haut, plus abrupt, et terrifiant. Mais je devais monter. Je n'avais pas le choix. Je commençai à grimper, essayant de ne pas regarder en bas, me concentrant uniquement sur mon ascension vers le sommet. C'était traître, par endroits, là où la roche était glissante à cause de la pluie. Mes jambes tremblaient sous l'effort, et de peur, aussi. Dès que mes doigts ou mon pied dérapaient, mon cœur s'emballait, et je sentais alors le sang battre dans mes oreilles. Je n'arrêtais pas de me dire que chaque petit pas vers le haut me rapprochait du but, que je pouvais y arriver, que j'y arriverais. J'atteignis enfin le sommet, à bout de souffle, n'ayant plus aucune force dans les jambes ni dans les bras. Je voulus rester debout, et brandir le poing en signe de victoire, mais je dus me résigner à m'asseoir, haletante, pantelante, et à essayer de me remettre.

Je regardai autour de moi. Partout, des îles, lointaines ou proches, beaucoup plus nombreuses que je ne l'avais pensé, ressemblaient à de petites boulettes de pâte disséminées sur l'océan. Sous la lumière soudain éblouissante du soleil, la mer passait du turquoise au vert sous mes yeux. Sur certaines îles, les plus grandes, je voyais les contours de cottages, de fermes et d'églises. Et il y avait des gens. Je les distinguais assez nettement, à présent, silhouettes minuscules qui marchaient au bord de la mer, se tenaient sur les quais, travaillaient dans les champs. Il y avait des bateaux, aussi, qui allaient et venaient. Ne me souciant plus de ma fatigue, je me levai aussitôt et fis de grands gestes avec mes deux bras. Oubliant que je n'avais plus de voix, je tentai de crier. Mais je ne pus qu'émettre un murmure rauque, une sorte de halètement, et cette pauvre tentative me fit si mal à la gorge que je dus m'arrêter.

Combien de temps je restai là, debout à agiter les

bras, je ne sais pas. Partout où je regardais, je voyais des bateaux de pêche passer autour des îles. C'étaient ces bateaux qui m'incitaient à continuer à leur faire signe. Mais je dus me rendre à l'évidence : aucun d'entre eux n'approchait de mon île, je pouvais m'agiter autant que je le voulais, j'étais trop loin pour qu'on puisse m'apercevoir. Je continuai quand même à faire de grands gestes – que pouvais-je faire d'autre ? J'agitai les bras jusqu'à ce que mes épaules me brûlent de douleur, jusqu'à ce que je ne puisse presque plus les lever. Je restai debout là, espérant, priant pour qu'un de ces bateaux de pêche se dirige vers moi. Lorsque, enfin, l'un d'eux vint dans ma direction, je trouvai la force de me manifester de nouveau. Mais je savais déjà que c'était inutile. Les mouettes semblaient le savoir, elles aussi. Elles tournoyaient au-dessus de ma tête en criaillant, moqueuses. Puis elles se mirent à descendre en piqué sur moi, essayant de me chasser du rocher. Mais je ne bougeai pas.

Je restai là toute la journée, espérant contre toute probabilité que ma chance tournerait, que quelqu'un passerait assez près de mon île pour me voir. J'étais assise, serrant mes genoux contre ma poitrine pour me réchauffer, trop fatiguée pour continuer à lever les bras, trop fatiguée même pour tenir debout. Le vent du soir s'était levé, et j'étais glacée jusqu'aux os. Je tremblais sans pouvoir m'arrêter. Je restais là, cependant, continuant quand même d'espérer. Ce n'est qu'à la tombée de la nuit que je reconnus ma défaite, et entrepris la longue descente jusqu'en bas. Mes jambes étaient devenues raides, je ne sentais plus ni les doigts de mes mains, ni mes pieds. C'est ce qui entraîna ma chute, j'en suis sûre. Je dus lâcher prise et glisser. Je ne sais pas. Je ne me souviens même pas du moment où je tombai, je me réveillai simplement sur le sol au milieu des bruyères, avec mal à la tête, mal à la cheville et, au-dessus de moi, les mouettes qui tournoyaient en criaillant, plus moqueuses que jamais. Je me touchai le front. Il était poisseux de sang.

23

Depuis un autre monde

Je boitillai jusqu'à la maison en ruine, n'aspirant plus qu'à boire, qu'à manger mon pain et ma saucisse. Je vis ce qui s'était passé au moment même où je franchis la porte, en découvrant, éparpillés partout sur les fougères et sur les ronces, les morceaux du sac en papier kraft. Il n'y avait plus trace de pain ni de saucisse. Mon ours en peluche gisait à plat ventre dans une flaque.

Je sus immédiatement qui était la coupable. Elle était perchée là, sur la cheminée. Si les mouettes avaient des lèvres, elle se les serait léchées. Elle paraissait si contente d'elle ! Je ramassai un caillou et le lançai contre elle. Il rebondit bruyamment contre la cheminée, suffisamment près, cependant, pour l'effrayer et la faire partir. Elle s'envola en poussant des cris stridents. J'avais pris ma revanche, c'était une petite victoire pour moi, mais cette satisfaction ne dura pas longtemps. Lorsqu'on a faim, vraiment faim, découvris-je alors, il n'y a pas d'autre satisfaction que la nourriture. Et si on n'a rien à manger, mais seulement de l'eau à boire, on boit le plus possible pour remplir son estomac avec quelque chose, car quelque chose, c'est toujours mieux que rien. Je bus goulûment toute l'eau qui restait dans ma gourde, jusqu'à la dernière, la toute dernière goutte. La gourde se vida avant même que j'aie pensé à garder un peu d'eau pour plus tard.

Je me pelotonnai sous ma couverture, couchée sur mon petit banc de pierre, dans la cheminée. Je n'avais plus peur du tout des ténèbres qui s'épaississaient autour de moi, je ne m'inquiétais plus de savoir comment je pourrais survivre sur cette île déserte sans eau ni nourriture, je ne me demandais plus si je pourrais être sauvée ou pas – j'étais trop en colère contre moi-même pour réfléchir à quoi que ce soit. Je n'avais plus qu'une chose à l'esprit : comment avais-je pu être assez bête pour ne pas avoir caché ma nourriture, ne pas l'avoir mise à l'abri des mouettes ? Pourquoi n'y avais-je pas pensé ? Et maintenant, pour aggraver encore les choses, j'avais bu toute l'eau qui restait. Je n'avais donc plus rien à boire, plus rien à manger. Quelle idiote j'avais été ! Niquedouille ! Nunuche ! Ces mots revenaient sans cesse dans ma tête.

Le froid pénétra à travers ma couverture, cette nuit-là, et s'insinua dans tout mon être. Je ne pouvais pas dormir, tant je toussais et frissonnais. Puis, comme par miracle, les nuages sombres qui couraient dans le ciel nocturne semblèrent s'écarter, être tirés de côté comme des rideaux, pour laisser apparaître la lune, brillante, pleine, rayonnante. Dès que je la vis, je me mis à fredonner doucement, sans savoir pourquoi. Mais en entendant le son de ma voix, en découvrant que j'avais de nouveau une voix, même si je ne pouvais que chantonner, je sentis mon moral remonter. Je contemplai donc la lune dans le ciel, et continuai de fredonner. Je n'étais peut-être pas capable de former des mots, mais je pouvais faire entendre un air. Je fredonnai jusqu'à ce que je m'endorme, cette nuit-là.

Je m'éveillai aux premières lueurs de l'aube dans le ciel au-dessus de moi. J'avais froid, soif, mes membres étaient ankylosés. Je me levai, oubliant complètement que je m'étais foulé la cheville. Je sentis une douleur aiguë. Mon pied se déroba sous moi, et je tombai. J'essayai de me relever, de marcher en m'appuyant lourdement contre le mur, essayant de voir quel poids – s'il y en avait un – ma cheville pourrait supporter. Elle n'avait plus aucune force, et la douleur était atroce dès que je m'appuyais dessus en voulant marcher. Je compris que tant qu'elle ne serait pas guérie, je ne pourrais plus escalader le rocher, et faire signe aux bateaux qui passaient. Mais les secours me semblaient beaucoup moins importants, à présent. Je n'avais pas d'eau, pas de nourriture. Il fallait que je trouve les deux. Je souffrais déjà plus de la soif que de la faim. J'avais dans la tête, sans trop savoir pourquoi, qu'on peut se passer longtemps de nourriture, et que l'eau peut nous maintenir en vie pendant des semaines.

Je m'efforçais d'examiner ma situation, de réfléchir à ce que je devais faire pour survivre, et de quelle façon. Tout d'abord, il me fallait un bâton sur lequel m'appuyer, ou quelque chose qui puisse me servir de béquille. Je ne pourrais certainement pas marcher sans. Je n'avais pas vu d'arbres dans l'île. Mais je pourrais trouver du bois flotté, rejeté par la mer sur le rivage. J'en trouverais sans doute sur la plage de sable où j'avais débarqué. Elle n'était pas loin. Avec les plus grandes difficultés, je me traînai en boitant le long du sentier, puis glissai sur le dos en bas des dunes, jusqu'à la plage. Il n'y avait pas de bois flotté en vue, rien, en dehors d'un ruban d'algues et de coquillages laissé par la marée. Je rejoignis le bord de l'eau d'un pas chancelant. Un crabe s'échappa devant moi, entrant dans la mer peu profonde. Ma première impulsion fut de me jeter sur lui, de l'attraper, de le tuer pour le manger, mais je ne pus me résoudre à passer à l'acte. Cela me donna du courage, cependant, tandis que je le regardais disparaître. J'aurais pu le manger. Je ne mourrais pas de faim.

Je restai debout sur le sable à regarder autour de moi. C'était mon monde, à présent, et c'était un monde merveilleusement beau. La mer dansait au soleil sous le grand bleu du ciel, les îles s'étendaient tout autour, vertes, grises et jaunes, les sommets violets des collines étincelaient sous le soleil matinal, et partout le pépiement des oiseaux remplissait l'air. « Un vrai paradis », pensai-je. Et il y avait de l'eau partout, mais de l'eau de mer, pas de l'eau potable. Je pourrais mourir de soif dans ce paradis, alors même que les secours semblaient à ma portée.

Je remontai lentement la plage en pente, et dus gravir la dune à quatre pattes jusqu'au sentier. Si je n'avais pas été à quatre pattes, je n'aurais jamais vu, gisant là entre les roseaux, un morceau de vieille corde enroulée sur elle-même, blanchie par le soleil, attachée à une poulie, et à côté, les restes d'une porte en bois. Derrière, je découvris du bois flotté, beaucoup de bouts de bois, dont certains étaient à moitié enfouis dans le sable. Ils n'avaient pas été rejetés par la mer, pensai-je, c'était trop loin de la plage, de la ligne de la marée sur le sable, c'était trop haut sur les dunes. Et il y en avait un énorme tas. Il avait été ramassé et empilé délibérément à cet endroit – dans quel but, je n'en savais rien – mais ce qui m'apparaissait clairement, à présent, c'est que ce bois avait été apporté là par quelqu'un, que quelqu'un était donc venu. Des gens étaient venus là ! Ils étaient venus faire ça. Ils pouvaient donc revenir. Soudain, l'espoir se ranima en moi. Un instant plus tard, j'eus une nouvelle raison de reprendre courage. Je fouillai dans le tas de bois flotté jusqu'à ce que je trouve ce que je cherchais : un bâton assez solide pour me servir de béquille, et de la bonne taille, aussi.

Je clopinai vers la maison en ruine, le moral nettement meilleur. Je devais toujours être rongée par le besoin d'eau, car une pensée me traversa soudain l'esprit, tandis que j'arrivais à la porte. Les gens n'étaient pas simplement venus et repartis. Ils avaient vécu là autrefois, dans cette maison. Or on ne peut pas vivre sans eau. Personne ne le peut. On ne construit pas de maison sur une île s'il n'y a pas d'eau. Il devait donc y avoir un puits quelque part, et je le trouverais. Je fouillerais cette île centimètre par centimètre jusqu'à ce que je le trouve – ce n'était qu'un petit îlot, je n'en aurais pas pour très longtemps. Ensuite, je prendrais ma gourde, et la remplirais aussi souvent que j'en aurais besoin. Je pourrais vivre au moins trois semaines comme ça. Si c'était nécessaire, si j'en avais vraiment besoin, je pourrais attraper un crabe et le manger. Il y avait des patelles sur les rochers aussi, j'en avais vu. Je pourrais peut-être manger ça. Et tôt ou tard, un pêcheur passerait assez près de l'île en bateau – peut-être la même personne qui avait entassé ce bois flotté sur les dunes. Il me retrouverait, il me sauverait.

Il ne me restait plus qu'à découvrir ce puits, et à attendre tous les jours sur les dunes qu'un bateau passe par là. Pendant ce temps ma cheville guérirait, je pourrais de nouveau monter en haut du rocher et agiter les bras dans l'espoir qu'on me voie.

Grisée par ces grandes espérances, je me mis aussitôt à chercher le puits, qui était forcément quelque part par là. Je me dis qu'il valait mieux commencer près de la maison. Il était logique, pensai-je, qu'il soit creusé près de la maison, et non pas à l'autre bout de l'île. J'imaginais aussi qu'un puits serait assez facile à voir. J'avais tort. Les fougères et les ronces, qui semblaient recouvrir la plus grande partie de l'île, poussaient à hauteur d'homme. Je ne trouvai pas de chemin au milieu de cette végétation. Je dus me frayer un passage dans la broussaille à grands coups de béquille. Il y avait des endroits où les fougères étaient trop denses et poussaient trop haut pour que je m'y aventure, où les ronces me griffaient les jambes et me fouettaient le visage ou le cou. C'était la jungle.

Je poursuivis mes recherches toute la journée et le jour suivant. Je n'étais pas trop affamée, car je trouvais suffisamment de petites mûres encore vertes pour soutenir mes forces, tenir la faim à distance. Mon besoin d'eau, en revanche, devenait insoutenable. J'en étais réduite à me mettre à quatre pattes pour boire dans des flaques dès que j'en apercevais une. Il n'y en avait pas beaucoup, et l'eau était croupie. Les jours suivants, je continuai à chercher un puits, mais au fur et à mesure que le temps passait, ma motivation, ma détermination, et mes espoirs diminuaient. Je n'avais plus le cœur à ça. Je n'avais plus la force de me frayer un chemin à coups de bâton dans la jungle de fougères et de ronces, de chercher dans les fourrés où je n'étais pas encore allée. J'errais de plus en plus souvent sans but, ma situation désespérée provoquant de fréquentes crises de larmes. La nuit, les coupures, les égratignures qui couvraient une grande partie de mon corps ne me laissaient pas dormir, et la douleur de ma cheville était permanente. Je me recroquevillais sous ma couverture, serrant mon ours en peluche contre moi, et essayais de me bercer pour m'endormir. Mais rien ne pouvait calmer les crampes de faim qui me torturaient.

Je ne fredonnais plus mon air à la lune, car il n'y avait pas de lune, et si jamais j'essayais de chantonner, je n'émettais plus que des gémissements, parfois même des sanglots. Je m'efforçais de ne pas sangloter, non pas pour être courageuse – j'étais bien trop désespérée pour avoir encore ce genre de préoccupations –, mais parce que je savais que si je m'abandonnais aux sanglots, je serais bientôt assaillie par d'interminables quintes de toux, qui me secoueraient de la tête aux pieds.

Combien de jours, combien de nuits passèrent, je ne sais pas. Mais une nuit, tandis que j'étais allongée là, essayant de me bercer pour m'endormir et de ne pas tousser, essayant d'oublier les égratignures des ronces sur mes jambes et la douleur dans ma cheville, un gros orage éclata, le vent hurla dans la cheminée, des éclairs transformèrent la nuit en jour au-dessus de moi. Jusqu'alors, j'avais été à peu près au sec dans la cheminée, mais à présent la pluie et le vent se déchaînaient avec tant de force que je m'abritai dans le coin, sous le banc de pierre, où je trouvai une sorte de refuge. Je restai blottie là, les genoux remontés sous ma couverture, serrant fort mon ours en peluche contre moi, et m'efforçant d'arrêter de tousser à rendre l'âme. J'en avais mal dans la poitrine, mal à la gorge. Épuisée, je dus finir par m'assoupir.

Je me réveillai au bruit de l'eau qui tombait. Je la vis, à la lueur d'un éclair dans le ciel. De l'eau se déversait dans la cheminée, comme une cascade. Je compris immédiatement ce que je devais faire. Je pris ma gourde sur le rebord de pierre où je la posais toujours, dévissai le bouchon, et la laissai se remplir sous la pluie battante. Lorsqu'elle fut pleine, je bus jusqu'à ce que je ne puisse plus absorber une seule goutte, puis la remplis de nouveau. Cette fois, je me promis d'économiser l'eau, de la faire durer, d'être raisonnable. Et c'est ce que je fis, c'est ce que je fus. Mais après cet orage et ses chutes d'eau torrentielles, il n'y eut plus de pluie pendant un bout de temps, ma gourde se vida rapidement, et les flaques séchèrent au soleil. Ma cheville passait par toutes les couleurs de l'arc-en-ciel. Je la regardais souvent. J'étais assez fière d'elle, elle était moins enflée, à présent. Elle me gênait moins, bien qu'elle fût encore fragile.

La nuit de l'orage est la dernière nuit dont je me souvienne vraiment. Tout ce que je sais, c'est qu'ensuite je dérivai au fil des jours, trop faible pour escalader le rocher, ou pour continuer à chercher le puits, me contentant de rester assise pendant des heures interminables sur les dunes, à guetter le passage de bateaux de pêche. Et il en passait, mais toujours trop loin. J'arrivais à attraper quelques petits crabes au bord de l'eau, j'arrachais des patelles des rochers, puis les vidais de leur chair. Je dénichais parfois des œufs d'oiseau, et m'en régalais. C'était mon meilleur repas. Malheureusement, j'étais souvent malade après en avoir mangé. Je me rappelle avoir passé des heures recroquevillée dans ma cheminée, me tenant l'estomac et gémissant de douleur. Il plut de nouveau, jamais suffisamment, cependant, pour remplir ma gourde, même si je dus recueillir assez d'eau, finalement, puisque j'ai survécu. J'essayais toujours d'en garder un peu jusqu'à ce qu'il pleuve encore, de ne jamais tout boire.

À la fin, je n'avais plus la force ni la volonté de quitter ma cheminée. J'abandonnais. Je le savais, mais ça m'était égal. J'avais perdu tout espoir de survivre, tout espoir d'être sauvée. Parfois, je me noyais dans d'immenses vagues de tristesse. Non pas que j'aie eu le sentiment que rien ne me rattachait à la vie, c'était autre chose : je me rendais compte, désormais, que je ne vivrais pas. Je pensais souvent, tandis que j'étais couchée là, qu'il aurait mieux valu que je glisse de mon piano et disparaisse dans la mer. Cela aurait été plus rapide. Alors que maintenant, je m'éteignais lentement, douloureusement, tristement.

Parfois, le soleil brillait au-dessus de moi, et sa chaleur me faisait frissonner, semblant chasser un moment tout le froid et la tristesse qui m'avaient envahie. Je me sentais alors heureuse d'être encore vivante, et arrivais presque à croire que là où il y a de la vie, il y a de l'espoir. Je dus m'accrocher à ces dernières lueurs d'espoir, je dus continuer à boire de l'eau, puisque j'étais encore vivante ce jour-là, lorsque j'entendis une voix m'appeler de loin, que j'entendis des pas approcher de la maison, et que je vis un garçon accroupi là, dans la bruyère, qui me tendait la main. Quand il parla, ses paroles me semblèrent venir d'un autre monde.

24

Îles Scilly, octobre 1915

Sale Boche !

Il devint bientôt évident à Alfie que Lucy connaissait toute l'île comme sa poche. Il traînait derrière elle, tandis qu'elle courait le long des sentiers et bondissait dans la bruyère. Alfie n'arrivait pas à penser à autre chose qu'à ces deux mots que Lucy avait prononcés : « *Wasser* » et « *gut* ». Ils ne lui semblaient pas anglais du tout. *Gut* ressemblait à good – « bon », en anglais –, mais ce n'était pas vraiment ça, et *Wasser* à *water* – « eau », en anglais –, mais ce n'était pas vraiment ça non plus. Alfie devait se rendre à l'évidence, reconnaître que les autres avaient eu raison : Lucy était allemande. Il ne pouvait plus y avoir de doute là-dessus, à présent, malgré son envie de ne pas y croire. Tous les mots qu'elle avait prononcés devant lui pouvaient avoir été allemands, étaient probablement allemands, étaient certainement allemands. Plus il y réfléchissait, plus cela paraissait s'imposer.

Telle une chèvre sauvage, Lucy grimpait sur les rochers et sautait par-dessus les flaques. Alfie la suivait partout, mais ce n'était pas toujours facile. Il ne s'était jamais aperçu qu'elle était si agile, qu'elle avait le pied si léger. Essoufflée, tout excitée, elle semblait faire sans arrêt de nouvelles découvertes, comme un chien de chasse sur une piste, qui cherche, puis trouve. Et souvent, à la suite de ces découvertes, elle jouait des scènes, un peu comme au théâtre, à l'aide de mimes et de mouvements, qui étaient absolument incompréhensibles à Alfie, et le laissaient perplexe.

Pourtant, il voyait bien qu'elle essayait plus que jamais de se faire comprendre, formant avec ses lèvres les mots qu'elle ne pouvait pas vraiment prononcer, et parlant sans arrêt avec ses mains du mieux qu'elle le pouvait. Tous ses murmures gutturaux, ses claquements de langue, rappelèrent à Alfie la vieille Ma Stebbings, à Atlantic Cottage sur Popplestone Bay, qui était née sourde, lui avait-on dit, et avec un palais fendu. Personne ne comprenait rien à ses balbutiements. Elle laissait donc ses mains et ses yeux parler pour elle, mais même ainsi, Alfie ne saisissait pas très bien ce qu'elle voulait lui dire. L'ennui, c'est que la vieille Ma Stebbings se mettait souvent en colère quand on ne la comprenait pas, et qu'on préférait alors s'en aller, ce qui la rendait encore plus furieuse.

C'était différent avec Lucy. Elle ne se mettait pas en colère, elle essayait simplement de s'expliquer. Et puis, avec elle, ce n'était pas pareil, Alfie voulait réellement savoir ce qu'elle s'efforçait de lui dire, il voulait l'encourager à poursuivre ses efforts.

C'était difficile, cependant, et déroutant, car les histoires qu'elle tentait de lui raconter, d'après ce qu'il arrivait à comprendre, ne semblaient pas vraiment reliées les unes aux autres. Elles faisaient penser aux pièces éparpillées d'un puzzle. Lucy pointait le doigt vers la mer, en direction du phare de Round Island. Puis elle s'asseyait en tailleur sur le sable et se mettait à dessiner quelque chose qui ressemblait à un concombre. Ensuite, elle ramassait une patelle et faisait semblant de la manger.

Elle se releva, lui prit la main et courut de nouveau vers la maison des Pestiférés, lui montra les coquillages vides qui étaient restés là, éparpillés un peu partout, puis se laissa tomber sur le sol, dans le foyer de la cheminée, se tenant l'estomac à deux mains, et gémissant, comme si elle avait mal au ventre. Un peu plus tard, découvrant une mouette perchée sur la cheminée, Lucy bondit sur ses pieds, gesticula furieusement et lui lança des pierres. En retrouvant un vieux bâton – du bois flotté apparemment – au milieu des fougères de la maison des Pestiférés, elle boitilla un peu comme l'oncle Billy quand il imitait Long John Silver – quel rapport Billy pouvait bien avoir avec tout ça, Alfie n'en avait aucune idée –, puis elle sortit de nouveau de la maison, courut le long du sentier, et se mit soudain à quatre pattes, se comportant comme un chien qui boit dans une flaque d'eau. Le tout était accompagné de grands gestes de ses mains, et d'un déversement de sons inarticulés qui ressemblaient plus à des borborygmes qu'à autre chose.

Alfie parvenait à comprendre quelque chose aux mimes de Lucy, mais ils étaient joués si vite, l'un après l'autre, que tous ensemble ils n'avaient plus aucun sens pour lui. Il lui demandait souvent de ralentir, de lui montrer de nouveau ce qu'elle faisait, mais elle était déjà partie, et courait plus loin.

À midi, ils finirent par se retrouver au sommet du grand rocher derrière la maison des Pestiférés. Il voulut qu'elle s'assoie, et qu'ils mangent le pain, le fromage, qu'ils avaient apportés avec eux dans le bateau. Il se dit que ce serait peut-être le moment d'essayer de la calmer et de la faire parler. Mais elle n'avait ni envie de parler ni envie de manger, ça ne semblait pas l'intéresser le moins du monde. Elle ne faisait que sauter sur place et agiter les bras chaque fois qu'elle voyait passer un bateau de pêche. Puis, lorsqu'elle en eut assez, elle s'allongea sur un rocher, et contempla le ciel. Elle lui montra la demi-lune qui était restée visible dans le ciel, et se mit à fredonner son air préféré. Elle tapota le rocher à côté d'elle, invitant Alfie à la rejoindre. Ils chantonnèrent ensemble. Au bout d'un moment, ils se turent, écoutèrent la mer, le vent, les huîtriers, regardèrent les mouettes qui tournoyaient en criaillant au-dessus d'eux.

– Elles ne nous aiment pas beaucoup, n'est-ce pas ? dit Alfie. Je pense qu'elles veulent qu'on s'en aille. D'ailleurs, il est temps de partir.

Lucy n'eut pas davantage besoin de son aide pour descendre qu'elle n'en avait eu pour monter. Lorsqu'elle arriva en bas, bien avant lui, elle tomba, et serra sa cheville dans ses mains en grimaçant de douleur. Au début Alfie crut qu'elle s'était vraiment fait mal, tellement elle jouait bien la comédie. Mais ensuite, il vit que ses yeux souriaient. Il se rappela alors qu'elle avait la cheville foulée quand Jim et lui l'avaient ramenée chez eux.

– Ta cheville, c'est arrivé ici, n'est-ce pas ? demanda-t-il.

Elle acquiesça d'un hochement de tête. C'est à ce moment qu'Alfie s'aperçut enfin qu'il pouvait commencer à comprendre son histoire, à faire le rapport entre les choses.

– Alors, tu es arrivée ici dans un bateau à rames, c'est bien ça ? demanda-t-il. Et tu as vécu dans la maison des Pestiférés – il n'y a pas d'autre endroit, de toute façon. Tu as mangé des patelles, tu es montée sur le rocher géant, tu as fait de grands gestes pour que quelqu'un te voie et vienne te chercher. Personne n'est venu, n'est-ce pas ? Jusqu'à ce que nous arrivions, et que nous te trouvions à moitié morte. Mais ce concombre que tu as dessiné sur le sable, qu'est-ce qu'il a à voir avec tout ça ? Et je n'ai toujours pas compris d'où tu es venue. Il faut que nous sachions tout, Lucy, tu comprends. Il le faut. Il faut que tu nous le dises. Et où est le bateau à rames qui t'a laissée sur cette île ? Tu n'as pas pu venir toute seule. Qui t'a amenée là ? Et cette gourde, qui te l'a donnée ?

Elle le regardait pendant qu'il lui parlait, et réfléchissait. Il le voyait. Elle voulait lui répondre. Elle allait le lui dire. Mais soudain, elle était de nouveau debout et courait, bondissant dans la bruyère, dévalant à toute allure le sentier qui menait à la plage.

Alfie se dit qu'il avait dû perturber Lucy avec toutes ses questions. Il la suivit en l'appelant. Lorsqu'il la rejoignit, elle était à genoux sur le sable, un os de seiche à la main, et dessinait fébrilement. Elle ne leva pas les yeux, même quand il se tint juste au-dessus d'elle, regardant par-dessus son épaule. Elle continua simplement à faire son dessin, qui ressemblait cette fois encore à un concombre, un concombre géant. Pourtant, quelque chose en sortait au sommet. Un jet ! C'était une baleine ! Ça ne pouvait être qu'une baleine ! Il repensa aussitôt à l'histoire de Jonas, à l'une des rumeurs stupides qui avaient circulé juste après que Lucy avait été retrouvée, selon laquelle elle serait arrivée à St Helen's sur le dos d'une baleine.

À côté de la baleine, cependant, elle dessinait un bateau, un bateau à rames, avec trois hommes assis à l'intérieur, dont l'un avait quelque chose à la main – la gourde, la gourde remplie d'eau. Lorsqu'elle eut fini son dessin, Lucy se redressa, s'assit sur ses talons, et après avoir respiré profondément à une ou deux reprises, parla très posément, très clairement. Indiquant l'homme qui se trouvait dans le bateau, celui qui tenait la gourde, elle dit :

– Wilhelm. *Wasser*. *Gut*.

Encore des mots ! Les mêmes mots. Mais des mots allemands. Alfie était déjà en train de se dire qu'il les garderait secrets, et qu'il fallait espérer qu'elle n'en prononcerait plus jamais d'autres quand ils rentreraient. Parler ne ferait que la trahir.

Elle se pencha soudain en avant et traça une autre figure dans le bateau, un personnage qui tenait quelque chose – un ours en peluche à la tête souriante. *Son* ours en peluche. Elle se rassit en riant, et se montra du doigt.

– Nunuche, s'écria-t-elle. Niquedouille ! Nunuche ! Niquedouille !

Lucy prononça maintes et maintes fois ces mots en pouffant de rire. Alfie voyait qu'elle était simplement émerveillée de s'entendre, de pouvoir soudain parler de nouveau, qu'elle était aussi surprise qu'il l'était lui-même. Alfie aussi était émerveillé par le son de ces paroles, mais pour une tout autre raison. C'étaient des mots anglais. Anglais ! Anglais ! *Nicompoop !* « Niquedouille ! ». Ses parents l'appelaient parfois comme ça, lui aussi. Comment aurait-elle pu connaître un mot pareil si elle n'avait pas été anglaise ? Il se mit à rire de soulagement avec Lucy, puis à danser et à gambader avec elle sur son dessin dans le sable, tous deux répétant ces mots encore et encore, ces mots magnifiques, ces mots si beaux, les criant de plus en plus fort, jusqu'à ce que toutes les mouettes de l'île semblent avoir pris leur envol et criaillent d'inquiétude. Ou peut-être riaient-elles, elles aussi ?

Alfie n'avait plus qu'une envie, rentrer à la maison, rentrer le plus vite possible. Il avait hâte d'annoncer la bonne nouvelle. Il décida de prendre au plus court. Il repartit avec Lucy dans le petit bateau à voile, s'éloigna de la plage de St Helen's, mit le cap sur le phare de Round Island, en se tenant à l'écart des eaux dangereuses autour de Men-a-Vaur. Il savait que, quel que soit le temps, les vagues qui venaient de la pleine mer étaient toujours hautes et très agitées près de Round Island. Mais un jour comme celui-ci, ce n'était pas trop dangereux, et il était déjà passé par là assez souvent avec son père. Le vent, la marée et le courant seraient de leur côté. De toute façon, pensa-t-il, ce serait excitant. Et ce fut excitant ! Le petit bateau gîtait, montant, puis descendant les vagues, chacune étant comme une montagne à escalader, tandis que Lucy et Alfie riaient, criaient, exaltés par la peur et la joie qu'ils partageaient. Ils chevauchaient les vagues, montaient, plongeaient, surfaient, et chaque fois qu'ils étaient sur la crête de l'une d'elles, ils criaient à l'unisson :

– Niquedouille ! Nunuche ! Niquedouille !

Complètement trempés, essoufflés, ils sortirent du vent et des vagues pour entrer dans les eaux plus calmes, plus abritées du chenal de Tresco. Alfie était sûr maintenant que leur journée à St Helen's avait donné de bien meilleurs résultats que tout ce que le docteur Crow ou aucun d'eux aurait jamais pu espérer. Lucy avait très certainement retrouvé des souvenirs. Dans quelle mesure, Alfie ne le savait pas. Mais elle s'était rappelé certaines choses. Elle avait prononcé des mots, aussi, et s'il est vrai qu'elle répétait presque tout le temps les deux mêmes – c'étaient des mots anglais. Il y avait eu, sans aucun doute, un certain éveil de sa mémoire et une redécouverte de sa voix. Ce n'était probablement que le début, se dit Alfie. Les mots couleraient sûrement plus facilement, à présent, et ses souvenirs finiraient par resurgir. On saurait très bientôt qui était Lucy Lost, désormais, on saurait tout d'elle.

La marée était basse lorsqu'ils entrèrent dans Green Bay. Personne ne semblait être dans les parages en dehors d'oncle Billy. L'*Hispaniola* était sur des cales et au sec sur le sable. Billy, près du voilier sur la plage, restaurait le gouvernail. Puis il fit le tour du bateau. Il sembla l'inspecter sous toutes ses coutures, examinant la coque, le tapotant affectueusement. Il dut les voir arriver, mais ne leur fit pas signe. Alfie et Lucy comprirent aussitôt qu'il était occupé, qu'il valait mieux le laisser tranquille. Ils ne le dérangèrent donc pas.

Alfie avait jeté l'ancre, et affalait la voile lorsque, levant les yeux, il vit Zebediah Bishop et sa clique arriver. Toute la bande traversa la plage et se précipita sur eux en criant comme une meute assoiffée de sang.

Alfie se raidit, voyant ce qui se préparait. Lucy et lui auraient pu essayer de se sauver, mais ils ne pouvaient fuir nulle part, n'avaient pas d'endroit où se cacher. Leur maison était trop loin, au-delà du champ. Ils ne pourraient jamais arriver jusque-là. Lucy tenait sa gourde d'eau comme si elle se préparait à s'en servir comme une arme.

– Ça va aller, lui dit Alfie, en faisant semblant d'y croire. Ils veulent simplement s'amuser un peu. Ils ne cherchent pas la bagarre.

Ils n'étaient plus qu'à quelques mètres, à présent.

« *Joue les durs*, se dit Alfie. *Quoi que tu fasses, joue les durs, ne leur montre pas que tu as peur.* »

– Qu'est-ce que tu veux, Zeb ? demanda-t-il.

– Vous n'étiez pas à l'école, hein ? répondit Zeb. (Il se tourna rapidement vers Lucy.) Alors, tu étais où ? Repartie chez les Boches ? (Il ricana.) Tu t'es bien amusée, hein ? T'es allée chercher des petits enfants pour les passer à la baïonnette ?

Il se pencha brusquement en avant et lui arracha la gourde des mains.

– Qu'est-ce que c'est que ça ?

Il dévissa le bouchon, but une gorgée et recracha, s'essuyant la bouche avec le revers de sa main.

– De l'eau de Boches, dit-il. De l'eau de Boches dégueulasse, aussi dégueulasse que toi.

Il examina alors la gourde de plus près, et reprit :

– Voyons, voyons… c'est à peine croyable ! Vous savez ce qui est écrit là ? Je vais vous le lire, d'accord ?

Voilà ce qui est écrit en grosses lettres : « *Berlin* ». Regardez ça, les gars ! poursuivit-il d'une voix de plus en plus menaçante et triomphante, en levant la gourde pour la montrer aux autres. On a appris nos capitales, à l'école, alors on sait tous que Berlin n'est pas en Angleterre, pas vrai ? Et c'est pas en Angleterre pour la bonne raison que c'est en Allemagne !

Tandis que le groupe se refermait autour de lui, Alfie serra les poings.

– N'approche pas, Zeb, dit-il, ou tu auras le nez en sang !

Il sentait que Lucy se cachait derrière lui, se cramponnait à sa veste, s'accrochait à lui, le front pressé contre son dos. Des huées s'élevaient tout autour d'eux. Alfie ne recula pas d'un pouce.

Soudain, Lucy surgit de derrière lui, et se précipita sur Zeb, le prenant complètement au dépourvu, lui, comme tous les autres. Mais l'effet de surprise ne dura pas longtemps. Alfie fut frappé par-derrière et tomba à terre. Des coups de pied et de poing s'abattirent sur lui. Tandis qu'il se roulait en boule pour se protéger, il vit que Lucy, assise à califourchon sur Zeb, le rouait de coups. Mais ensuite, les autres la poussèrent, et se mirent à lui donner des coups de pied à elle aussi, tandis qu'elle essayait de ramper vers lui. Alfie leva les yeux vers les visages hilares autour de lui, qui hurlaient et scandaient :

– Sale Boche ! Sale Boche ! Sale Boche !

25

Vilain petit canard

Brusquement, les coups de pied s'arrêtèrent, les insultes s'arrêtèrent aussi. Quand Alfie leva les yeux, il vit que les garçons se dispersaient dans toutes les directions. À ce moment-là seulement, il comprit pourquoi. Oncle Billy tenait Zeb par le col. Après l'avoir soulevé de terre pendant un moment, il le relâcha, le faisant tomber sur le sol comme un sac de pommes de terre. Gémissant d'une voix étranglée, Zeb s'éloigna d'un pas chancelant sur la plage. Oncle Billy ramassa la gourde que Zeb avait laissée tomber par terre, et la donna à Lucy. Il les aida tous deux à se relever, épousseta rapidement leurs vêtements. Puis il dit, levant son poing en l'air :

– « Yop là ho ! »

– « Yop là ho ! » lui répondirent-ils.

Ils se mirent tous trois à scander sans arrêt ces mêmes mots, Lucy aussi, levant le poing tous ensemble.

– Venez ! Regardez ! leur dit oncle Billy en les prenant chacun par la main. Mon *Hispaniola* est fini !

Main dans la main, ils traversèrent Green Bay jusqu'au lougre. Ils restèrent là un moment à le regarder, à l'admirer. Le bateau resplendissait de la proue à la poupe, les voiles faseyaient et claquaient au vent, le pavillon noir flottait en haut du grand mât. Il était magnifique.

– Demain, annonça oncle Billy, je partirai à la recherche de l'île au Trésor. Il y a sept mers, là-bas, et je les parcourrai toutes, jusqu'à ce que je la trouve.

Puis, sans ajouter un mot, il les quitta, remontant la plage vers le hangar à bateau.

C'est alors qu'ils virent Peg arriver tranquillement vers eux. Elle venait les chercher. Ils pouvaient donc repartir vers leur ferme à cheval, mais en faisant quelques détours. Peg ne rentrerait jamais directement à la maison. Ils durent aller là où elle voulait les emmener, tout autour de l'île, sous Samson Hill, le long de Rushy Bay, Popplestone Bay, et Hell Bay. Ils ne prononcèrent pas un mot, ni l'un ni l'autre, jusqu'à ce qu'ils arrivent sur la lande au-dessus de Shipman Head. Là, Peg décida de s'arrêter et de brouter. Lucy et Alfie mirent pied à terre, s'assirent sur des coussinets d'œillets marins, et contemplèrent l'océan, tous deux perdus dans leurs pensées.

Au bout d'un moment, Alfie rompit le silence :

– Père dit que l'Amérique est là-bas, à plus de deux mille milles de l'autre côté de l'Atlantique. J'irai, un jour. Ils ont toutes sortes de choses, là-bas. Des montagnes, des déserts, des immeubles hauts comme le ciel, des cow-boys et des Indiens, des voitures, des trains, des centaines de voitures. J'ai vu des photos dans des magazines. Oncle Billy me les a montrées. Il y est allé. Il est allé partout. Mais il ne partira pas pour l'île au Trésor. Il lance ça comme ça, pour parler. Il répète toujours qu'il refera le tour du monde, un jour. Moi, je n'y crois pas. Tu connais déjà l'Amérique, n'est-ce pas, Lucy ?

Il n'attendit pas de réponse, et elle resta silencieuse.

– Lucy, reprit-il, tu as dit « yop là ho », tout à l'heure. Tu as dit « niquedouille ». Tu as dit « nunuche ». Tu as dit « Wilhelm », et d'autres mots en allemand. Tu as dit « piano ». Tu peux dire autre chose. Tu peux parler, tu sais que tu peux. Et il faut que tu me parles. Il faut que je sache. Dès que les gens apprendront ce qui est écrit sur ta gourde – et ils vont très vite l'apprendre, crois-moi –, ils penseront ce qu'ils voudront penser. Alors, il faudra que je sois là, que je puisse leur répondre que tu es anglaise, et que j'en sois sûr. L'ennui, c'est que je ne sais plus ce que je dois croire. Tu prononces des mots allemands, et une minute plus tard, tu en prononces en anglais. Mais tu pourrais aussi bien avoir entendu père ou mère me traiter de niquedouille. Et tu as peut-être simplement répété leurs paroles. Qu'est-ce que tu es, Lucy, allemande ou anglaise ? Qui es-tu, Lucy ? (Il prit la gourde, et l'examina.) C'est bien « *Berlin* » qui est écrit là, Lucy.

Elle n'ouvrit pas la bouche, et resta assise, impassible, le menton sur les genoux, regardant Peg qui broutait dans la bruyère. Elle semblait n'avoir rien écouté de ce qu'il lui avait raconté, être rentrée dans sa coquille.

De retour chez eux, elle resta ainsi toute la soirée, refusant de manger, ne prenant même pas la peine de mettre un disque, tournant en rond dans la cuisine, regardant pendant un certain temps chacun de ses dessins accrochés aux murs, avec l'air de ne s'intéresser à rien ni à personne.

Jim et Mary voulurent savoir tout ce qui s'était passé ce jour-là, à St Helen's, et posèrent mille questions à Alfie, sur les mots que Lucy avait réellement prononcés, sur la bagarre à Green Bay, et sur la façon dont oncle Billy était venu à leur secours. Mais c'était la gourde qui les préoccupait le plus.

– L'ennui, constata Jim, c'est que Zebediah avait raison. C'est écrit là : « *Kaisers Fabrik. Berlin.* » On peut pas répondre à ça, hein, Marymoo ? Même si on voulait. C'est de l'allemand. Ou bien elle l'a trouvée rejetée par la mer sur l'île, ou bien quelqu'un lui a donnée. Inutile de se demander ce qu'ils auront décidé de croire quand Lucy et Alfie iront à l'école lundi – et là-bas, y aura pas d'oncle Billy pour s'occuper d'eux !

– Ils iront pas, décida Mary. Puisque c'est comme ça, je les enverrai pas dans cette école, ni lundi, ni jamais. Vous restez tous les deux à la maison, Alfie.

On reste à la maison tous ensemble, on se protège les uns les autres, pas vrai ? (Elle attrapa par le bras Lucy, qui passait à côté d'elle.) Lucy, ma chérie, viens t'asseoir, reprit-elle. Tu dois être épuisée. Tu veux que je te raconte une histoire ? Tu veux qu'on monte dans ta chambre et que je te lise une histoire ?

Lucy fit non de la tête.

– Alfie, alors. Tu peux lui lire quelque chose, Alfie ?

Lucy refusa de nouveau d'un signe de tête, puis sortit de la pièce, mais elle redescendit quelques instants plus tard, un livre à la main. Elle se dirigea vers Jim et le lui donna.

– Je lis pas très bien, Lucy, dit-il. Je sais lire, bien sûr. Mais je suis pas beaucoup allé à l'école.

Elle pressa le livre dans les mains de Jim, en insistant, puis monta sur ses genoux. Appuyant la tête contre son épaule, elle ferma les yeux et attendit.

Jim n'avait pas le choix. Il ouvrit le livre.

– *Le Vilain Petit Canard*, commença-t-il.

– C'est celui qu'elle préfère, remarqua Alfie. Je le lui ai déjà lu plein de fois.

Jim déchiffra le texte à haute voix, avec hésitation, trébuchant parfois sur les mots, et s'arrêtant souvent quand ça lui arrivait. Mais cela ne semblait pas gêner Lucy. Elle pouvait bien avoir les yeux fermés, Alfie était sûr et certain qu'elle écoutait chaque mot, qu'elle était concentrée. Au bout d'un moment, elle rouvrit les yeux. Elle regarda fixement l'un de ses dessins accrochés au mur, les sourcils froncés.

Tandis que Jim continuait à lire, elle descendit de ses genoux et traversa la cuisine, se dirigeant vers le phonographe. Alfie crut qu'elle allait mettre un disque, mais elle n'en fit rien. Elle resta simplement là, à observer son dessin. C'était l'un de ses nombreux dessins représentant un géant moustachu assis au bord d'un lac, en train de lire un livre à des canards rassemblés à ses pieds. D'un air très décidé, elle alla alors chercher sa boîte de crayons dans le tiroir du buffet de la cuisine, en sortit une mine de plomb et écrivit quelque chose en bas du dessin. Puis elle rangea son crayon, monta dans sa chambre, laissant Jim poursuivre sa lecture. Il s'arrêta.

– Je vous avais bien dit que je savais pas lire comme il faut, marmonna-t-il.

– Qu'est-ce qu'elle a écrit là ? Qu'est-ce que c'est ? demanda Mary.

Alfie alla voir.

– « Papa. » Elle a écrit « papa ».

Ils se rassemblèrent autour du dessin, pour le regarder.

– C'est à cause de l'histoire, mère, expliqua Alfie. Celle du *Vilain Petit Canard.* C'est sûrement ça. Cet homme, c'est son père, et il lit une histoire aux canards, non ? C'est logique. C'est pour ça qu'elle demandait toujours qu'on lui lise cette histoire. Elle lui rappelle son père. C'est lui. C'est son père.

– Mais c'est un géant, s'exclama Jim. Regarde-le ! Il est presque aussi grand que les arbres autour de lui.

– Grand ou petit, ça n'a pas d'importance, dit Alfie. Ce qui compte, c'est qu'elle se souvient de lui. Elle se souvient de son père.

Plus tard, ce soir-là, bien après l'heure où ils se couchaient d'habitude, tous trois étaient toujours assis autour de la table de la cuisine, essayant de regrouper les divers indices qu'ils pouvaient glaner dans le portrait que Lucy avait fait de son père. Ils s'efforçaient notamment de comprendre de quel lac il pouvait s'agir, avec ces grands arbres derrière, et les hauts immeubles au loin. Et pourquoi ce géant d'homme portait-il des vêtements aussi démodés ? Comme Jim le fit remarquer, son manteau ressemblait beaucoup à celui d'oncle Billy, qui imitait celui du pirate Long John Silver.

– En y réfléchissant, dit Jim, c'est peut-être oncle Billy. Il a un long cou comme Billy, non ? Et le nez crochu, comme lui, aussi.

Mary voulut protester, mais Jim poursuivit :

– Je dis pas ça par méchanceté, Marymoo. Mais il a le nez crochu, tu le vois aussi bien que moi. Peut-être que c'est lui, que c'est un portrait d'oncle Billy. Elle l'aime bien. Il lui raconte peut-être des histoires. Il aime les histoires, il aime ses livres, comme tu sais.

– Alors pourquoi elle aurait écrit « papa » en dessous, père ? répliqua Alfie.

Personne ne sut que répondre. La conversation s'orienta sur oncle Billy et l'*Hispaniola*, sur le bateau magnifique qu'il était devenu, maintenant qu'il était fini.

– C'est la meilleure idée que t'as jamais eue, Mary-moo, remarqua Jim. Il construisait des bateaux, il saura toujours les construire, c'est ce que tu disais. Ça fait plus de cinq ans, maintenant, que tu l'as ramené de l'asile à la maison, et que tu l'as fait travailler sur cette vieille épave de lougre, à Green Bay. J'ai cru que t'étais devenue folle. Mais tu disais : « Il faut lui donner quelque chose à faire. Faut qu'un homme trouve à s'occuper. » Tu m'as répété qu'il pourrait y arriver, tu lui as répété à lui aussi, et maintenant, ça y est, il y est arrivé.

– Il a montré de quoi il était capable, mon frère, répondit Mary avec fierté. C'est toi qui lui as trouvé ce vieux rafiot abandonné sur la plage, Jimbo. Tu lui as donné tes outils, tout ce qu'il lui fallait. Mais le reste, il l'a fait tout seul. Ils vont y repenser à deux fois avant de l'appeler Silly Billy, maintenant. Les idiots construisent pas des bateaux aussi beaux.

– Il prend le large demain, il va naviguer jusqu'à l'île au Trésor, intervint Alfie. C'est ce qu'il nous a dit. Et j'ai l'impression qu'il le pensait vraiment.

– Il dit ça depuis le jour où il a commencé à y travailler, répondit Jim en riant. Quand c'était rien d'autre qu'une vieille épave pourrie sur la plage. Lui et son île au Trésor ! Lui et son « yop là ho ! ». Il y pense, c'est vrai, mais il le fera pas. Il rêve debout, c'est tout.

– S'il est heureux comme ça, conclut Mary. Après tout ce qu'il a enduré, il mérite bien d'être heureux.

Pour moi, il peut être qui il veut dans sa tête, et aller où il veut. On a tous besoin de rêver, Jimbo, pas vrai ?

Le vent se leva cette nuit-là, souffla en tempête, ébranlant toute la maison, qui vibra, craqua et grinça jusqu'au matin.

Lorsqu'ils se réveillèrent, ils entendirent le disque préféré de Lucy, sur le phonographe, en bas. C'était nouveau. Lucy n'avait jamais mis de musique avant le petit déjeuner. Cela parut étrange à Alfie. Lorsqu'il descendit, il trouva la porte de la cuisine grande ouverte, et personne dans la pièce. Il remonta, et vit que Lucy n'était pas non plus dans sa chambre, ni dans la cour en train de nourrir les poules. Elle était introuvable.

Alfie fut le premier à remarquer ce qu'elle avait fait. Elle avait écrit quelque chose sur chacun de ses dessins accrochés tout autour de la cuisine. Le mot « maman », en grosses lettres, barrait certains d'entre eux. Tous les portraits du géant qui lisait un livre aux canards près du lac portaient à présent le mot « papa ». Et au-dessus de lui, toujours, il y avait la pleine lune.

Sur le dessin du gros navire aux quatre cheminées, elle avait inscrit, qui sait pourquoi, son propre nom. Mais elle avait écrit « Lusy » avec un *s* au lieu du *c*. Sur celui de la cabane en bois dans la forêt, avec une véranda tout autour, elle avait tracé le nom de « Bearwood » tout en haut, en lettres majuscules. Et sur chaque esquisse de cheval – cheval en train de courir, cheval couché, cheval à l'écurie, cheval se roulant dans l'herbe – elle avait écrit soit « Bess », soit « Joey », à l'exception du dernier, qu'elle n'avait accroché au mur que quelques jours auparavant, et qui représentait la tête d'un cheval regardant par la fenêtre, les oreilles dressées. Ce cheval-là s'appelait Peg, et était très différent des autres. D'autres noms figuraient aussi sous ses portraits au crayon : « tante Ducka », « oncle Mac », « Mlle Winters », « Pippa » – une jeune fille à peu près de son âge. Il y avait plusieurs portraits de Pippa.

Alfie, Jim et Mary tentaient de résoudre l'énigme de ces noms et de ces dessins lorsque Lucy rentra en courant dans la maison, tout essoufflée, leur faisant de grands gestes pour essayer de leur expliquer quelque chose, puis trépignant en voyant qu'ils ne la comprenaient pas immédiatement. Elle leur fit signe de la suivre, ressortit en courant, et traversa le champ vers Green Bay. Un seul coup d'œil leur suffit. L'*Hispaniola* avait disparu. Les autres bateaux de la baie, y compris celui de Jim, se balançaient mollement à l'ancre. La tempête avait emporté le vent, ne laissant qu'une légère brise derrière elle, et une mer qui respirait doucement. Pas d'*Hispaniola* en vue dans le chenal de Tresco, ni de voile au large.

– Il a dû être arraché de son ancre, cette nuit, dit Jim. Oncle Billy est sûrement chez lui, dans le hangar à bateau. T'inquiète pas, Marymoo.

Mais Mary courait déjà sur la plage en appelant oncle Billy. Il n'était pas dans le hangar. Ils parcoururent Green Bay dans tous les sens, le cherchant partout, criant sans cesse son nom.

– Tu crois qu'il est vraiment parti, mère ? demanda Alfie. Qu'il cherche l'île au Trésor, comme il l'avait dit ?

– Il n'aurait pas fait ça, répondit Mary, de plus en plus affolée. Il n'est pas fou. Non, il n'est pas fou.

– Il doit être quelque part par là, dit Jim. On va bientôt le retrouver. T'inquiète pas.

– Tu as raison, Jimbo. (Mary essayait de retenir ses larmes.) Il est toujours sur l'île. Je le sais. Il faut le retrouver.

– Il est sûrement en train de chercher l'*Hispaniola*, reprit Jim. Oui, c'est ça, il doit être sur les collines, ou en haut des falaises, pour mieux voir la mer. C'est là qu'on va le trouver.

Il envoya Alfie et Lucy fouiller l'autre côté de l'île. Peg les avait suivis sur la plage. Ils montèrent sur son dos et partirent à la recherche de Billy. Ils y passèrent la matinée, allant partout, de Samson Hill à Heathy Hill, de Popplestone Bay et Stinking Porth à Hell Bay. Aucun signe d'oncle Billy, aucun signe de l'*Hispaniola*.

L'après-midi, chaque bateau de l'île de Bryher était sorti en mer à la recherche d'oncle Billy et de l'*Hispaniola*. Bientôt, la nouvelle se répandit dans tout l'archipel de Scilly. Dès que les insulaires apprenaient la disparition d'oncle Billy, ils prenaient leur bateau pour essayer de le retrouver. Pas une barque, un chalutier, un gig, pas même le canot de sauvetage n'étaient restés au port. Les rumeurs ou les potins sur Silly Billy, les bruits qui affirmaient que Lucy était allemande n'avaient plus d'importance. L'un des leurs était perdu en mer, un bateau avait disparu, un voilier que tout le monde connaissait, et qu'oncle Billy, aussi fou qu'il ait pu être, avait construit de ses propres mains. À la tombée de la nuit, personne n'avait trouvé la moindre trace de l'homme ni du bateau.

Le lendemain matin, un dimanche, les gens déposèrent du pain et de la confiture devant la porte de Veronica Farm, pour les offrir aux Wheatcroft, et récitèrent des prières pour oncle Billy dans les paroisses de toutes les îles. Dans l'église de Bryher, on ne laissa plus la famille Wheatcroft seule sur son banc. Cette gentillesse retrouvée eut beau leur réchauffer le cœur, rien ne pouvait apporter le moindre réconfort à Mary. Elle était désespérée. Jim lui rappelait sans cesse qu'oncle Billy ne savait pas seulement construire des bateaux, mais qu'il avait passé la plus grande partie de sa vie en mer, qu'il avait parcouru le monde, et que si quelqu'un pouvait manœuvrer le lougre, c'était bien lui.

– Si tu construis un bateau, tu sais le manœuvrer, Marymoo, lui disait-il. Ce qu'un marin a appris, il l'oublie jamais. Tu verras, Marymoo. On regardera la mer ce matin, demain matin, un de ces jours, et il arrivera sur son *Hispaniola*, tranquille comme Baptiste.

Mais rien ne pouvait apaiser le chagrin de Mary, et c'était bien du chagrin, car à mesure que les jours passaient, et qu'il n'y avait pas de nouvelles de Billy, elle était de plus en plus convaincue que le pire était arrivé, que Billy avait disparu pour de bon, qu'il était mort, noyé quelque part au large, qu'il ne reviendrait jamais.

Les jours qui suivirent la disparition d'oncle Billy, Lucy ne quitta quasiment pas Mary. Cette enfant silencieuse, qui ne pouvait pas dire un mot de consolation, était la seule qui semblait comprendre son sentiment de perte, la seule qui lui apportait un peu de réconfort. Mary savait, comme tous les habitants de l'île, que lorsqu'ils allaient scruter la mer chaque matin, qu'ils fouillaient le rivage, les rochers et les falaises, c'était une épave qu'ils s'attendaient à trouver, ou un cadavre.

26

Je ne suis pas Lucy Lost

Ce fut à l'aube, quatre jours après la disparition de l'*Hispaniola*, que sa voile fut aperçue au large de St Mary's. Tandis que le voilier avançait vers le port, les quelques habitants de l'île qui étaient déjà debout virent qu'il y avait plus d'un homme à bord. Le bruit se répandit rapidement.

Extrait du journal du docteur Crow, 23 octobre 1915

J'écris mon journal, à la fois comme témoignage de la vie d'un médecin dans ces îles lointaines bien peu connues, et à la fois pour pouvoir me rappeler le temps passé, plus tard, quand ma mémoire déclinera. Si un jour reste à jamais gravé dans mon esprit, et dans la mémoire collective de ces îles, ce sera celui d'aujourd'hui. Je n'en ai jamais vécu de plus important de ma vie.

Réveillé tôt par les cloches de l'église, qui sonnaient à toute volée, ainsi que par un grand brouhaha et tohu-bohu dans la rue, je me suis penché par la fenêtre. J'ai alors vu que la ville était pleine de monde, que tous semblaient se précipiter, dans un état d'excitation extrême, vers les quais. J'ai appelé un passant ou deux pour connaître la cause de cette agitation.

*– C'est l'*Hispaniola*, m'a répondu quelqu'un.*

– C'est ce vieux Silly Billy de Bryher, m'a dit un autre. Il est revenu, et il n'est pas seul non plus !

*J'ai enfilé mes vêtements à toute vitesse et suis sorti dans la rue pour me joindre à la mêlée. J'ai rapidement découvert, en regardant autour de moi, que j'étais habillé plus correctement que bien des gens. Dans leur hâte, certains avaient simplement passé une robe de chambre sur leur chemise de nuit, et d'autres avaient gardé leurs pantoufles. Plusieurs enfants, ai-je remarqué, couraient pieds nus dans la rue. Nous étions emportés par la foule. J'avais l'impression que tous les habitants de l'île étaient là, plus impatients les uns que les autres d'arriver sur les quais pour apercevoir l'*Hispaniola*.*

Le temps de tourner le coin de la rue, j'ai vu le lougre qui accostait déjà. Les bousculades se sont multipliées dans la foule. Comme tout le monde, je voulais le voir de plus près, mais n'arrivais pas à me frayer un passage dans la cohue, lorsque soudain, j'ai entendu qu'on m'appelait.

– Est-ce que le docteur est là ? criait-on. Allez chercher le docteur !

J'ai aussitôt imaginé que Billy était tombé malade, ou qu'il avait été blessé dans quelque accident, ce qui aurait expliqué pourquoi il avait mis si longtemps à revenir. La foule s'est écartée pour me laisser passer, mais l'excitation était retombée. Le silence planait à présent sur le quai, me rappelant une autre foule silencieuse à un autre endroit, sur la plage de Porthcressa, quelques mois auparavant, lorsque j'avais été appelé pour m'occuper de deux marins, noyés et rejetés par la mer sur le sable. Je craignais donc le pire. Mais je me suis rendu compte que c'était une autre sorte de silence, un silence hostile. Je devais rapidement comprendre pourquoi.

*En regardant du haut du quai, j'ai vu qu'il y avait trois hommes sur le pont de l'*Hispaniola*. L'un était étendu, immobile. Un autre était penché sur lui, tandis que Billy s'affairait sur le bateau, affalant les voiles et les rangeant, sans prêter la moindre attention à la foule qui se rassemblait pour les observer. Des gens l'interpellaient déjà, tandis que je descendais les échelons du quai jusqu'au pont du voilier.*

– Pourquoi tu les as ramenés ici, Billy ?

– C'est pas nos gars à nous !

– C'est des Fritz, des Boches !

– Regarde leurs uniformes – ils sont pas comme les nôtres !

– Sales types !

Puis ils s'en sont pris à moi :

– Vous n'allez quand même pas vous occuper d'eux, docteur ! Après tout ce qu'ils ont fait !

Je suis resté là sur le pont, à observer l'océan de visages sur le quai au-dessus de moi. Le long regard que je fixai sur eux – un regard noir – a suffi – et je m'en félicite – à faire taire ces quelques voix malveillantes. Plus personne n'a rien dit. Mais peut-être était-ce aussi parce que beaucoup de gens avaient remarqué ce que j'avais compris au premier coup d'œil, à savoir que le marin couché sur le pont était mort. Certains s'étaient peut-être également aperçus que, quelle que soit sa nationalité, d'où qu'il vienne, il était très jeune, presque un garçon encore ; sa barbe, à la différence des autres marins, n'était que le duvet clairsemé d'un adolescent. Agenouillé auprès de lui, j'ai tâté son pouls puis son cou, vérifiant, par acquit de conscience, qu'il n'y avait plus aucune pulsation. Mais ce n'était pas la peine. Il y a une rigidité dans la mort, une pâleur qui ne trompent pas. J'ai compris à l'expression de l'autre marin, lorsqu'il a levé les yeux vers moi, que je n'avais pas besoin de lui dire ce qu'il en était.

– Sein Name… *a-t-il murmuré. Son nom était* Günter, Günter Stein. Aus Tübingen. *Moi aussi j'habitais là. La même ville. Il était le plus jeune du bateau. Dix-neuf ans.* Sein Bruder, Klaus, *a aussi été tué en Belgique, dans l'armée de terre. Sa mère maintenant, elle n'a pas de fils.*

Son anglais était hésitant, et entrecoupé de phrases en allemand que j'avais bien du mal à comprendre. Il ne s'est soumis à mon examen qu'à contrecœur. Ce qui était évident, même au premier coup d'œil, c'est qu'il était inquiet, désorienté, effrayé aussi par la foule qui l'observait, et qui, bien que plus silencieuse, à présent, lui était toujours hostile. Il était également déshydraté et faible, mal assuré sur ses jambes, quand il s'est relevé. Son visage était couvert de cloques, et à vif par endroits, à cause de son exposition au soleil et au vent.

Billy étant extrêmement timide et réservé, comme je l'avais déjà constaté à plusieurs reprises, il ne permettrait pas qu'on l'examine, surtout devant tous ces gens. Je me suis donc contenté de l'observer attentivement, pendant que je lui posais des questions. Lui aussi avait manifestement souffert d'épuisement et d'une exposition prolongée au soleil, mais son regard était ferme et il se tenait solidement sur ses pieds. Il m'a répondu, comme je m'y attendais, sans jamais me regarder, par des phrases courtes et tranchantes, de sa voix monocorde, le visage impassible. Mais même ainsi, en l'écoutant attentivement, je suis arrivé à glaner quelques indices sur ce qui s'était passé au large. D'après ce que j'ai compris, l'Hispaniola était allé à plusieurs milles au sud de Scilly, puis était resté encalminé, et avait dérivé au fil du courant. Oncle Billy avait été réveillé un matin par une voix qui l'appelait.

– J'ai cru que c'était une voix dans ma tête, m'a-t-il dit. Mais je me trompais.

Il avait alors aperçu un petit radeau non loin de lui, avec deux marins à bord, et les avait pris sur son voilier. Il ne semblait pas savoir qui ils étaient, ni d'où ils venaient. Ça ne l'intéressait pas. Il lui restait encore un peu d'eau à leur donner, mais elle s'était rapidement épuisée. Il n'y avait plus rien eu à manger non plus.

– Un de leurs marins est mort, a-t-il ajouté. Et ça m'a rendu triste. C'était qu'un jeune garçon, comme Alfie.

Il m'a dit qu'il ne voulait plus en parler, parce que ça le rendait triste, qu'il voulait rentrer le plus vite possible chez lui, qu'il voulait voir Mary, Jim et Alfie.

– Il vaudrait peut-être mieux, ai-je proposé, que je fasse savoir à Bryher que vous êtes là, Billy, et qu'ils viennent vous retrouver ici, à St Mary's. En attendant, vous pouvez venir tous les deux vous reposer chez moi. Vous avez besoin de reprendre des forces et de manger. Mary, Jim et Alfie arriveront bientôt. Vous ne devriez pas repartir sur ce bateau, Billy, pas maintenant.

– Je n'aime pas aller dans les maisons que je ne connais pas, a-t-il dit. Et je n'aime pas les gens que je ne connais pas. Je ne viens pas.

– Moi, vous me connaissez, Billy.

– Oui, mais pas eux, là-haut, a-t-il répondu en nous tournant le dos, à moi comme à eux.

C'est vrai qu'ils étaient impressionnants, même pour moi qui les connaissais un par un. Tous étaient mes patients. Je savais comme Billy détestait qu'on le regarde. Or, des centaines de personnes nous dévisagaient depuis le quai, et pas une seule ne souriait parmi elles. Je savais aussi que Billy pouvait être très obstiné, et que je ne pourrais jamais le convaincre de m'accompagner chez moi tant qu'il faudrait traverser cette foule ; il fallait qu'elle se disperse, que les gens s'en aillent. J'ai donc décidé de prendre les choses en main, et de m'adresser à eux avec toute l'autorité dont j'étais capable.

J'étais conscient de ne pas pouvoir le faire seul. J'avais besoin d'un allié, de quelqu'un là-haut, sur le quai, sur lequel m'appuyer. Après avoir scruté les visages, j'ai trouvé la personne que je cherchais : M. *Griggs, capitaine du port, patron du gig de* St Mary's, *conseiller municipal, bedeau de l'église, un homme qui, je le savais, était profondément respecté et admiré.*

– Monsieur Griggs, *ai-je alors crié le plus fort possible, pour que tout le monde m'entende. Je vous serais très obligé, avant toute chose, de bien vouloir envoyer chercher l'entrepreneur de pompes funèbres pour qu'il vienne prendre ce pauvre garçon. Je vous demanderais aussi de prévenir la famille* Wheatcroft, *à* Bryher, *que l'*Hispaniola *et* Billy *sont revenus, que tous deux sont en bon état. Par ailleurs, ces deux hommes ayant besoin de soins médicaux, j'aimerais les ramener chez moi, où je pourrai les soigner correctement.*

J'ai vu que l'assistance écoutait, ce qui m'a encouragé à continuer.

– Vous serez d'accord avec moi, monsieur Griggs, *ai-je poursuivi, pour dire aux gens qui sont rassemblés ici que ce n'est pas un spectacle, que nous ne devrions pas rester là, bouche bée, mais que nous ferions mieux de nous rappeler qu'un jeune homme est mort, un jeune marin allemand, qui se nomme* Günter. *Il était le fils d'une mère, comme l'étaient les pauvres* Jack Brody, Henry Hibbert *et* Martin Dowd. *Eux se sont battus pour notre pays, ce jeune homme s'est battu pour le sien. Nous devrions donc lui témoigner du respect, d'où qu'il vienne, le même*

respect que vous avez montré, vos aïeux et vous, pour ces Allemands qui ont été sauvés, il y a bien longtemps, lors du naufrage du Schiller, *ou pour ceux qui ont péri, et qui sont enterrés dans notre cimetière, côte à côte, Allemands et Britanniques.*

À la fin de mon petit discours, je m'attendais à des cris de protestation, à ce qu'une voix ou deux au moins s'élèvent contre moi, mais je n'en ai pas entendu. En revanche, M. *Griggs a déclaré :*

– Le docteur a raison. Montrons-nous respectueux. Témoignons à chacun le respect qui lui est dû.

Presque aussitôt, un murmure d'approbation a parcouru la foule, qui a commencé à se disperser, ou tout au moins à reculer, s'éloignant un peu du bord du quai. Ensuite, M. *Griggs s'est occupé de tout. La charrette à bras des pompes funèbres est arrivée au bout de quelques minutes, et le corps de Günter Stein a été emporté, enveloppé dans une couverture, tandis que les habitants de l'île se découvraient et baissaient les yeux à son passage. Plusieurs d'entre eux ont fait le signe de croix. Personne n'a dit quoi que ce soit. Tout était calme et silencieux, et les badauds qui étaient encore là se sont écartés. Billy est venu avec moi – à contrecœur, mais il est venu.*

C'était un étrange cortège, le révérend Morrison ouvrait le passage d'un pas mesuré et solennel, suivi de l'entrepreneur de pompes funèbres et de sa charrette, puis de nous trois, juste derrière, le marin allemand à ma gauche, et Billy à ma droite, qui me touchait le coude de temps en temps pour se rassurer, je pense. Enfin venaient M. *Griggs et une douzaine d'habitants de l'île. Les gens étaient alignés le long de la rue tandis que nous nous dirigions vers l'entreprise de pompes funèbres. On n'entendait que le bruit des pas et le roulement des roues de la charrette sur les pavés. Lorsque nous sommes passés devant le bureau de poste, certains ont tourné le dos à notre passage, et j'ai senti comme un silence hostile dans la foule, tandis que les gens dévisageaient le marin allemand à côté de moi. Mais il y avait un certain respect, aussi, et beaucoup de curiosité – des enfants se bousculaient et se poussaient en avant, tendant le cou pour mieux voir.*

C'est à ce moment-là que j'ai commencé à remarquer que le marin allemand qui marchait à mes côtés était lui-même aussi curieux que bien des badauds. Il semblait chercher des visages connus dans la foule, parmi les enfants en particulier. Il n'a pas prononcé un mot jusqu'à ce que l'entrepreneur de pompes funèbres quitte la Grand-Rue *avec sa charrette, et la conduise dans une ruelle derrière sa boutique.*

– Mein Freund, Günter, *a-t-il alors dit. On va l'enterrer à l'église ?*

– Oui, ai-je répondu.

– Gut. C'est gut. *Günter sera bien ici, avec tous les noyés du* Schiller.

– Vous avez entendu parler du Schiller *? lui ai-je demandé.*

– Bien sûr. Beaucoup d'Allemands connaissent son histoire, tous les marins de mon bateau, en tout cas. Mein Kapitän *nous a raconté. Son oncle a été sauvé de la mort*

après le naufrage du Schiller. Beaucoup d'autres aussi, il nous a dit. C'est parce que les habitants de ces îles ont été si généreux avec nous que nous avons interdiction d'attaquer les navires près d'ici. Et maintenant, moi aussi, et Günter, nous avons été sauvés par un marin de Scilly. C'était trop tard pour Günter. Mais il sera avec ses amis. Un jour, je le dirai à sa mère, ce sera une consolation pour elle.

Tout en parlant, tandis que nous remontions la rue vers ma maison, il continuait à scruter la foule, cherchant je ne sais quoi, je ne sais qui.

– Ich kann das Mädchen nicht sehen, a-t-il murmuré dans sa barbe, avant de s'adresser à moi :

– Je ne vois pas la fille. Elle n'est pas là.

– Quelle fille ? ai-je demandé. Vous connaissez quelqu'un qui habite ici ?

– Ja, je crois. J'espère, a-t-il répondu.

Mais il n'a plus rien dit.

Mme Cartwright nous a ouvert la porte. Elle ne semblait pas contente du tout.

– Trois pour le petit déjeuner, docteur ? Vous croyez que c'est moi qui ponds les œufs ?

Elle avait beau prendre le ton de la plaisanterie, son indignation n'en était pas moins réelle.

– N'hésitez pas à me prévenir, la prochaine fois, docteur, a-t-elle poursuivi, en s'écartant pour nous laisser entrer. Et essuyez vos pieds, s'il vous plaît.

Lorsque je lui ai demandé de préparer deux bains chauds pour nos hôtes, et de prendre dans mon armoire des vêtements secs pour chacun d'eux, elle m'a jeté un de ces regards dont elle seule a le secret. J'ai attendu qu'elle me lance la petite phrase ironique qui suivrait inévitablement, je le savais :

– Y a-t-il autre chose pour votre service, docteur ? Comme vous le savez, je n'ai rien d'autre à faire.

Puis, dans un impérieux froufrou de jupons, elle s'est engouffrée dans le couloir qui mène à la cuisine.

Environ une heure plus tard, après qu'ils eurent pris leur bain, se furent changés, et que j'eus soigné leurs ampoules et leurs coups de soleil à tous les deux – rien de mieux que la lotion à la camomille pour ce genre de choses, à mon avis –, nous étions tous trois assis à table, autour d'un excellent petit déjeuner. Mme Cartwright tournait autour de nous, avec l'air affairé qu'elle prend quand elle veut qu'on sache à quel point j'ai été fatigant et pénible. J'ai senti que tant qu'elle serait dans les parages, je ne pourrais pas continuer comme je le voudrais la conversation que le marin allemand avait entamée dans la rue. J'avais été intrigué de voir qu'il connaissait très bien l'histoire du naufrage du Schiller. Car si c'était l'un des naufrages les plus célèbres ici à Scilly, j'ignorais qu'il l'était également en Allemagne. J'ai vu que mes deux hôtes étaient trop occupés à manger pour parler. J'ai donc décidé d'être patient. J'aurais le temps de leur poser des questions et de bavarder plus tard.

J'entendais la foule se rassembler sous mes fenêtres. Je la voyais derrière le rideau. Chaque fois que je regardais, il y avait plus de monde. Mme Cartwright est sortie à plusieurs reprises pour rabrouer les gens. Quelques personnes sont parties, mais malgré ses protestations véhémentes, la plupart d'entre elles sont restées à attendre. Attendre quoi, c'est bien ce que je me demandais. L'arrivée du commandant Martin, commandant en chef de la garnison, a provoqué une certaine agitation. Mme Cartwright est allée lui ouvrir la porte.

– Commandant Martin, comme c'est gentil. Êtes-vous venu pour le petit déjeuner, vous aussi ? l'ai-je entendue demander d'un ton plutôt froid.

Elle l'a fait entrer. Je savais, bien sûr, qu'il venait à cause du marin allemand, ce qu'il a aussitôt confirmé. Le commandant Martin est parfois un peu pompeux, mais c'est quelqu'un de bien intentionné. Il a été courtois avec le marin allemand, bien qu'un peu hautain, m'a-t-il semblé. En tant que médecin, je me suis souvent occupé de ses soldats, là-bas à la garnison, aussi nous connaissons-nous assez bien. Je lui ai dit que j'aimerais garder le marin allemand chez moi encore quelques heures pour surveiller son état de santé. Le commandant Martin m'a alors demandé comment il s'appelait, et j'ai dû lui avouer que je n'en savais rien, que j'avais complètement oublié de lui poser la question. Le commandant la lui a donc posée lui-même, en parlant inutilement fort, selon moi, comme certains le font avec les étrangers.

– Seemann Wilhelm Kreuz, a répondu le marin.

– Votre navire ?

– U-Boot 19.

– Il a été coulé ?

– Oui.

Le commandant a paru satisfait.

– Je vous le confie encore un petit moment, docteur, comme vous l'avez suggéré. Il est prisonnier de guerre, naturellement, je posterai donc un garde devant votre porte jusqu'à ce que le prisonnier soit en état de quitter les lieux.

Ensuite, il m'a demandé s'il pouvait se rendre utile à quelque chose. Je lui ai répondu que l'attroupement devant la maison nous dérangeait et mettait Billy mal à l'aise. Il est vrai que pendant le petit déjeuner, à mesure que la foule grossissait et que le bruit enflait, Billy devenait de plus en plus agité. Je voyais bien qu'il était déjà suffisammment difficile pour lui d'être dans une maison qu'il ne connaissait pas, où les manières plutôt brusques de Mme Cartwright ne faisaient qu'ajouter à sa nervosité. Il lançait sans cesse des regards anxieux autour de lui. Il n'arrêtait pas de me dire qu'il voulait voir sa sœur, et j'avais toutes les peines du monde à le rassurer, à lui faire comprendre qu'elle serait bientôt parmi nous. Il s'est senti plus à l'aise après l'intervention du commandant Martin enjoignant à la foule de se calmer, puis s'est détendu visiblement lorsque Mme Cartwright, ayant fini de débarrasser la table, nous a enfin laissés seuls.

Au moment même où j'allais poser à Wilhelm Kreuz la question qui m'avait tourné dans la tête pendant tout le petit déjeuner, c'est lui qui a pris la parole le premier, et qui s'est mis à parler avec une certaine raideur, lentement, en choisissant bien ses mots.

– *Je veux vous remercier beaucoup pour votre gentillesse*, Herr Doktor, *a-t-il commencé*. Mein Kapitän *avait raison. Ici, les gens sont bons. (Il fit une pause avant de poursuivre.) Je dois dire quelque chose. Je suis venu déjà dans ces eaux*, Herr Doktor, *il y a quelques mois*. Und *j'ai amené quelqu'un avec moi*, eine junges Mädchen. *Elle n'a rien dit, pas un mot. Je sais peu de choses d'elle, parce qu'elle ne parlait pas. C'est difficile à croire, mais nous avons trouvé cette fille sur un piano au milieu de la mer. C'était après le naufrage du* Lusitania. *Vous êtes au courant, je pense. Elle avait un petit ours avec elle, un jouet, vous comprenez. Nous devions la sauver. C'était une enfant. Chez moi, je suis professeur dans école*. Ich bin auch ein Vater. *Je ne pouvais pas laisser un enfant là. Tous les hommes du bateau étaient d'accord avec moi*. Unser Kapitän *était d'accord aussi. Mais nous ne pouvions pas la ramener avec nous. Il est interdit dans la* Kriegsmarine, *vous comprenez, de sauver des gens en mer. Alors quand* Kapitän *a regardé la carte, il a décidé que l'endroit plus près pour déposer la petite fille était les îles Scilly. Ici. Alors, pendant la nuit, nous sommes venus, et nous l'avons laissée sur le rivage. Elle a onze ou douze ans. Et elle joue très bien aux échecs. Est-elle ici ? Est-ce que vous la connaissez ? Elle va bien ?* Kannst du mich verstehen ?

Je ne savais plus quoi dire, tellement mes pensées tourbillonnaient dans ma tête. J'avais le cœur battant.

C'est Billy qui a répondu. Je n'aurais jamais pensé jusqu'à cet instant qu'il aurait écouté.

– Je la connais, a-t-il dit. C'est mon amie, Lucy. C'est l'amie d'Alfie. Je l'aime beaucoup.

– Ah, alors elle s'appelle Lucy, a murmuré Wilhelm.

– Est-ce que c'est vous qui lui avez donné une couverture ? lui ai-je demandé.

Tout était si incroyable que j'avais besoin d'être vraiment sûr de ce qui s'était passé.

– Oui, pour lui tenir chaud, a-t-il répondu. Meine Mutter, ma mère, elle l'a faite pour moi.

Il y avait une autre chose que je voulais savoir.

– Est-ce votre sous-marin qui a coulé le Lusitania ? lui ai-je demandé.

– Non. (Il a dû détourner les yeux, car ils étaient pleins de larmes.) Ce n'était pas nous. Mais cela aurait pu être. Nous avons coulé beaucoup de navires, Herr Doktor. Anglais, français. C'est terrible pour un marin de couler un navire, de le voir s'enfoncer dans les vagues, de voir des hommes mourir. On les entend crier, on les entend hurler. Pour un marin, tuer un marin, c'est comme tuer un frère. Il y avait beaucoup de frères à bord du Lusitania, et des mères et des pères, et des petits enfants comme Lucy. Elle était la seule que nous pouvions sauver, alors nous l'avons fait.

Quelqu'un a frappé à la porte.

– On dirait qu'on vit sur la place du marché, a marmonné Mme Cartwright en sortant dans le couloir d'un pas lourd pour aller ouvrir.

– Docteur, a-t-elle crié, il y a des gens de Bryher qui veulent vous voir. Est-ce que je les fais entrer ?

– Oui, s'il vous plaît, madame Cartwrigth, ai-je dit.

Je n'essaierai pas de décrire la joie sans bornes des retrouvailles qui ont eu lieu dans ma salle à manger ce matin. Il fallait voir l'expression de Billy quand sa sœur est entrée dans la pièce !

– « Yop là ho ! » s'est-il écrié.

– « Yop là ho ! » ont répondu les trois autres.

J'étais ému aux larmes, tandis que tous les Wheatcroft se retrouvaient, ne sachant plus très bien, me semblait-il, s'ils devaient rire ou pleurer. À ce moment-là, pour Mary, Jim et Alfie, il n'y avait plus que Billy qui comptait. Ils ne faisaient guère attention à moi, ni à Wilhelm Kreuz, assis à mes côtés. Lucy, en revanche, restait immobile, regardant fixement le marin allemand, sans pouvoir le quitter des yeux un instant. Au bout d'un certain temps, je me suis éclairci la voix, pour leur rappeler que nous étions là, et je le leur ai présenté.

– Voici Wilhelm Kreuz, ai-je commencé. C'est un marin allemand. Billy l'a sauvé de la noyade, il lui a sauvé la vie.

Ils semblaient tous perplexes. Mme Cartwright était tout éplorée, à présent, submergée par l'émotion. Je n'aurais jamais imaginé qu'elle puisse être si bouleversée.

Je les ai tous invités à s'asseoir, avant de poursuivre :

– Je pense que je devrais expliquer quelque chose à propos de cet homme, quelque chose d'assez extraordinaire. Il y a quelques mois, Wilhelm Kreuz et ses camarades ont sauvé la vie de la fille que nous connaissons sous le nom de Lucy Lost. Lucy Lost, semble-t-il, était

une passagère du Lusitania. Peu après le naufrage, m'a raconté Wilhelm, ils ont aperçu Lucy Lost, couchée sur le piano du paquebot, au milieu de l'océan. Ils sont allés la chercher, l'ont recueillie à bord, puis l'ont déposée sur un rivage ami, aux îles Scilly, à St Helen's. C'est bien ça, Lucy ? Ils t'ont sauvé la vie. Cet homme t'a sauvé la vie. Et maintenant, Billy a sauvé la vie de Wilhelm en le sortant d'un petit canot perdu en pleine mer, et en l'amenant à Scilly. Comme le disait ma chère mère : « Un bienfait n'est jamais perdu. »

Je n'ai jamais eu autant de plaisir à raconter une histoire. Quand je me suis tu, personne n'a prononcé un mot. Mais nous avions tous les yeux fixés sur Lucy, dans l'attente d'un signe montrant qu'elle reconnaissait Wilhelm Kreuz. Il n'y en a pas eu, pas au début, elle est restée impassible pendant un certain temps. La pendule continuait d'émettre son tic-tac sur la tablette de la cheminée, et quand elle a sonné l'heure, j'ai vu l'expression de Lucy se transformer brusquement. Elle s'est levée, a traversé la pièce, a pris la couverture qui enveloppait ses épaules, et l'a tendue au marin allemand. Debout devant lui, elle a levé les yeux vers son visage, et l'a regardé longuement.

– Merci, Wilhelm, a-t-elle dit, pour votre couverture et pour m'avoir sauvé la vie. Je ne pouvais pas vous remercier avant. Je voulais le faire, mais je n'arrivais pas à parler. Maintenant, je peux.

Elle parlait sans aucune hésitation, ni aucun effort, les mots coulaient simplement de sa bouche.

Puis elle s'est retournée et s'est adressée à nous tous :
– Je ne m'appelle pas Lucy Lost, a-t-elle dit. Mon nom est Merry MacIntyre.

Et voilà comment, installés autour de la table de ma salle à manger, nous avons bu du thé en écoutant Lucy nous révéler son histoire. Elle nous a raconté enfin qui elle était, qui étaient sa famille et ses amis, elle nous a parlé de son école à New York, *de son père soldat, qui se trouvait à présent dans un lit d'hôpital près de Londres,* en Angleterre. *Elle se souvenait de son nom – l'hôpital* Bearwood *– parce que sa famille avait une maison de campagne du même nom en Amérique, dans le Maine.*

Elle nous a parlé du naufrage du Lusitania, *de sa mère, de Brendan et de tant d'autres gens qui étaient morts noyés, comme la petite Célia, puis elle a parlé de* Wilhelm *et de son navire-baleine, qui avaient surgi de la mer pour aller la sauver. Parce qu'elle venait de s'en souvenir, peut-être, elle nous a tout raconté comme si elle le revoyait et le revivait une nouvelle fois. Son récit était si vivant que j'avais l'impression de vivre les événements avec elle. Et je ne crois pas avoir été le seul dans ce cas.*

Ils sont tous repartis, à présent, Wilhelm Kreuz sous escorte jusqu'à la garnison, puis, sans aucun doute, jusqu'à un camp de prisonniers de guerre sur le continent. Ceux qui savent ce qu'il a fait pour Lucy – ou plutôt pour Merry, *devrais-je dire désormais – se le rappelleront, j'espère, comme un bon* Allemand, *un brave* Allemand, *tel qu'il y en a beaucoup, j'en suis sûr. Même au milieu de ce terrible conflit, nous ferions bien de ne pas l'oublier, et de nous souvenir de lui.*

Mme Cartwright, qui était aussi fascinée que nous tous par l'histoire de Merry, m'a laissé une de ses « délicieuses tourtes au poisson » pour le dîner. Elle sait très bien que je n'aime pas ça. Mais elle soutient que c'est bon pour ma santé, et que je dois en manger. Je me suis donc exécuté, en l'arrosant d'un verre de bière pour que ça passe mieux. Tandis que j'écris, assis devant le feu, je regarde les flammes en fumant ma pipe, et je me dis qu'avec des gens tels que la famille Wheatcroft, Merry MacIntyre, Wilhelm Kreuz – et Mme Cartwright en dépit de sa tourte au poisson – tout ira bien dans le monde quand cette guerre sera finie. S'il vous plaît, mon Dieu, si vous êtes là-haut, faites que tout cela finisse vite !

27
Fin de l'histoire, et nouveaux commencements

Ma grand-mère reprend le récit là où le journal du docteur Crow l'a laissé. J'entends sa voix me raconter ce qui suit, mot pour mot. Je l'ai enregistrée, il y a une vingtaine d'années à New York. Grand-père était là, mais il disait toujours qu'en réalité, c'était plus l'histoire de grand-mère que la sienne, et que de toute façon, elle savait mieux raconter que lui. Elle avait une excellente mémoire de son enfance, même si elle n'arrivait pas à se rappeler où elle avait posé ses lunettes dix minutes plus tôt, ni où elle rangeait le sucre dans le placard de la cuisine. Elle avait quatre-vingt-quatorze ans. Tous deux sont morts peu après, à quelques semaines l'un de l'autre. C'est la dernière fois que je les ai vus.

Grand-mère. Enregistrée à New York, le 21 septembre 1997

Je me suis souvent demandé pourquoi c'est à ce moment-là, chez le docteur Crow, à St Mary's, que j'ai redécouvert qui j'étais, que j'ai retrouvé ma voix et ma mémoire perdues. Quand j'y repense – et à mon âge je repense bien souvent au passé –, je me rends compte que ça ne s'est pas fait d'un seul coup. Pendant des semaines et des mois, j'avais été privée de mon identité, dans un monde étrange et incompréhensible. J'avais parfois des images fugitives, comme des éclairs d'une vie précédente – une vision embrouillée, confuse, de mon passé. Je pouvais parler, mais seulement dans mes rêves. Dans mes rêves, je savais qui j'étais, qui étaient les autres, les gens, et les endroits aussi, qui faisaient partie de ma vie : mes parents, oncle Mac et tante Ducka, Pippa, Mlle Winters, les professeurs et les élèves de l'école, la statue de Central Park, la petite maison de Bearwood, Brendan, le *Lusitania*, le sous-marin, Wilhelm – je les voyais clairement, dans mes rêves.

Comment expliquer ça, je ne sais pas, mais alors même que je rêvais, j'étais consciente de rêver, et que ce dont je rêvais était réel, vrai. Je me promettais toujours de me souvenir de tout quand je me réveillerais, de me rappeler qui j'étais, et d'être capable de parler. Pourtant, plus tard, lorsque je me réveillais, je ne pouvais pas, cela m'était impossible. J'avais l'impression d'être perdue dans le brouillard, un brouillard que j'avais dans la tête, et qui ne se levait jamais. Tout cela a-t-il un sens ? Pas pour moi, en tout cas.

Je sais, à présent, que sans Alfie, en particulier, et sans Mary, Jim, oncle Billy et le docteur Crow, je serais toujours perdue dans ce brouillard. Je n'aurais jamais découvert que j'avais eu une vie avant d'arriver aux îles Scilly, que j'étais Merry MacIntyre, et non pas Lucy Lost. Et je sais aussi que, sans Wilhelm Kreuz, je n'aurais pas survécu.

Tandis que je leur racontais mon histoire, ce jour-là, chez le docteur Crow, je sentais presque mes souvenirs perdus se débloquer et revenir à mesure que je parlais. Tout un monde s'ouvrait à moi, un monde qui avait enfin un sens. Et lorsque j'ai entendu ma propre voix, j'ai eu l'impression de chanter. Le brouillard s'était levé. Je flottais dans les airs à travers lui, j'arrivais dans la lumière.

Après avoir fini de tout leur raconter, il ne restait plus qu'une question en suspens. C'est Mary qui l'a posée, ou mère Mary, comme je l'ai appelée plus tard.

– Mais je ne comprends pas, a-t-elle dit, quand je t'ai vue la première fois, couchée à moitié morte sur la plage, le jour où Alfie et Jim t'ont ramenée de St Helen's, tu as parlé. Tu as dit un seul mot : « Lucy ». Tu as dit que tu t'appelais Lucy.

– Lusy, c'était le bateau, ai-je répondu. L'abréviation du nom du navire, le *Lusitania*. Vous vous souvenez de mon ami Brendan ? Il appelait toujours le navire « *le Lusy* ». Les gens qui travaillaient à bord, les stewards, les marins, les chauffeurs, tous l'appelaient « *le Lusy* ». Parfois même, Brendan le nommait « *le joli Lusy* ». J'essayais sans doute simplement de vous donner le nom du navire.

Mme Cartwright, qui était au bord des larmes, je m'en souviens, m'a dit que j'étais une brave petite fille, et m'a donné une énorme tranche de son cake au citron avec mon thé, pour avoir été aussi courageuse – une tranche nettement plus grosse que celle d'Alfie, ce qui m'a enchantée beaucoup plus que lui. Tout le monde a eu droit à une part de gâteau, Wilhelm aussi, car il était, comme Mme Cartwright l'a déclaré devant lui aussi, « un bon petit Fritz, pas comme les autres, ces horribles Boches ».

Quand les soldats sont venus chercher Wilhelm peu après, il est resté bien droit, inclinant seulement la tête vers moi. Il m'a appelée « *gnädiges Fraülein* », a dit qu'il espérait qu'on se reverrait un jour, et qu'il ne m'oublierait jamais. Je n'ai pas su quoi répondre. Je crois que j'étais trop émue pour parler. Puis il est parti. Je ne l'ai jamais revu. Je ne sais pas s'il m'a oubliée, j'espère que non ; en tout cas, moi je ne l'ai pas oublié.

Nous sommes tous repartis chez nous, à Bryher, à bord de l'*Hispaniola*. Le docteur Crow, resté sur le quai, nous a regardés lever l'ancre. Il m'a crié qu'il prendrait contact avec l'hôpital de Bearwood, près de Londres – il était sûr de trouver quelqu'un qui sache où ça se trouvait –, pour annoncer à papa que j'étais saine et sauve. C'est ce qu'il a fait, mais cela lui a pris un certain temps, et malheureusement la nouvelle est arrivée trop tard à l'hôpital.

Mon père, comme nous devions l'apprendre, s'était rétabli plus rapidement que prévu, et avait été renvoyé dans les tranchées. Il n'a pas dû être facile de le retrouver, mais le docteur Crow a persévéré, et a enfin découvert l'endroit où il combattait, avec son régiment, près d'Ypres, en Belgique. Le docteur ne me tenait pas au courant de ses recherches, à l'époque, il m'assurait simplement que tout était fait pour joindre mon père. J'essayais de ne pas trop penser à papa, mais durant les mois qui ont suivi, j'avais du mal à songer à autre chose. J'avais peur pour lui, je m'ennuyais de lui, j'avais hâte d'entendre le son de sa voix, de le voir venir vers moi, les bras grands ouverts. Je l'imaginais sans cesse me soulevant de terre et me faisant tourbillonner autour de lui. Je savais comme il avait dû souffrir en apprenant qu'il nous avait perdues toutes les deux, maman et moi, dans le naufrage du *Lusitania*. Je fredonnais, je chantais à la lune dès que je le pouvais, j'écoutais la lune, je disais à mon père que j'étais vivante.

Grâce au ciel, je ne savais pas grand-chose des dangers qu'il courait, ni des horreurs de cette terrible guerre. On me tenait à l'écart de ces atrocités. Mary priait pour lui avec moi chaque soir. Je la croyais lorsqu'elle m'assurait que Dieu veillerait sur papa et qu'il me le ramènerait. Ma nouvelle famille m'accompagnait, m'entourait de son amour et de son affection. Elle me rassurait, calmait mes peurs, m'aidait à traverser les heures les plus noires, quand je me rappelais maman et sa robe de chambre ornée d'un paon dans la mer. Lorsque je pleurais, ce qui m'arrivait souvent, je ne pleurais jamais seule. Il y avait toujours des bras réconfortants autour de moi, des mots réconfortants, des sourires réconfortants.

Au-delà de la ferme aussi, au-delà de ma famille de Veronica Farm, je sentais la chaleur de toute la communauté, même à l'école, à l'exception de M. Beagley. Lui seul restait tel qu'il avait toujours été. Bestial. Mais les autres, maintenant qu'ils connaissaient mon histoire, faisaient tout ce qu'ils pouvaient pour que je me sente de nouveau bien parmi eux. Dans chaque regard, je pouvais voir qu'ils regrettaient leurs soupçons passés, leurs torts envers moi, et les blessures qu'ils m'avaient infligées. Chaque fois qu'ils me manifestaient leur gentillesse, une amitié naissait ou était renouvelée. Les insultes, les mots durs qui m'avaient été adressés ont vite été oubliés. Avec Alfie à mes côtés, je me laissais prendre, comme jamais auparavant, par la vie familiale, par celle des gens de l'île et de l'école. Leurs tristesses, leurs déceptions, leurs tragédies étaient également les miennes – et il y en avait beaucoup pendant ces longs jours sombres de la guerre. Mais leurs joies aussi étaient les miennes. J'appartenais à cet endroit. J'étais une insulaire, une habitante des îles Scilly.

Ma vie à Bryher avait trouvé son rythme : je prenais le bac scolaire, avec M. Jenkins qui ramait jusqu'à Tresco, je jouais du piano à l'école – Mlle Nightingale insistait pour que je le fasse tous les matins, lors de la réunion quotidienne des professeurs et des élèves ; je montais Peg, et me promenais à cheval avec Alfie dans l'île, après la classe ; j'allais parfois pêcher sur le *Penguin* le dimanche, je dessinais dans le hangar à bateau avec oncle Billy, je pétrissais le pain avec Mary, qui était comme une deuxième mère pour moi, et parfois, nous faisions un tour vers les Eastern Isles sur l'*Hispaniola*, pour aller voir les phoques. Le pavillon noir flottant au vent, nous étions tous à bord, chantant à pleine voix la chanson d'oncle Billy, « yop là ho ! », tandis que le voilier filait sur la mer. Et puis, bien sûr, il y avait l'église le dimanche. Mary nous y conduisait, chantant les chants religieux avec plus de force, de ferveur que n'importe qui d'autre. À présent, on ne nous laissait plus jamais seuls sur notre banc. J'avais beau être heureuse dans ma vie sur l'île, chaque nuit je pleurais ma mère et m'inquiétais pour mon père, reparti dans les tranchées. Je chantais à la lune. J'écoutais la lune. Certaines nuits, j'entendais la voix de papa. Je savais qu'il chantait, lui aussi. Mais parfois, je ne l'entendais pas, et je versais des torrents de larmes jusqu'à ce que je m'endorme, convaincue qu'il était mort.

Je m'en souviens, c'était après l'école, et je me promenais à cheval avec Alfie dans l'île. Il me harcelait pour qu'on rentre à la maison le plus vite possible, mais ne voulait pas me dire pourquoi. Moi, je voulais prendre mon temps. Il savait que j'aimais monter Peg le plus longtemps possible. Mais Alfie était devant, et il menait Peg au trot, puis au petit galop, aussi vite qu'elle pouvait. Il m'était impossible de l'arrêter. À la fin, j'ai donc cessé de protester, et j'ai décidé de me laisser aller au plaisir de la course. En longeant Green Bay, Peg a presque pris le galop.

Nous ne nous sommes pas arrêtés à la ferme, contrairement à ce que j'avais prévu, nous sommes passés devant, puis nous avons continué le long du chemin qui menait au quai. J'ai demandé à Alfie où nous allions, mais il ne m'a pas répondu. Le bateau en provenance de St Mary's était arrivé. Le docteur Crow, Mary, Jim, oncle Billy, et une dizaine d'autres insulaires, étaient tous regroupés sur le quai. J'ai aperçu un homme en uniforme parmi eux. Au début, je l'ai pris pour l'officier de garnison que j'avais rencontré chez le docteur Crow, celui qui avait emmené Wilhelm, ce jour-là. Mais ensuite, j'ai vu qu'il avait une moustache, qu'il était grand, remarquablement grand, avait les épaules tombantes, un long cou et qu'il marchait vers nous à grands pas bondissants, comme une girafe. Je connaissais cette démarche, je connaissais cette moustache, je connaissais ces épaules, je connaissais ce cou. Mais il a fallu qu'il enlève sa casquette pour que je sois tout à fait sûre que c'était papa. Alors, j'ai couru vers lui. Il m'a prise dans ses bras, et m'a fait tourbillonner autour de lui. Nous sommes restés ainsi, serrés l'un contre l'autre sur le quai, jusqu'à ce que nos larmes ne coulent plus. Un long moment, une longue étreinte.

28

Ceux dont nous nous souvenons

(Enregistrement de grand-mère, suite)

Ce soir-là, Peg est venue se promener devant la maison pour se présenter à papa, et nous sommes restés tous les trois là, à écouter le ressac de la mer sur le rivage. Deux d'entre nous au moins regardaient la lune, la pleine lune, une lune brillante, notre lune. Nous chantonnions notre air ensemble, mais nous n'avions plus besoin d'écouter la lune. Nous étions de nouveau réunis.

D'une certaine façon, on aurait pu penser que notre histoire finissait là, mais ce n'est pas le cas, bien sûr. Il n'y a jamais de fin, car toujours quelque chose de nouveau commence. Papa n'a pu rester que deux jours. Les soldats n'ont pas vraiment de vacances, m'a-t-il expliqué, surtout pendant une guerre, juste quelques jours de permission quand ils ont de la chance, pour aller voir leur famille et leurs amis. Nous avons parlé de maman, bien entendu, et du naufrage du *Lusitania*. Mais pas énormément, je n'ai jamais fait allusion à la robe de chambre ornée d'un paon. J'ai pensé que ce serait trop dur pour lui. Nous pleurions beaucoup ensemble, quand nous étions seuls, car nos pensées revenaient souvent vers elle.

Lorsque nous étions avec ma famille de Scilly, nous parlions davantage de ce que j'allais faire à présent. Papa était absolument opposé à ce que je traverse de nouveau l'Atlantique jusqu'à New York, « pas avec ces *U-Boote* qui rôdent dans les mers », disait-il. Il avait une tante lointaine, à Bath, sur le continent, en Angleterre, qui avait accepté de s'occuper de moi jusqu'à ce que la guerre soit finie. Elle vivait dans une belle demeure en pierre, avec des arbres tout autour, et il y avait une bonne école dans les environs, dont le hasard voulait qu'elle fût la directrice. Mais j'étais aussi décidée à ne pas y aller qu'il était opposé à me laisser reprendre un paquebot pour New York. Nous nous sommes presque disputés – la première dispute, peut-être, que j'aie jamais eue avec mon père.

C'est Mary qui est intervenue en ma faveur, et avec passion. Elle a dit que ce serait une erreur de m'envoyer habiter chez quelqu'un qui m'était totalement inconnu, que je faisais partie de leur famille, désormais, que je devrais rester chez eux aussi longtemps que je le voudrais, au moins jusqu'à la fin de la guerre, et que, quoi qu'il arrive, je serais toujours chez moi avec eux. Elle s'est tournée vers Jim et Alfie, pour avoir leur soutien. Je me rappelle bien les paroles de Jim :

– Bien sûr qu'elle devrait rester. On l'aime bien, pas vrai, Alfie ?

Alfie n'a pas répondu, il s'est contenté de sourire.

Tout s'est donc arrangé. Père est reparti au combat, je suis restée à Bryher encore trois ans, et c'est surtout là que j'ai grandi. Pendant tout ce temps, je tombais amoureuse d'Alfie, je pense, mais sans m'en rendre compte, jusqu'à ce que je le voie en uniforme, quand il est parti lui aussi sur le front au printemps 1917. Nous nous sommes écrit chaque jour pendant un an, en attendant la fin de la guerre, et son retour à la maison. J'ai gardé toutes ses lettres, chacune d'elles. J'ai beaucoup écrit à cette époque, j'envoyais souvent des lettres à mon père, aussi, à tante Ducka, à oncle Mac, à Pippa, mais je n'ai jamais fait de progrès en orthographe. Même aujourd'hui. J'aime dessiner, en revanche, et je me mets au piano tous les matins. L'*Andante grazioso* est toujours le morceau que je préfère jouer.

Assez rapidement après la fin de la guerre, Alfie est rentré à la maison. Il était donc déjà là lorsque mon père est venu me chercher pour me ramener à New York. Je lui ai dit que je restais à Bryher, parce que je voulais être avec Alfie, l'épouser et passer ma vie avec lui.

Papa était triste, je l'ai bien vu, mais il n'a pas protesté. Le jour de notre mariage, il m'a conduite à l'autel de l'église de Bryher. Tous les habitants de l'île étaient là, Peg aussi, qui attendait dehors, dans le cimetière, et allait brouter un peu plus loin. Quelqu'un avait tressé des fleurs dans sa crinière et dans sa queue. Elle ne semblait pas s'en plaindre. Après la cérémonie, nous sommes rentrés à Veronica Farm à cheval, Alfie et moi. Cette nuit-là, une tempête s'est levée, et papa a dû rester chez nous plus longtemps qu'il ne l'avait prévu. Il a donc appris à mieux connaître ma famille de Scilly, mon autre famille, et s'est rapidement senti à l'aise avec elle. Lorsqu'il a fini par partir, il m'a fait promettre d'aller les voir à New York, oncle Mac, tante Ducka et lui. C'est une séparation que tous les enfants doivent vivre un jour, et c'était difficile à supporter. Mais j'avais Alfie à mes côtés.

Cinq ans plus tard, nous sommes partis pour New York, Alfie et moi. Il avait toujours rêvé de voyager jusqu'en Amérique. Je ne prétendrai pas que je n'étais pas nerveuse, à bord du *Mauretania*, le paquebot sur lequel nous avons traversé l'Atlantique. Alfie et moi, nous avons jeté des fleurs dans la mer pour maman, Brendan, et la petite Célia, en passant près de la côte irlandaise, au large de la pointe de Kinsale. Je pense que nous sommes allés à New York au bon moment, car tante Ducka et oncle Mac étaient âgés, désormais, fragiles, fatigués. Quant à papa, je me suis rendu compte qu'il ne s'était jamais vraiment remis de la guerre, ni mentalement, ni physiquement. Comme c'est arrivé à bon nombre de soldats. Il était évident qu'ils voulaient tous, Pippa plus encore que les autres, que je reste, qu'ils avaient besoin de nous. Alors, après avoir longuement pesé le pour et le contre, nous sommes restés.

Alfie a trouvé du travail sur l'un de ces grands paquebots que nous avions pris pour traverser l'océan, et au bout d'un certain temps, il est devenu capitaine de navire. Trois fois, au cours des années, je l'ai rejoint à bord de son bateau, avec nos enfants, et Pippa, qui était devenue comme une tante pour eux. Elle faisait quasiment partie de la famille. Nous avons traversé l'Atlantique jusqu'en Angleterre, et fait le voyage jusqu'aux îles Scilly, pour que les enfants apprennent à connaître leurs grands-parents, la famille, et nos amis. Nous voulions qu'ils marchent sur le sable fin et blanc de Rushy Bay, qu'ils découvrent les falaises sauvages autour de Hell Bay. Là, nous nous asseyions sur les coussinets d'œillets marins pour leur parler de Mary, de Jim, d'oncle Billy et de Peg, du docteur Crow, aussi, qui avaient tous disparu lors de notre dernière visite, mais dont tout le monde se souvient encore. Merci, mon Dieu, pour la mémoire, car je ne sais que trop bien, désormais, que nous ne devrions jamais penser qu'elle est acquise pour toujours. Merci, mon Dieu, pour nos enfants et nos petits-enfants. Sans eux, qui pourrait jamais raconter cette histoire ?

Or, si notre histoire continue à vivre, celle d'Alfie et la mienne, alors nous continuons à vivre, nous aussi.

Comme tous ceux dont nous gardons le souvenir.

Pour finir

Ma propre vie a reflété celle de mes grands-parents sous de nombreux aspects. J'ai été élevé dans la maison familiale de New York, je passais l'été dans notre cottage de Bearwood, dans le Maine, où j'ai appris à faire de la voile, je montais à cheval à Central Park, donnais à manger aux canards du lac, écoutais mon père me lire *Le Vilain Petit Canard*, et peu à peu, à mesure qu'on me la racontait, j'apprenais à connaître l'histoire de la famille. C'est pourquoi, à l'âge adulte, j'ai décidé de partir pour l'Angleterre, d'aller aux îles Scilly, et de découvrir tout ce que je pouvais sur l'endroit d'où venait mon grand-père, et dont grand-mère et lui m'avaient tant parlé. En arrivant là, je me suis aperçu que je ne pouvais plus repartir, que c'était sur ces îles que je me sentais chez moi. J'habite Veronica Farm, à présent, et depuis de longues années. Ma famille est ici, tout autour de moi, mes petits-enfants vivant eux aussi sur l'île. Je suis pêcheur, paysan, je fais pousser des jonquilles – des milliers de jonquilles chaque année – et je suis un peu écrivain, aussi.

Pendant que j'écris ces mots, je suis seul à la table de la cuisine de Veronica Farm. Pas tout à fait seul, cependant. Il y a quelqu'un qui m'observe, là-bas sur le buffet, un petit ours en peluche, qui tombe en lambeaux, et qui n'a plus qu'un œil. Depuis que j'ai commencé à écrire cette histoire, je lui en ai lu régulièrement des passages à haute voix, pour voir si ça lui plaisait. Je viens de lui lire le dernier chapitre. Il continue à sourire. Alors tout va bien. Il faut que ça lui plaise, c'est important.

Quelques informations sur le contexte historique du *Mystère de Lucy Lost*

Le *Lusitania*

Le naufrage, en mai 1915, du *Lusitania*, connu sous le nom familier de *Lusy*, a choqué le monde entier. C'était le plus grand paquebot, le plus luxueux de l'époque, et il avait obtenu le Ruban bleu pour la traversée la plus rapide de l'Atlantique. Il pouvait atteindre une vitesse de vingt-cinq nœuds. Navire affecté au transport de passagers, il effectuait la traversée de New York à Liverpool lorsqu'il a été coulé.

Le *Lusitania* a été torpillé le 7 mai par un sous-marin allemand – l'*Unterseeboot* 20 – à douze milles (une vingtaine de kilomètres) du Old Head de Kinsale, au large de la côte sud de l'Irlande. Il a sombré en dix-huit minutes seulement (par comparaison, le *Titanic* a mis près de trois heures à couler). Les pertes humaines ont donc été considérables : 1 198 passagers se sont noyés, dont 128 hommes, femmes et enfants originaires des États-Unis. À l'époque, ce fut le plus grand nombre de victimes civiles jamais enregistré en temps de guerre, et la première fois que les États-Unis d'Amérique subissaient des pertes d'une telle ampleur.

En théorie, les attaques de sous-marins étaient limitées par des accords internationaux aux seuls navires militaires et marchands. En tant que paquebot de passagers transportant des civils, le *Lusitania* aurait dû être protégé contre de telles agressions. Bien qu'à ce moment-là les États-Unis aient encore été une puissance neutre, cet événement a provoqué une crise diplomatique aiguë entre l'Allemagne et ce pays. Beaucoup de gens estiment en outre que ce torpillage a joué un rôle dans l'entrée en guerre des États-Unis.

Lorsqu'ils ont vu le navire exploser et sombrer, les habitants de Kinsale ont mis leurs bateaux à la mer pour se porter au secours des survivants et ramener les morts à terre. Quelques heures après le naufrage, ils ont trouvé un piano à queue provenant de la salle à manger du paquebot, qui flottait sur l'océan. Selon certains témoignages, une petite fille était allongée sur le piano, mais on ne sait pas avec certitude si elle était morte ou vivante.

Aujourd'hui encore, le naufrage du *Lusitania* soulève une grande controverse. L'ambassade allemande avait fait publier des avis dans les journaux américains quelques semaines avant le départ du paquebot, prévenant que les navires qui naviguaient sous pavillon britannique dans les eaux entourant la Grande-Bretagne étaient susceptibles d'être pris pour cibles. Ces avertissements étaient placés en évidence à côté des publicités invitant à prendre la mer sur le *Lusitania*.

Les passagers avaient beau être très inquiets, le paquebot était presque plein quand il a pris la mer.

Après que le bateau a été torpillé, et devant l'indignation internationale, l'Allemagne a affirmé que le *Lusitania* transportait des munitions destinées au front européen, et était donc un navire de guerre. Une compagnie allemande a même mis en circulation une médaille pour célébrer le torpillage du *Lusitania*, le plus grand navire britannique. En réponse, les Britanniques ont forgé une médaille, eux aussi, pour rendre hommage aux morts, et pour condamner

ce torpillage, comme un exemple des atrocités et de la barbarie allemandes.

L'hostilité envers l'Allemagne et les Allemands a augmenté chez les Alliés, renforçant leur détermination à gagner la guerre. Plus important encore, les Américains étant furieux, le sentiment anti-Allemand s'étant considérablement accentué chez eux, leur entrée en guerre aux côtés des Alliés est devenue presque inéluctable. Les États-Unis ont rejoint les Alliés dans leur conflit contre l'Allemagne et ses propres alliés en 1917.

La controverse concernant le chargement du *Lusitania* continue aujourd'hui encore. La Grande-Bretagne et les armateurs du paquebot ont toujours affirmé qu'il ne transportait que des munitions non explosives, du type de celles qui étaient autorisées par les règles de guerre. Cependant, certains ont avancé que le navire transportait secrètement des munitions plus importantes, des explosifs, et que cela pouvait avoir contribué à la seconde explosion, responsable du naufrage si rapide du bâtiment.

Les plongeurs qui ont exploré les restes du navire n'ont pas réussi jusqu'à présent à trouver de preuves définitives dans un sens ni dans l'autre. Mais en mai 2014 encore, le gouvernement britannique a ouvert des dossiers secrets des années 1980 révélant que « quelque chose de très étonnant » pouvait être trouvé dans l'épave, et que les plongeurs risquaient « d'être gravement blessés ».

En raison de ce danger, et du caractère extrêmement sensible de la question d'un côté comme de l'autre, on ne connaîtra peut-être jamais toute la vérité sur ce que le *Lusitania* transportait ou ne transportait pas.

La campagne des *U-Boote* pendant la Première Guerre mondiale

La Royal Navy – marine britannique – avait une flotte de surface supérieure à la marine impériale allemande. Elle a donc réussi à instaurer un blocus autour de l'Allemagne pendant la plus grande partie de la guerre. Les Allemands ont riposté par des attaques massives de *U-Boote* destinées à empêcher l'approvisionnement des ports britanniques. Ils voulaient affamer les Alliés, les acculant ainsi à la défaite. Leur campagne, très offensive, a failli arriver à ses fins. Les pertes alliées étaient effrayantes : 5 000 navires alliés ont été coulés, et 13 millions de tonnes de marchandises détruites. Mais les pertes étaient également très lourdes du côté allemand : 178 *U-Boote* perdus, et 5 000 hommes tués.

Au cours de cette terrible guerre d'usure, cependant, il y a eu des actes de générosité remarquables. Le capitaine d'un *U-Boot* a fait surface pour avertir des marins britanniques à bord de leur cargo qu'il était sur le point de torpiller leur navire, et qu'ils devaient monter immédiatement dans leurs canots de sauvetage. Les marins ont suivi son conseil, et des vies ont ainsi été sauvées. Autre exemple : un commandant de *U-Boot* s'est porté au secours d'hommes réfugiés dans leurs canots de sauvetage, et les a remorqués pour les rapprocher du rivage.

Les îles Scilly

Les îles Scilly se trouvent dans l'océan Atlantique, à quelque vingt-cinq milles du promontoire Land's End, en Cornouailles. C'est un archipel de cinq îles habitées : Bryher, St Agnes, Tresco, St Mary's – la plus grande –, et St Martin's. L'archipel comprend également plusieurs îles non habitées, dont certaines, comme St Helen's, ont été abandonnées plus récemment.

Ces îles sont la première terre que rencontrent les navires qui arrivent en Grande-Bretagne quand ils viennent du sud de l'Irlande et des États-Unis. Elles comptent environ 2000 habitants, traditionnellement grands marins et pêcheurs, qui cultivent également des pommes de terre nouvelles et des narcisses pour arrondir leurs fins de mois, sur ces îles balayées par les vents. Aujourd'hui, le tourisme joue un rôle important dans leur économie et dans leur vie. Il existe, dit-on, une plus grande concentration d'épaves dans les eaux qui entourent les îles Scilly que n'importe où ailleurs en Angleterre, tant les récifs et les courants y sont traîtres, et tant ces îles sont exposées à de violentes tempêtes.

St Helen's, située entre St Martin's et Tresco, a été habitée il y a des siècles par des moines qui y ont creusé un puits et bâti une chapelle. Ensuite, elle a été utilisée comme lieu de quarantaine, et un hospice y a été construit pour abriter les malades ou les mourants qu'on ne pouvait débarquer dans des endroits habités, de peur d'une épidémie. Les ruines de cette maison des Pestiférés sont toujours là aujourd'hui. L'île n'est visitée que rarement par des yachts de passage, et des écrivains en quête de documentation !

Le *Schiller*

Parmi les centaines d'épaves qui reposent au fond de l'océan autour des îles Scilly, l'une des plus célèbres est celle d'un paquebot allemand, le *Schiller*. Il a sombré le 7 mai 1875, exactement quarante ans avant le jour du naufrage du *Lusitania*. Les pertes en vies humaines ont été très lourdes : 335 morts, presque tous allemands, malgré les efforts des habitants des îles Scilly pour leur porter secours.

Ceux-ci sont parvenus, cependant, à sauver plus de trente passagers. Lorsque l'histoire de ce sauvetage, du respect et des égards témoignés à leurs morts par les gens de Scilly a été connue en Allemagne, un sentiment d'admiration et de reconnaissance s'est largement répandu dans la population. À tel point que même quarante ans plus tard, pendant la Première Guerre mondiale, l'ordre a été donné à la marine impériale allemande qu'aucun navire allié naviguant à proximité des côtes des îles Scilly ne soit attaqué. Aucun d'eux ne l'a jamais été.

Table

Michael Morpurgo

L'auteur

Michael Morpurgo est né en 1943 en Angleterre. Il entre à la Sandhurst Military Academy à dix-huit ans, puis abandonne l'armée, se marie avec Clare et devient professeur. En 1982, il écrit son premier livre, *Cheval de guerre*, qui lance sa carrière d'écrivain. Devenu un classique, l'ouvrage a été adapté au cinéma par Steven Spielberg. Michael Morpurgo a signé plus de cent livres, couronnés par de nombreux prix littéraires dont les prix français Sorcières et Tam-Tam. Depuis 1976, dans le Devon, Clare et lui ont ouvert trois fermes à des groupes scolaires de quartiers défavorisés pour leur faire découvrir la campagne. Ils y reçoivent chaque année plusieurs centaines d'enfants, et ont été décorés de l'ordre du British Empire pour leurs actions destinées à l'enfance. En 2006, Michael Morpurgo est devenu officier du même ordre pour services rendus à la littérature. Il est l'un des rares auteurs anglais à avoir été fait chevalier des Arts et des Lettres en France. Il a créé le poste de Children's Laureate, une mission honorifique consacrée à la promotion du livre pour enfants. Michael Morpurgo milite en faveur de la littérature pour la jeunesse à travers tous les médias, mais aussi dans les écoles et les bibliothèques qu'il visite en Grande-Bretagne, en France, et dans le monde entier. Père de trois enfants, il a sept petits-enfants.

Du même auteur chez Gallimard Jeunesse

FOLIO CADET

L'Histoire de la licorne, n° 479
Le Lion blanc, n° 356
Le Secret de Grand-père, n° 414
Toro ! Toro ! n° 422

FOLIO JUNIOR

Anya, n° 1064
Cheval de guerre, n° 347
Cool ! n° 1331
Enfant de la jungle, n° 1635
Jeanne d'Arc, n° 1031
L'Étonnante Histoire d'Adolphus Tips, n° 1419
Le Jour des baleines, n° 599
Le Meilleur Chien du monde, n° 1548
Le Mystère de Lucy Lost, n° 1773
Le Naufrage du Zanzibar, n° 969
Le Roi Arthur, n° 871
Le Roi de la forêt des brumes, n° 777
Le Royaume de Kensuké, n° 1437
Le Trésor des O'Brien, n° 942
Mauvais garçon, n° 1711
Monsieur Personne, n° 976
Robin des bois, n° 864
Seul sur la mer immense, n° 1607
Soldat Peaceful, n° 1558
Tempête sur Shangri-La, n° 1127
The Mozart Question, FJVO n° 1732

GRAND FORMAT LITTÉRATURE

Au pays de mes histoires
Cheval de guerre
Enfant de la jungle
Le Roi de la forêt des brumes
Le Royaume de Kensuké
Loin de la ville en flammes
Pinocchio raconte Pinocchio
Seul sur la mer immense
Soldat Peaceful
Un aigle dans la neige

ALBUMS JUNIOR

Beowulf
Kaspar
Le Prince amoureux
Mimi et le dragon des montagnes
Plus jamais Mozart
Sire Gauvain et le chevalier vert
La Trêve de Noël

ALBUMS

La Nuit du berger
Les Fables d'Ésope

ÉCOUTEZ LIRE

Cheval de guerre
Le Roi Arthur
Le Royaume de Kensuké
Le Secret de Grand-père

Découvrez d'autres livres
de **Michael Morpurgo**

dans la collection

folio junior

CHEVAL DE GUERRE

n° 347

Joey, le cheval de ferme, devient cheval de guerre en 1914. Il va alors vivre l'horreur des combats auprès des Britanniques, des Français, ou du côté des Allemands. Pour lui, les soldats, les paysans ou les vétérinaires ne sont pas des ennemis mais des hommes, chez qui il rencontre la bonté comme la méchanceté. Joey partage leurs souffrances et leurs peurs et sait leur redonner de l'espoir.

LE JOUR DES BALEINES

n° 599

Pour tous les habitants de Bryher, une des îles Scilly, au large de l'Angleterre, Zacharie Pétrel, surnommé l'Homme-Oiseau, est un vieux fou un peu sorcier. Pour tous, sauf pour Gracie et Daniel qui, devenus ses amis, découvrent un vieil homme solitaire, entouré d'animaux. Mais les deux enfants restent intrigués par le lien mystérieux qui unit l'Homme-Oiseau à l'île Samson, sur laquelle plane l'ombre d'une ancienne malédiction. Une malédiction qui se réveillera si quiconque pose le pied sur Samson.

LE ROI ARTHUR

n° 871

« C'est une longue histoire, une histoire de grand amour, de grande tragédie, de magie et de mystère, de triomphe et de désastre. C'est mon histoire. Mais c'est l'histoire surtout de la Table ronde où, autrefois, siégeait une assemblée de chevaliers, les hommes les meilleurs et les plus valeureux que le monde ait jamais connus. Je commencerai par le commencement, quand j'étais encore un enfant à peine plus âgé que tu ne l'es aujourd'hui. »

LE ROYAUME DE KENSUKÉ

n° 1437

Alors qu'il fait le tour du monde à la voile avec ses parents, Michael tombe à la mer. Lorsqu'il reprend connaissance, il se retrouve avec sa chienne sur une île perdue au milieu du Pacifique ! Comment survivre sans nourriture et sans abri ? Mais l'île n'est pas déserte et un mystérieux inconnu semble veiller sur Michael. C'est le début d'une aventure que n'oubliera jamais le jeune garçon…

SOLDAT PEACEFUL

n° 1558

On m'appelle Tommo et j'ai dix-sept ans. Ce soir, j'ai la nuit entière devant moi, et je ne la gaspillerai pas à dormir, je ne la passerai pas à rêver. Je veux essayer de me souvenir de tout. Me souvenir de mon frère Charlie tel qu'il était à la maison, de nous tels que nous étions tous. Cette nuit, plus que jamais dans ma vie, je veux me sentir vivant.

Le papier de cet ouvrage est composé de fibres naturelles, renouvelables, recyclables et fabriquées à partir de bois provenant de forêts gérées durablement.

Mise en pages : Maryline Gatepaille

Loi n° 49-956 du 16 juillet 1949
sur les publications destinées à la jeunesse
ISBN : 978-2-07-507722-4
Numéro d'édition : 309024
Dépôt légal : janvier 2017

Imprimé en Espagne par Novoprint (Barcelone)